ULLSTEIN

Das Buch

Rechtsanwalt Svend Foyns Leben verläuft in ruhigen Bahnen, mit Cognac und Schach, Tochter Mari und Bernhardinerhündin Hulda. Eines Tages jedoch macht eine Zeitungsmeldung die Runde in der Kleinstadt Tønsberg: Der bekannte Oberarzt Sten Löwe ist spurlos verschwunden – die Polizei spricht von Selbstmord. Als kurz darauf die Frau des Vermißten, Anna Löwe, in Svends Büro steht, ist dies für den gestandenen Ermittler ein kleiner Schock. Achtzehn Jahre sind vergangen, seit er Anna zuletzt gesehen hat – damals waren sie ein Paar –, und so ganz hat er es nie verwunden, daß sie den ehrgeizigen Arzt Löwe ihm vorgezogen hatte, das spürt er jetzt. Doch nun bittet ihn Anna um Hilfe: Sie glaubt nicht an die Selbstmordversion der Polizei. Natürlich beginnt Svend sofort mit seinen Recherchen – ein delikater Auftrag, wie sich herausstellt, denn schon bald beginnt er leise an der Aufrichtigkeit seiner ehemaligen Geliebten zu zweifeln: Sten Löwe hatte nicht nur diverse Affären, sondern war zudem in einen handfesten Finanzskandal verwickelt. Was verbirgt sich wirklich hinter Annas kühlem und beherrschtem Gesicht? Nach und nach gerät Svend Foyn immer tiefer in ein Dickicht aus Lügen, Gewalt und Tod. Nicht nur, daß es diverse Mordopfer gibt – auch Svends Leben gerät in höchste Gefahr.

Der Autor

Der Norweger Jan Mehlum, geboren 1945, ist Soziologe. Für seinen Roman *Sind so kalte Hände* erhielt er den Rivertonpreis für den besten norwegischen Krimi des Jahres 1998.

Von Jan Mehlum sind in unserem Hause bereits erschienen:

Schöner Schein trügt
Sind so kalte Hände

Jan Mehlum

Die andere Wange

Roman

Aus dem Norwegischen
von Gabriele Haefs

Ullstein

Besuchen Sie uns im Internet:
www. ullstein-taschenbuch.de

Umwelthinweis:
Dieses Buch wurde auf chlor- und säurefreiem Papier gedruckt.

Ullstein Verlag
Ullstein ist ein Verlag des Verlagshauses Ullstein Heyne List GmbH & Co. KG.
Deutsche Erstausgabe
1. Auflage Februar 2003

Titel der norwegischen Originalausgabe: *Det annet kinn*
(Gyldendal Norsk Forlag)
Übersetzung: Gabriele Haefs
Redaktion: Maria Buchwald
Umschlaggestaltung: Thomas Jarzina, Köln
Titelabbildung: Mauritius, Mittenwald
Gesetzt aus der Sabon
Satz: Buch-Werkstatt GmbH, Bad Aibling
Druck und Bindearbeiten: Ebner & Spiegel, Ulm
Printed in Germany
ISBN 3-548-25538-8

1

Das Foto war zweifellos schon einige Jahre alt. Sicher hätte es ihm auch selber gefallen. Auf mich hatte der Typ immer wie ein egomaner Arsch gewirkt. Auf diesem Foto waren seine Haare noch immer dunkel, dicht und lockig, und seinem Gesicht fehlten die erschöpften Falten, die ich registriert hatte, als er mir einige Monate zuvor zufällig über den Weg gelaufen war. Normalerweise bewegten wir uns nicht in denselben Kreisen.

Oberarzt vermißt. Eine nüchterne Meldung auf der anonymen vierten Seite des *Tønsbergs Blad.* Sten Löwe war am vergangenen Montag zu seinem üblichen Spaziergang aufgebrochen. Nach Auskunft seiner Frau genau um halb zehn. Danach war er nicht mehr gesehen worden. Und inzwischen waren vier Tage vergangen. Die Polizei hatte sich an das übliche Verfahren gehalten und eine Suchaktion gestartet, hatte jedoch nicht die geringste Spur entdecken können. Der Mann war ganz einfach verschwunden.

Ich steckte mir ein Zigarillo an und musterte das Zeitungsbild, während ich mich fragte, was da passiert sein mochte. Ich konnte mir einfach nicht vorstellen, daß ein offenbar so erfolgreicher Mann wie Sten Löwe Selbstmord begangen haben könnte. Vielleicht war er ganz einfach in ein neues Leben übergewechselt. Hatte Arbeit, Familie und Freundeskreis aufgegeben, um sich in irgendeinen exotischen Winkel zu flüchten, weit weg von allen aufdringlichen Verpflichtungen. Vielleicht war die

Idylle nur ein Schlupfloch gewesen. Diese Erklärung gefiel mir. Er wäre auf jeden Fall nicht der erste, der in solchen Bahnen dachte. Aber deshalb diese Idee gleich in die Tat umsetzen?

Wenn ein Mensch verschwindet, ergeben sich viele praktische Probleme. Obwohl es jeden Grund zu der Annahme gibt, daß der Vermißte verstorben ist, kann erst nach einem Jahr ein Verfahren eingeleitet werden, nach dem der mutmaßliche Tod aktenkundig wird. Und wenn die Umstände, unter denen jemand verschwunden ist, unsicher sind, dann kann es fast zehn Jahre dauern, bis jemand amtlich für tot erklärt wird. Wir brauchen nicht viel Phantasie, um uns vorstellen zu können, welche Schwierigkeiten das den Hinterbliebenen bereitet.

Im Hintergrund verklangen langsam die Neun-Uhr-Nachrichten. Hulda stupste mit traurigem Bernhardinerblick ungeduldig den Küchentisch an, was dazu führte, daß heißer Kaffee über mein ungewöhnlich frischgebügeltes Hemd und weiter über meine Cordhose floß, um dann an der Stelle zu enden, an der ein Mann ganz besonders verletzlich ist. Das Tier reagierte auf meine Verwünschungen mit stoischer Ruhe.

Die beruflichen Termine dieses Tages näherten sich in besorgniserregendem Tempo, und ich hatte an diesem Dezembermorgen noch nicht einmal mein Frühstück hinter mich gebracht. Die kurze Zeitungsmeldung hatte mich aus dem Gleichgewicht geworfen. Ohne weiter nachzudenken, wählte ich die Dienstnummer des Kriminalkommissars Wilhelm Mørk. In dessen Behörde fing der Dienst sehr früh an. Das war einer der Gründe, weshalb ich das Leben als Freiberufler vorzog, in dem ich den Launen meiner Mandanten, ihren unergründlichen Unternehmungen und ihren unsicheren Bezahlungsusancen ausgeliefert war. Ich war sogar bereit, mich mit der unersättlichen Geldgier der Kaufmannschaft abzufinden, wenn ich dabei nur einen letzten Rest von Freiheitsgefühl bewahren konnte.

»Ja?« Ich wußte, daß Mørks Stimme auf manche Frauen anziehend wirkte. Mir kam er eher vor wie ein übellauniger Miesepeter.

»Ich bin's«, begann ich freundlich. »Hast du einen Moment Zeit?«

»Hab ich eine Wahl?«

Ich seufzte, wild entschlossen, einen verbindlichen Tonfall beizubehalten und meine Vorurteile beiseite zu schieben. Wilhelm Mørk hatte seine düsteren Seiten, und ich kannte viele davon.

»Der Typ, der heute im *Tønsbergs Blad* als vermißt gemeldet wird, Oberarzt Sten Löwe, weißt du etwas über diesen Fall?«

»Nicht sehr viel. Nur, daß es eine seltsame Geschichte ist.«

»Wie meinst du das?«

»Wir haben nicht eine einzige Spur finden können. Nichts. Er ist spurlos verschwunden. Und scheinbar ganz und gar ohne Grund. Keine vorherigen Depressionen, keine Hinweise darauf, was vielleicht passiert sein kann. Und von keinem einzigen Menschen hört man auch nur ein böses Wort über Oberarzt Löwe.« Mørk klang leicht gereizt. »Freunde, Verwandte, Kollegen, niemand begreift das. Der Typ hätte eine Ethikkommission leiten können.«

»Soso«, sagte ich spitz.

Mørks Darstellung kam mir unangenehm realistisch vor. Tønsberg ist eine Kleinstadt. Sten Löwe war bekannt als tüchtiger Arzt und Organisator, er war beliebt und überaus charmant. Manche Menschen sind einfach nicht von dieser Welt.

»Was ist mit seinem Auto?« fragte ich. Ich hatte Sten Löwe hinter dem Lenkrad eines klassischen englischen Sportwagens gesehen, eines gediegenen Sechziger-Jahre-Austin-Healey, fast von derselben Klasse wie mein eigener Jaguar. Aber nur fast.

»Hältst du uns für Amateure? Beide Familienkutschen stehen wohlverwahrt in der Garage. Zusammen mit Fahrrädern, Schlitten, einer alten BSA, Skiern und Rollschuhen.«

Ich überhörte seine Ironie. »Vielleicht ist er mit der Bahn gefahren.«

Mørk schnaubte. »Hast du keinen besseren Vorschlag? Natürlich haben wir die öffentlichen Verkehrsmittel überprüft. Niemand kann sich daran erinnern, ihn gesehen zu haben. Wir haben auch seine Spazierwege mit Hunden abgesucht.«

»Der Typ ist aber trotzdem verschwunden«, sagte ich, »irgendwo muß er also sein. Er ist vielleicht einfach nur abgehauen, und ihr habt keine Ahnung, wohin.«

»Tja, möglich ist alles.« Mørk zögerte mit seiner Antwort. »Aber ich begreife nicht, wie er das geschafft haben soll, ohne eine einzige verdammte Spur zu hinterlassen. Sein Paß liegt bei ihm zu Hause. Und nach Mitteilung seiner Frau hat er nie besonders viel Geld bei sich gehabt.«

»Was ist mit Kreditkarten?«

»Tja, der Mann ist offenbar ziemlich wohlhabend, seine Bankkonten sind überaus gut gefüllt. Und er hat die üblichen Karten: Visa, American Express, Eurocard. Aber nach seinem Verschwinden ist nichts mehr abgehoben worden. Laut Auskunft der Bank sind in letzter

Zeit auch keine ungewöhnlichen Kontobewegungen registriert worden. Seine Frau hat alles sperren lassen, für den Fall, daß irgendwer die Karten gestohlen hat.«

»Habt ihr irgendeinen Grund zu dieser Annahme?«

»Nein, eigentlich nicht. Aber wir lassen alle Möglichkeiten offen. Wir glaubten zuerst, etwas gefunden zu haben«, erzählte Mørk jetzt. »Denn als wir das Ferienhaus der Familie bei Kragerø durchsucht haben, gab ein Nachbar an, er glaube, Löwe dort gesehen zu haben. Das war allerdings eine Woche vorher. Er ist in der Nachsaison oft allein hingefahren.«

»Wie sieht's mit seiner Lebensversicherung aus?«

»Hoch, aber nicht auffällig. Wird unabhängig von der Todesursache ausbezahlt.«

»Wenn du deine langjährige Erfahrung zusammennimmst«, schmeichelte ich, »zu welchem Schluß gelangst du dann?«

»Gut geplanter Selbstmord. In ein paar Wochen finden wir sicher die Leiche, auch wenn viele Leute eine unglaubliche Phantasie an den Tag legen, wenn es darum geht, sich zu verstecken. Der Oberarzt hat sicher genau gewußt, was er tat, und deshalb kann es seine Zeit dauern.« Er legte eine vielsagende Pause ein. »Warum interessiert dich das eigentlich so?« Jetzt hatte Mørk zu seiner scharfen Polizistenstimme gegriffen.

»Verg-g-g-giß es«, versuchte ich abzuwehren. »Eine Geschichte aus alten Z-z-zeiten. Ist für dich ganz bestimmt ohne Belang.« Ich hatte schon lange nicht mehr gestottert. Jetzt riß ich mich zusammen. »Kommt es häufiger vor, daß ihr bei einem solchen Fall dermaßen im dunkeln tappt?«

»Selten, auch wenn es schon passieren kann. In den letzten Jahren hatten wir mehrere von der Sorte. Aber meistens können wir die Verschwundenen ohne größeren Aufwand ausfindig machen.«

Mit einiger Anstrengung konnte ich mich vom Frühstückstisch losreißen, gerade noch rechtzeitig für den ersten Vormittagstermin, den die Sekretärin der Anwaltskanzlei Fredriksen, Frydenberg und Foyn mit ihrer lähmenden Effektivität für mich arrangiert hatte.

Hulda wollte über den Berg Slottsfjell gehen, wo die Hundebesitzer ihren festen Morgentreff abhalten. Widerwillig ließ ich mich mitziehen.

Ich hatte jetzt schon lange nicht mehr an Anna gedacht, aber ich konnte mich noch an alles erinnern. »Liebe ist eine einsame Sache«, war Ask Burlefots letzte Überlegung in Agnar Mykles Meisterwerk (»Liebe ist so eine Sache«). Vor fast zwanzig Jahren hatte ich es zum ersten Mal verschlungen. Zur selben Zeit hatte Anna ihren Märchenprinzen gefunden und mir den Laufpaß gegeben. Anna und Sten hatten als das perfekte Paar gegolten. Mykle hatte recht. Die Liebe ist wirklich eine einsame Sache.

Die Verhandlung lief wie geschmiert. Der Knabe, der sich jetzt auf stille Weihnachtstage hinter Gittern freuen konnte, hatte nicht viel zu seiner Verteidigung vorzubringen, und ich konnte ihm nicht helfen. Ich hätte höchstens auf die Tatsache hinweisen können, daß er zur falschen Zeit am falschen Ort von den falschen Eltern geboren worden war. Aber solche Entschuldigungen kamen nicht gut an im derzeitigen kriminalpolitischen Klima. Außerdem war es nicht sonderlich klug gewesen, der Gattin des Polizeichefs ihre Stereoanlage zu entwenden. Ich fand es enttäuschend, daß die lokalen Junkies ihr Informationssystem nicht besser entwickelt hatten. Ich hätte mehr von ihnen erwartet. Das Amt des Pflichtverteidigers in dieser Stadt konnte wirklich deprimierend sein.

Es war noch immer nicht später als zwei, als Frau Svendsens Stimme mich per Haustelefon in die Wirklichkeit zurückholte. Ich hatte durch mein Bürofenster das Leben auf dem Marktplatz betrachtet, statt einen gepfefferten Kommentar für einen Brief an den gegnerischen Anwalt in einer albernen Erbauseinandersetzung zu formulieren. Unsere einzige Funktion als Anwälte bestand hierbei darin, das bescheidene Vermögen zu verzehren, das der schlecht beratene Vater seinen Töchtern hinterlassen hatte, ohne die Aufteilung genauer zu regeln. Auf dem Kleinstadtmarkt dort unten allerdings war das einzig Erfreuliche, daß die Weihnachtskrippe, die die Geschäftsinhaber dort jedes Jahr aufbauten, noch nicht zu sehen war. Es war ja auch erst Anfang Dezember.

»Svend, Besuch für dich!«

Ich schaute rasch in den Terminkalender, der vor mir auf dem gediegenen Eichenschreibtisch lag (einem Erbstück von meinem Vorgänger, dem einstigen ehrwürdigen Richter beim Obersten Gericht Christian Salvesen). Doch dieser Nachmittag war ein unbeschriebenes Blatt. Also hatte ich keinen Termin verschwitzt.

»Schick ihn herein«, sagte ich mit mühsam errungener Ruhe, während ich mir den Kamm durch die Haare zog und Hulda aus dem Gästesessel vertrieb.

Es war aber kein Er. Die Person, die vorsichtig einen Fuß ins Zimmer setzte, nachdem sie einen Moment auf der Türschwelle gestanden und mich unsicher angesehen hatte, war zweifelsohne eine Frau. Der Schock über ihren Anblick war so stark, daß ich einige Sekunden lang wie angeklebt im Sessel saß, ohne irgendein sinnvolles Wort über die Lippen bringen zu können.

Wir musterten einander schweigend. Sie hatte sich überraschend wenig verändert. Ich fürchtete, daß sie über mich nicht dasselbe dachte. Ihr Blick war noch immer blau und scharf, versteckte sich jetzt jedoch hinter einer exklusiven Gucci-Brille.

Wir hatten seit vielen Jahren kaum noch miteinander gesprochen. Sie und ihr Mann hatten im Ausland Medizin studiert. Ich selber hatte mich für den Weg des geringsten Widerstandes entschlossen: Universität Oslo, Juristische Fakultät. Meines Wissens waren sie nach dem Studium ziemlich viel umgezogen. Vor einigen Jahren hatten sie sich in Tønsberg niedergelassen, wo der Mann im Bezirkskrankenhaus eine Oberarztstelle angetreten hatte. Sie selber besaß eine eigene Praxis. Ich hatte sie zweimal aus der Entfernung gesehen. Das war alles.

Ich riß mich zusammen und sprang auf. »Das ist aber eine Ü-ü-überraschung«, sagte ich verwirrt und verfluchte den Stotterteufel. »Lange nicht mehr gesehen«, fügte ich blödsinnig hinzu.

Sie lächelte kurz. Mein kleines Handikap war ihr schließlich bekannt. Damals war es größer gewesen.

»Achtzehn Jahre. Aber ich habe über dich gelesen.«

Ich seufzte. In einer Kleinstadt wie Tønsberg empfahl es sich nicht, größere Aktivitäten zu entwickeln. Und in Verbindung mit zwei Kriminalfällen hatte ich größere Bekanntheit erlangt, als mir lieb war. Diese Art Ruhm konnte in meiner Umgebung eine schwere Bürde sein.

Wir schüttelten einander förmlich die Hand. Sie hatte einen kühlen, aber persönlichen Händedruck. Ich versuchte, die schlimmsten Hundehaare vom Sofa wegzubürsten. Sie war fast einen Kopf kleiner als ich. Eins zweiundsechzig. Ich kannte auch ihre anderen Maße, die sich ebenfalls nicht sonderlich verändert zu haben schienen. Ihre Haare waren kurz geschnitten und rot getönt. Damals war sie weizenblond gewesen. Das war immerhin etwas Neues. Sie kleidete sich mit lässiger Eleganz. Schwarze, glänzende Jacke mit Gürtel in der Taille. Rollkragenpullover im selben Farbton. Dunkle Hose, die in schwarzen kurzen Stiefeln verschwand. Italienisches Design. Schön und teuer.

Sie ließ sich vorsichtig auf der Sofakante nieder und schlug die Augen nieder, während sie sich am Verschluß ihrer Schultertasche zu schaffen machte. Es war sicher ungewohnt für sie, nicht über alles die volle Kontrolle zu haben. Als ich genauer hinsah, fand ich sie auffällig blaß, und ihre diskrete Schminke konnte die dunklen Ringe unter ihren Augen nicht verbergen.

Sie zog einen Zeitungsausschnitt hervor, den ich schon kannte. Sie war immer direkt gewesen. »Du kannst dir vielleicht denken, warum ich gekommen bin.«

Das konnte ich natürlich. »Tut mir leid«, sagte ich mitfühlend. »Du bist in eine schreckliche Situation geraten. Brauchst du juristische Unterstützung?«

Sie zögerte. »Ja, das auch.«

Nun gut. Ich ließ ihr Zeit und zeigte auf den Zeitungsausschnitt. »Weißt du mehr, als dort steht?«

Sie schüttelte den Kopf. »Ich weiß nichts. Rein gar nichts. Niemand kann das alles begreifen. Und ich schon gar nicht.« Sie verlor ein wenig von ihrer selbstsicheren Maske und sah plötzlich aus wie ein Schulmädchen. Ich hoffte, daß sie nicht in Tränen ausbrechen würde.

»Erzähl, was du weißt«, sagte ich ganz schnell. »Vielleicht kann ich irgendwie helfen.« Ich hatte meine Zunge noch nie hüten können.

»Sie glauben, daß er Selbstmord begangen hat«, sagte sie tonlos. »Die Polizei, meine ich. Sie versuchen nicht einmal, das zu verbergen. Oder daß er irgendwo einen draufmacht«, fügte sie verbittert hinzu. »Im Grunde rühren sie keinen Finger.«

Sie verstummte. Ich mochte nicht zugeben, daß ich zu denselben Theorien neigte.

»Svend, ich brauche Hilfe bei der Suche, Hilfe von jemandem, der nicht blind die Erklärungen der Polizei akzeptiert. Ich weiß, daß Sten uns niemals freiwillig auf diese Weise im Stich gelassen hätte. Es muß eine andere Erklärung geben.«

Ich musterte sie genauer. Es war ihr bestimmt nicht leichtgefallen, mich hier aufzusuchen. Wußte sie eigentlich, wovon sie da redete? Nach all den Jahren als Anwalt hatte ich gelernt, daß wir nie vorauszusagen vermögen, was ein Mensch in einer Streßsituation tun wird. Menschen können lügen, betrügen und die abstrusesten Verbrechen begehen, wenn die Wirklichkeit nur mit genügendem Gewicht über sie hereinbricht. Sogar der blendende, musterhafte Oberarzt Sten Löwe gehörte ja irgendwie mit zur Menschheit. Außerdem hielt ich Anna in diesem Fall nicht für neutral. Und sie war durchaus keine Psychologin, auch wenn sie Medizin studiert hatte. Sie war praktische Ärztin, wenn ich das richtig in Erinnerung hatte.

Ich räusperte mich. »Ich glaube nicht, daß ich viel tun kann«, sagte ich vorsichtig. »Die Polizei verfügt über alle nötigen Mittel. Und außerdem kennen sie sich mit dieser Art von Ermittlungen aus. So was passiert ja nicht zum ersten Mal, weißt du.« Das war keine sonderlich taktvolle Bemerkung. »Ich meine, sie haben Routine.« Ich versuchte vergeblich, meinen Fauxpas zu überspielen. »Ich weiß nicht so recht, wie ich etwas in Erfahrung bringen sollte, das die Polizei noch nicht herausgefunden hat. Ich bin doch kein Privatdetektiv.«

»Hör auf damit, Svend. Ich weiß, was du denkst. Du hältst mich für ein blödes, hysterisches Frauenzimmer, das der Wahrheit nicht ins Auge blicken will. Aber die Sache ist nicht so, wie du glaubst.«

Diesen Stil kannte ich von früher her. Und er war immerhin besser als Tränen.

»Hör mal«, sagte sie jetzt ruhiger. »Ich möchte dich als Anwalt anheuern. Du nimmst doch Aufträge an, nicht wahr?«

Ahnte ich hier einen gewissen Sarkasmus? Ich fragte mich, ob sie sich über meine sonstigen Mandanten informiert hatte. Vielleicht hatte sie sich bei einem meiner Kollegen erkundigt, die allesamt dem guten Bürgertum der Kleinstadthierarchie angehörten. Ich ging davon aus, daß die Familie Löwe das ebenfalls tat. Das Verhältnis zwischen einlaufenden Aufträgen und ausgehenden Rechnungen entwickelte sich bei mir in die falsche Richtung. Das war eigentlich logisch. Ich gab viel lieber Geld aus, als daß ich es verdiente.

Ich war verwirrt. »Warum mich? Warum keine von den renommierten Anwaltskanzleien? Hier in der Stadt gibt es doch gleich mehrere.« Ich versuchte nicht einmal, meine Ironie zu verbergen.

»Frag so was nicht«, erwiderte sie ruhig. »Vielleicht, weil du anders bist«, fügte sie vage hinzu.

Diese Situation gefiel mir nicht so ganz. Wie üblich hatte ich die Kontrolle verloren. Jetzt hatte ich wieder einen Auftrag von der Sorte, ohne die ich sehr gut leben konnte. Entflohener Ehemann. Das war wirklich nichts für mich. Aber ich hatte das Gefühl, keine Wahl zu haben. Außerdem war ich neugierig.

Wir wechselten einen Blick. Für einen kurzen, wahnwitzigen Augenblick dachte ich, es sei vielleicht möglich, zwanzig Jahre auszuwischen und da weiterzumachen, wo wir damals gestanden hatten.

Sie schwieg. Ich mußte schließlich das Schweigen brechen. »Na gut, ich werde einen Versuch machen. Aber versprich dir nicht zuviel davon.« Ich erhob mich und ging zum Fenster. Unten packten die Marktleute gerade zusammen. Nichts ist so still wie eine norwegische Kleinstadt nach Ladenschluß. »Wenn ich dir helfen soll«, sagte ich und drehte mich zu ihr um, »dann mußt du mir alles erzählen, auch das, w-w-was nicht so angenehm ist.«

Ihre Wangen wiesen jetzt ein wenig Farbe auf. »Das ist leicht. Es gibt nichts zu erzählen.«

»Außerdem«, ich sprach so ruhig wie möglich weiter, »wäre es doch denkbar, daß Dinge auftauchen, die du gar nicht wissen willst. K-k-könntest du damit umgehen?« Ich hörte mich sicher an wie ein alter Zyniker. Vielleicht war ich inzwischen ja auch einer. »Du mußt mir freien Zugang zu allem geben, was ich für relevante Informationen halte: zu Papieren, Bankkonten, Briefen, allem möglichen. Ist das in Ordnung?«

»Was immer du für richtig hältst«, erwiderte sie leise. »Alles ist besser als diese Ungewißheit.«

Vielleicht. Aber das ist nicht immer der Fall. Manchmal kann es besser sein, nichts zu wissen.

»Ihr habt Kinder, oder?«

»Peder ist zwölf und Martin zehn. Sie begreifen das alles nicht, und ich weiß nicht, was ich ihnen sagen soll«, berichtete sie hilflos.

»Auch mit denen muß ich reden.«

»Das hast du zu entscheiden«, meinte sie tonlos. »Ich verlasse mich auf dich.« Sie stand auf und öffnete ihre Tasche. »Ich habe allerlei mitgebracht, das dir vielleicht weiterhilft.«

Sie war also ganz sicher gewesen, daß sie mir ihren Willen aufzwingen könnte. Ich wußte nicht, ob mir das gefiel. Sie reichte mir einen Ordner.

»Das sind Abrechnungen und Geschäftsbriefe. Sten kümmert sich um diese Angelegenheiten.« Sie nannte den Namen des Steuerberaters, der ihren Mann betreute. »Ich hab versucht, es durchzusehen, aber ich habe einfach keine Ahnung von diesem Finanzkram. Vielleicht kannst du etwas finden. Ich habe auch seine Adreßbücher mitgebracht. Und eine Kopie des Polizeiberichts. Dort steht alles, was an dem Abend, an dem er verschwunden ist, passiert ist.«

Sie war immer schon erschreckend effektiv gewesen.

»Melde dich so bald du kannst. Du kümmerst dich doch um die Formalitäten?«

»Ich setze einen Vertragsvorschlag auf. Der kommt dann mit der Post.« Ich brauchte kein schlechtes Gewissen zu haben, wenn ich hier saftige Rechnungen einreichte. Und den Auftrag würde ich sicher rasch erledigen können. Ein Mensch kann sich schließlich nicht in Luft auflösen.

Obwohl ich in der Zeitung neulich über einen Mann aus Tønsberg gelesen hatte, dem genau das gelungen war. Das Besondere daran war, daß dieser Mann offenbar eine Art UFO-Spezialist gewesen war. Ein Lehrer, Mitte Vierzig, mit fanatischem Interesse an fliegenden Untertassen und grünen Männchen. Medien und Behörden hatten ihn für dermaßen verrückt befunden, daß sie sein Verschwinden nicht weiter ernst genommen hatten. Der Mann selbst hatte schon lange behauptet, in Kontakt zu Wesen aus anderen Sonnensystemen zu stehen und nur darauf zu warten, daß diese ihn zu einem Ausflug durch die Galaxien abholten. Die einzigen, die ihn vermißten, waren seine alten Eltern, die davon überzeugt waren, daß ihr exzentrischer Sohn einem Verbrechen zum Opfer gefallen war. Andere Angehörige hatte er nicht. Die bloße Tatsache, daß der Mann unverheiratet gewesen war und, scheinbar, ohne Sehnsucht nach Frauen oder anderen gesunden Aktivitäten, hatte ihn in der Schule und in der Nachbarschaft zum willkommenen Mobbingopfer werden lassen. Die Schulleitung war ein bizarres Problem los, denn es hatten sich nicht wenige Eltern wegen der eigenwilligen Interessen dieses Lehrers Sorgen gemacht. Die Polizei glaubte nicht an ein Verbrechen. Sie neigte mehr zu der Annahme, der arme Wicht habe über den Oslofjord schwimmen wollen, um unterwegs Kontakt zu seinen geliebten Untertassen aufzunehmen. Den UFO-Fachleuten zufolge waren diese geheimnisvollen Objekte nämlich vor allem im Fahrwasser in der Umgebung des Leuchtturms von Færder zu beobachten. Und der war ein ganzes Stück vom Haus des Vermißten auf Føynland entfernt.

2

Später an diesem Abend blätterte ich in Unterlagen, ohne an etwas anderes denken zu können als das, was ich über den Oberarzt Sten Löwe erfahren hatte. Ich war bereit, jedes Wort von dem, was Anna erzählt hatte, zu glauben. Zugleich wußte ich aus Erfahrung, daß es ganz andere Erklärungen geben konnte. Von außen gesehen wirkte alles einfach unbegreiflich. Er hatte zu Anna gesagt, er werde einen Abendspaziergang machen, was er gern tat, aber von diesem Spaziergang war er nie zurückgekehrt.

Löwe hatte mehrere Spazierwege. Oft blieb er auf Husøy und folgte den Wanderwegen um die Insel. Er konnte aber auch zu Wanderungen nach Nøtterøy und weiter in Richtung Tønsberg aufbrechen. Der Mann war früher Marathonläufer gewesen, hatte aber vor einigen Jahren wegen eines Knieschadens mit dem Leistungssport aufhören müssen. Deshalb ging er so viel spazieren. An dem schicksalhaften Abend hatte er kein Ziel genannt. Es hatten sich keine Zeugen gemeldet, Spuren waren nicht zu finden gewesen. Um die Gegend zu verlassen, hätte er eigentlich nach Tønsberg gehen müssen, wozu er etwa eine Stunde gebraucht hätte. Falls er nicht getrampt war. Busse fuhren um diese Zeit nicht mehr. Wenn Sten Löwe sein Verschwinden geplant hatte, dann wäre es, wenn das Glück ihm ein bißchen hold gewesen wäre, kein großes Problem gewesen, Tønsberg zu verlassen, ohne gesehen und erkannt zu werden. Die Polizei war erst lange nach Mitternacht alarmiert worden.

Eine oberflächliche Durchsicht von Annas Ordner vermittelte mir das Bild eines Ehemannes, dem Ordnung und Kontrolle über alles gingen. Außerdem setzte er von der Steuer ab, was er nur konnte. Alle Extraeinnahmen, von denen es nicht wenige gab, wurden auf eine eigene Firma gebucht, die er offenbar zu diesem Zweck eingerichtet hatte. Rechnungen liefen über Daueraufträge und wurden fristgerecht bezahlt. Meine latente Skepsis dem Oberarzt gegenüber erhielt neue Nahrung. Einzelne Ausgaben erweckten zudem mein Mißtrauen.

Er reiste viel. Seine hohen Einkünfte konnten das, was ich für ein normales Oberschichtleben in der Kleinstadt hielt, mit Leichtigkeit finanzieren. Sein Sparkonto wuchs jeden Monat, trotz des hohen Verbrauchs, um etliche Tausender. Wenn geheime Laster mit im Spiel waren, dann schlugen sie sich zumindest auf den Familienkonten nicht nieder. Und die Reisen waren für einen Facharzt von seinem Renommee sicher nötig und normal. Seminare, Kongresse, Symposien. Löwe war Internist. Lungenspezialist. Ich verspürte einen Anflug von schlechtem Gewissen, als ich mir ein Zigarillo nahm. Er war oft in Berlin. Da hatten die beiden ja wohl auch studiert. Ich schaute auf die Uhr. Zu früh, um nach Hause zu gehen, zu spät zum Arbeiten. Das SATS lag nur einige Schritte weiter. Das Håndverkeren auch.

Am nächsten Morgen faßte ich, mit müdem Schädel und leichtem Pochen hinter der Stirn, einen Entschluß. Ich hatte am Vorabend gehofft, Mørk zu treffen, aber der hatte mich im Stich gelassen. Die Alternative war viel verlockender gewesen, so war es mir jedenfalls vorgekommen. Ich mochte nicht ausschließen, daß es da einen gewissen Zusammenhang mit Bache Gabrielsen Cognac gab. Das Dasein als alleinstehender Mann in einer Kleinstadt ist nicht nur einfach.

Anna meldete sich fast sofort, nachdem ich ihre Nummer gewählt hatte. Ich konnte ihre Enttäuschung deutlich spüren, als sie hörte, daß ich es war. Es war vielleicht nicht sehr rücksichtsvoll, vor acht Uhr morgens anzurufen, aber ich wollte sie sprechen, ehe sie in ihre Praxis ging. Sie hatte erzählt, daß sie und die Kinder versuchten, wie sonst zu leben, obwohl nichts mehr so war wie sonst.

»Du hast nichts weiter gehört?«

»Nichts.«

»Tut mir leid«, sagte ich mitfühlend. »Aber ich habe die Papiere durchgesehen, die du mir gegeben hast. Und da habe ich doch eine Frage.«

»Stimmt etwas nicht?« Ihr Stimme klang dünn.

»Das nicht, es ist r-r-reine Routine.« Wer stottert, lügt, hatte meine Mutter immer gesagt.

»Ich hab den ganzen Tag Termine. Kannst du heute abend zu mir kommen? Wenn du Zeit hast«, fügte sie zögernd hinzu. »Es ist ja Freitag, vielleicht hast du etwas anderes vor?«

»Nein, kein Problem.« Derrick würde schon ohne mich zurechtkommen.

»Wir sind alle drei zu Hause. Komm doch einfach zum Essen, wir essen so gegen sieben.« Hinter ihrer beherrschten Stimme versteckte sich Verzweiflung. »Wir wohnen auf Husøy, Strandveien 3b. Du fährst hinter dem Laden am Anleger nach links, und danach ist es die erste Stichstraße wieder links. Die findest du sofort.«

Das wußte ich alles. Ich hatte mich schon längst über ihre Adresse informiert. »Alles klar. Ich bin kurz vor sieben bei euch. Und noch was«, ich senkte die Stimme. »Deine Kinder, darf ich denen ein paar Fragen stellen?«

»Ich habe ihnen alles erzählt. Sie wissen, daß du ihren Vater suchst.« Sie sagte das so distanziert, als sei hier die Rede von einem Fremden und nicht von dem Mann, mit dem sie seit über fünfzehn Jahren verheiratet war. Ich kenne mich bei Frauen einfach nicht aus.

Dieses Wochenende war eigentlich mein Kinderwochenende, wie mir jetzt siedendheiß einfiel. Das hatte ich total vergessen. Aber eine Vierzehnjährige ist kein Kind mehr. Ich wußte, daß Mari ohnehin nicht vorhatte, ihrem Vater abends Gesellschaft zu leisten; deshalb ging ich davon aus, daß diese Essenseinladung in unserer Beziehung nicht zu unlösbaren Problemen führen würde – ganz im Gegenteil. Bei Maris Mutter sah das schon anders aus. Sie würde mir diese Sünde sicher bei passender Gelegenheit aufs Brot schmieren, und ich würde nichts dagegen tun können.

Im Laufe des Freitags führte ich einige Telefongespräche mit den für die Kreditkarten zuständigen Stellen, mit zwei Banken, mit einigen handverlesenen Geschäften und mit Löwes festem Reisebüro. Es ist erschreckend, wie leicht wir uns ein umfassendes Bild vom Leben eines Menschen machen können, wenn wir nur wissen, wie wir dabei vorzugehen haben. Ein Anwaltstitel ist dabei eine gute Hilfe, sogar am Telefon. Nachdem ich Anna gebeten hatte, anzurufen und meinen Auftrag zu bestätigen, lief alles wie geschmiert. Und ich war nicht einmal ein Profi. Elektronische Spuren können ziemlich entlarvend sein. Hoffentlich würde niemand mein Leben je auf diese Weise unter die Lupe nehmen. Aber sicherheitshalber wollte ich von nun an auf Barzahlung umsteigen.

Um Punkt Viertel vor sieben bog ich vorsichtig in den Strandvei ab, der sich zwischen den engstehenden Häusern am schmalen Husøysund entlangschlängelte. Der Jaguar schnurrte leise in der Dunkelheit, die Heizung war voll aufgedreht, und ich hatte ausnahmsweise einmal Zeit genug. Draußen war kein Mensch zu sehen. Es war kalt und sternenklar.

Husøy ist eine idyllische kleine Insel, die durch eine Brücke mit Nøtterøy und dem Festland verbunden ist und die keine zehn Kilometer vom Zentrum von Tønsberg entfernt liegt. Der Strandvei war alt, aber geprägt von modernem Wohlstand. Doppelte Garagen, glasierte Dachziegel, ausgefallene Anbauten. Wer hier keine drei Terrassen aufweisen konnte, galt sicher als Versager. Das Haus 3b bildete eine Ausnahme. Das Grundstück war groß und nicht einsehbar. Auf den ersten Blick war es schwer zu sagen, ob das weiße Haus im klassischen Südküstenstil wirklich alt war. Doch die ursprünglichen Steinmauern beseitigten jeden Zweifel. Durch die kleinen Fenster schimmerte einladendes Licht.

Ich fuhr auf den umhegten Hofplatz und hielt neben einem eleganten schwarzen Volvo-Pritschenwagen. Für einen langen Moment stand ich vor der Haustür, dann klingelte ich. Ich fühlte mich wie auf einer Reise zurück in die Zeit, und ich wußte nicht, ob mir das angst machte. Hulda drängte sich von hinten an mich heran.

Anna öffnete sofort die Tür. Offenbar hatte sie schon im Flur auf mich gewartet. Sie hatte sich nicht besonders zurechtgemacht. Ihre graue, engsitzende Hose und der Rollkragenpullover waren jedoch eindeutig keine Kaufhausmassenware. Ich fühlte mich unsicher. Eigentlich hatte ich mich in ihrer Gegenwart immer so gefühlt.

»Schön, daß du kommen konntest.« Das schien sie ehrlich zu meinen. »Wir können sofort essen, die Kinder haben schon gewaltigen Hunger. Reden können wir ja nachher.« Sie bedachte mich mit einem scheuen Lächeln. »Dein Hund kann gern mit ins Haus kommen.« Ihre Wangen hatten jetzt noch mehr Farbe bekommen.

Das Haus war warm und einladend. Überall hingen Bilder. Viele norwegische Künstler waren vertreten, dazu Namen, die mir nichts sagten, deutsche Namen. Anna hatte sich damals, als wir einander gekannt hatten, nicht sonderlich für Kunst interessiert. Aber so was kann sich ja ändern. Und Geld aktiviert schließlich häufig das ästhetische Empfinden.

Sie folgte meinem Blick. »Wir sammeln. Ja, der Experte ist vor allem Sten. Das war ...« Sie merkte, was sie da gesagt hatte, und biß sich nervös auf die Lippe. Sie benutzte braunen, fast schwarzen Lippenstift. »Das ist sein Hobby.«

Ein teures Hobby. Ich hatte ja schließlich die Rechnungen gesehen. Aber er betrachtete diese Kunstkäufe sicher als Investitionen.

Wir aßen in der großen Küche. Nudeln, Salat und getoastete Baguettes. Die beiden Jungen waren zuerst ein wenig reserviert, bald aber schienen sie mich als einen Teil des Inventars zu betrachten. Daß ihr Vater verschwunden war, schien sie seltsam wenig zu bedrücken. Für sie war Hulda offenbar wesentlich interessanter. Ich hatte den Grund meines Kommens nicht verschwiegen, und sie hatten alles fraglos akzeptiert.

»Hat dein Mann hier auch ein Arbeitszimmer oder irgendeinen Ort, an dem er Papiere und persönliche Unterlagen aufbewahrt?« fragte ich, als ich Anna beim Abräumen half.

»Er nutzt das Ferienhaus als Arbeitszimmer«, sagte sie. »Er fährt oft hin. Aber er hat zusätzlich hier ein kleines Büro.«

»Das würde ich mir gern ansehen.«

Sie nickte. »Natürlich. Ich bin alles durchgegangen, aber vielleicht entdeckst du etwas, das ich übersehen habe. Ich wußte ja gar nicht, wonach ich suchen sollte.«

Das Arbeitszimmer befand sich auf dem Dachboden und war gut ausgerüstet und aufgeräumt. Ich bat darum, allein gelassen zu werden, und schloß die Tür ab. Laptop, Archive, Ordner, meterweise Fachliteratur, alles systematisiert und geordnet. Ich setzte mich an den Schreibtisch. Plötzlich überwältigte mich ein Gefühl des Unwohlseins. Als betrachte jemand mich von draußen. Im Zimmer war es kalt geworden. Ich fühlte mich ziemlich unbehaglich.

Ich schaute zur Decke hoch, in die ein großes Fenster mit Panoramablick auf den Himmel eingebaut war. Auf einem Stativ auf dem Boden war ein leistungsstarkes Teleskop angebracht. Ohne weiter nachzudenken, trat ich dahinter, schaltete den Strom ein und ließ meine Blicke über den Himmel schweifen. Es war ein beeindruckender Anblick. Plötzlich fing ich eine Sternschnuppe ein. Vor dem kräftigen Fernrohr zeichnete sich ein langer, deutlicher Streifen über dem Horizont ab, ehe das Licht erlosch.

Löwe war sicher ein Mediziner der klassischen Schule, Naturwissenschaftler und Realist. Es war kein Wunder, daß er sich für die Geheimnisse des Universums interessierte. Der verschwundene UFO-Lehrer hatte auf Føynland gewohnt, der Insel zwischen Husøy und Nøtterøy, also nur wenige Kilometer von hier entfernt. Im Grunde waren sie Nachbarn gewesen.

Ich schüttelte diese Spekulationen ab und kehrte in die Wirklichkeit zurück. Das Zimmer hatte ich bald durchsucht. Ich fand nichts Interessantes. Und das, was ich schon wußte, genügte. Sten Löwe verbrachte viel Zeit im

Ferienhaus bei Kragerø, hatte Mørk erzählt. Er war gern allein dort. Das konnte stimmen, denn in einer Schublade hatte ich mehrere entwertete Fahrkarten für die Autofähre nach Skåtøy gefunden. Ich brannte danach, dieses Zimmer verlassen zu können.

Es war eine Erleichterung, wieder in der gemütlichen Küche zu sitzen. »Du hast doch sicher von dem UFO-Spezialisten gehört, der von Føynland verschwunden ist«, erkundigte ich mich vorsichtig. »Vor einem halben Jahr. Ich habe oben das Teleskop gesehen. Hat Sten sich für solche Fragen interessiert? Und haben sie einander gekannt?«

»Nein, das ist ein altes Instrument, das Sten von seinem Vater geerbt hat. Sten hatte keine Ahnung, wer dieser Mann war, er hat nur über ihn in der Zeitung gelesen. Ich erinnere mich noch, wie wir darüber geredet haben und fanden, daß es ein seltsamer Fall war. Aber die Leute hier draußen glauben, daß es Selbstmord war. Daß er sich ertränkt hat.«

»Es gibt also keinerlei Verbindung zwischen diesem Typen und deinem Mann?«

Sie schüttelte den Kopf. »Welcher Art sollte die sein? Ich begreife nicht, worauf du hinauswillst.«

Das wußte ich auch nicht.

»Komm, wir setzen uns ins Wohnzimmer. Ich habe einen Kuchen gebacken«, sagte sie, wie um sich zu entschuldigen.

Sie war wirklich erschöpft. Ich fragte mich, wie sie auf das, was ich zu erzählen hatte, reagieren würde.

»Hör mal, Peder«, sagte ich zu dem Zwölfjährigen, der wohlerzogen neben seinem Bruder auf dem Sofa saß. »Ist dir etwas eingefallen, was du mir erzählen kannst, etwas Ungewöhnliches, das dein Vater in letzter Zeit gesagt oder getan hat, egal was?«

Er blickte mich verständnislos an. »Nein, nicht, daß ich wüßte …« Er zögerte ein wenig. »Er war ein bißchen hitzig, wurde sehr schnell wütend. Aber tun das nicht alle Väter?«

Ich wußte nicht so recht, ob er sich über mich lustig machte. Der Junge war von der altklugen Sorte. Sein jüngerer Bruder sagte nichts, sah aber traurig aus, wie er so dasaß und den Boden anstarrte. Plötzlich blickte er auf.

»Peder hat mehr bekommen als ich.« Sein großer Bruder musterte ihn gereizt.

»Wie meinst du das?«

»Er bringt uns von seinen Reisen immer etwas mit. Aber letztes Mal hat Peder einen Walkman gekriegt und ich bloß eine Kassette.«

»Du hast vergessen, daß er dir ein neues Skateboard gekauft hat«, sagte sein Bruder wütend. »Das hat viel mehr gekostet.«

Anna mischte sich in die Diskussion ein. Sie setzte sich zu uns. »Wir haben es immer wichtig gefunden, daß die Kinder nicht alles bekommen, worauf sie gerade zeigen«, erklärte sie. »Deshalb kaufen wir nicht dauernd teure Geschenke. Es ist nur gut für Kinder, wenn sie etwas über Geld und Werte lernen.«

»Aber dann habt ihr plötzlich teure Geschenke bekommen«, folgerte ich und wandte mich an den jüngeren Bruder, Martin. Er hatte offenbar noch nicht gelernt, was Ironie bedeutet. »Wann war das übrigens?«

Er zuckte mit den Schultern. »Vor ungefähr zwei Wochen«, antwortete er unsicher.

»Er meint einen Monat. Er kennt noch nicht mal den Kalender.« Der ältere Bruder kannte kein Erbarmen.

»Papa war in Deutschland gewesen. Und danach hatte er nur noch schlechte Laune.«

»So, so«, sagte ich nachdenklich. Dann wandte ich mich an Anna. »Ist dir das auch aufgefallen?«

»Was denn?«

»Schlechtes Gewissen, zum Beispiel.«

Einige kleine rote Flecken wurden auf ihrem schlanken Hals sichtbar. »Vielleicht, ja. Aber er hat immer so viel zu tun, und das wird allmählich immer noch schlimmer.« Sie schaute hoch und erwiderte meinen Blick. »Wir haben nie mehr Zeit füreinander.«

»Das ist ja kein Verbrechen«, sagte ich in dem mißlungenen Versuch, nicht sarkastisch zu klingen. »Und unnormal ist es auch nicht. Würdest du sagen, daß ihr Eheprobleme habt?« Ich kam mir vor wie ein Familienberater. Das war eine ungewohnte Rolle. Die Kinder hatten inzwischen das Interesse an mir verloren und den Fernseher eingeschaltet. Zeit also, die wichtigste Frage zu stellen. »Glaubst du, er könnte eine andere haben?«

»Ich weiß nicht«, bekannte sie unsicher. »Nach seinem Verschwinden habe ich mich das natürlich auch gefragt. Aber ich hatte nie einen Grund, Sten zu mißtrauen. Wir waren immer so glücklich zusammen.«

Ich griff zu meinem Block, auf dem ich mir einige Details aus dem Konsummuster des Oberarztes notiert hatte. Sten Löwe hatte nicht einmal versucht, seine Spuren zu verwischen. Und Anna hatte ihrem Mann offenbar nie über die Schulter geschaut, wenn er über seiner Buchführung saß. Er setzte alles von der Steuer ab, deshalb nahm er die Abrechnungen so peinlich genau. Der Mann war ein Pedant. Und bezahlte ungern Steuern.

»Er hat immer im Hotel Unter den Linden gewohnt, wenn er nach Berlin fuhr, nicht wahr?« Mir ging auf, daß ich inzwischen über Sten Löwe in der Vergangenheit sprach, als ob er nicht mehr existierte.

Sie nickte. »Ja, meistens, glaube ich. Wieso?«

Ich kannte keine Gnade. Sie hatte im Grunde darum gebeten. »Wieso bestellt er immer ein Doppelzimmer?«

»Sten hat gern viel Platz. Und wenn du so hart arbeitest wie er, dann brauchst du eine schöne Umgebung, vor allem auf Reisen. Er ist ein ziemlicher Ästhet«, erklärte sie.

»Ich fürchte, hier ist nicht die Rede von Ästhetik. Bei seinem letzten Aufenthalt hat er für zwei Personen bezahlt. Essen, Drinks, Zimmerservice.« Ich war so rücksichtsvoll, nicht ins Detail zu gehen. Der Champagner war dem Preis nach mehr als nur Durchschnittsklasse gewesen, und er war nach Mitternacht aufs Zimmer gebracht worden. Und ein einsamer Mann in einer Bar bestellt nicht konsequent zwei Gläser.

Stille senkte sich über uns. Die gedämpften Geräusche des Fernsehers am anderen Zimmerende verrieten mir, daß es sich um einen scheinbar normalen Freitagabend handelte. Kartoffelchips, norwegische Lokalnachrichten und Familienidylle. Anna hatte mir den Rücken zugekehrt. Jetzt stand sie auf und starrte in den dunklen Winterabend hinaus. Ihre Schultern waren schmal, ihr Nakken nackt und wehrlos. Ich mußte einen immer stärkeren Drang unterdrücken, die Arme um sie zu legen. Das Dilemma wurde gelöst, als sie herumfuhr. Ihr Gesicht war weiß geworden.

»Ist er also dort«, fragte sie tonlos. »In Berlin?«

»Es könnte durchaus sein. Sagt dir der Name Sabine Schenk etwas?«

»Er klingt vertraut. Aber auf die Schnelle weiß ich nicht ...« Sie wirkte klein und verletzlich. Ihre Ärztinnenautorität war wie weggeblasen. »Meinst du die Graphikerin?« fragte sie unsicher und zeigte auf ein abstraktes graphisches Bild, das gleich neben uns an der Wand hing. »Ist er bei ihr?«

»Vielleicht. Dein Mann hat mehrere Drucke von ihr gekauft. Außerdem hat sie die Champagnerrechnung unterschrieben.« Das rutschte mir einfach so heraus. »Und dabei bin ich auf ihren Namen aufmerksam geworden.«

Ich verschwieg lange Telefongespräche, die vom Hotelzimmer aus mit Sabine Schenks Mobiltelefon geführt worden waren, eine beträchtliche Anzahl von Blumengrüßen und vor allem ein Armband, das für ihre Maße angefertigt und zu ihr nach Hause gebracht worden war. Es war vielleicht eine traurige Geschichte. Aber direkt ungewöhnlich war sie nicht.

»Jetzt brauchst du vielleicht meine Hilfe nicht mehr«, sagte ich hoffnungsvoll. »Sicher taucht er bald wieder auf. Und dann mußt du dir überlegen, wie du dich verhalten willst. Und frag mich nicht um Rat«, fügte ich hinzu. Auf irgendeine seltsame Weise fühlte ich mich verantwortlich. Das kollektive männliche Schuldbewußtsein. Meiner Exfrau zufolge war ich allerdings nicht einmal dazu fähig, individuelle Schuldgefühle zu entwickeln.

»Kannst du für mich hinfahren, nach Berlin, meine ich?« Ihre Stimme klang zaghaft und unsicher. »Ich muß wissen, was passiert ist. Und ich kann im Moment hier nicht weg.« Sie schaute zu den beiden Jungen hinüber, die friedlich vor dem Fernseher saßen. »Sie scheinen gut zurechtzukommen, aber das sieht nur so aus. Ich weiß, wie sehr sie leiden. Ich kann sie jetzt nicht allein lassen.«

Ich zuckte mit den Schultern. »Was könnte ich denn in Berlin ausrichten?« Genau diese Situation hatte ich vermeiden wollen. Ich hatte mit meinen eigenen Problemen mehr als genug zu tun.

»Ich will es einfach nur wissen, mehr nicht. Keine Konfrontation, keine Verhandlungen. Aber ich komme mit meinem eigenen Leben nicht weiter, solange ich nicht hundertprozentig sicher bin, daß Sten lebt und uns aus freien Stücken verlassen hat.«

Damit war die Sache entschieden. Ehe ich an diesem Abend den Strandvei verließ, hatte ich Anna versprochen, sofort nach Berlin zu reisen, um Beweise für die Irrungen ihres Mustergatten zu finden. Noch immer zweifelte sie an meiner Version. Wie gutgläubig kann ein Mensch eigentlich sein?

3

Schon am Montag vormittag war ich unterwegs. Widerøe bot einen Direktflug zum alten Flugplatz Tempelhof, mitten in der Metropole. Zu dem legendären Flugplatz, der während der Berlinblockade der Sowjets die Versorgung der Berliner Bevölkerung gesichert hatte, damals, vor langer Zeit, zu Anfang des kalten Krieges. Jetzt kam Berlin mir vor wie eine einzige große Baustelle.

Im Gegensatz zu dem versnobten Oberarzt Sten Löwe hatte ich mir eine billige, kleine Pension in Kreuzberg gesucht, einem ziemlich internationalen Stadtteil, der nur zehn Taximinuten vom Flughafen entfernt lag. Kreuzberg bot sich noch aus einem weiteren Grund an. Die Graphikerin Sabine Schenk lebte in dieser Gegend. Am Vorabend hatte ich sie angerufen, um sicherzugehen, daß sie nicht verreist war. »Hier ist Sabine Schenk. Mit wem spreche ich?« Ich hatte durchaus nicht vor, ihr das zu verraten. Ihre Stimme gefiel mir. Sie klang jedoch ziemlich gereizt, als ich keine Antwort gab. Aber leises Atmen im Telefon schien ihr keine Angst zu machen. Ich hatte mehrere Möglichkeiten ins Auge gefaßt, mich dann aber für die einfachste entschieden: sie aufzusuchen, um alles mit eigenen Augen zu sehen. Vorherige Fragen würden nichts bringen. Löwe war ja offenbar aus freien Stücken untergetaucht, und es war nicht sehr wahrscheinlich, daß er sich mir per Telefon anvertrauen würde, da er sich nicht einmal bei seinen nächsten Angehörigen gemeldet hatte.

Anna hatte mir eine Broschüre über eine Ausstellung gegeben, in der die junge Frau Schenk abgebildet war. Sie sah zweifellos faszinierend aus, auch wenn das Foto undeutlich war. Ich hatte es mir genau angesehen. Ein schmales, scharf gezeichnetes Gesicht, umkränzt von dunklen Locken. Vor allem ihre Augen gefielen mir, sie strahlten große Lebensfreude und ein wenig Schalkhaftigkeit aus. Es dürfte nicht schwer sein, sie zu erkennen. Sie kam mir überraschend jung vor, vielleicht Ende Zwanzig. Zu jung für mich und absolut zu jung für Oberarzt Löwe, der mindestens zwei Jahre älter war als ich. Sie wohnte am Halleschen Ufer, in einer engen Seitenstraße vom Kanal, mit alten Mietskasernen und kleinen, interessanten Kneipen.

Um Punkt sieben stand ich vor der Nummer 56, in der Sabine Schenk laut Telefonbuch zu Hause war. Im Erdgeschoß befanden sich zwei Kneipen, ansonsten schien das Gebäude aus Wohnungen zu bestehen. Die Namensschilder an der Haustür deuteten an, daß Sabine Schenk im zweiten Stock wohnte und dort auch ihr Atelier hatte. Die Haustür war abgeschlossen, und ich mochte es nicht riskieren, mich über die Gegensprechanlage zu melden. Pflanzen, Plakate und Vorhänge machten es leicht, Sabine Schenks Wohnung zu erraten. Oben brannte Licht, und zweimal konnte ich hinter den Fenstern Schatten erspähen.

Eine ältere Dame betrachtete mich schon eine geraume Weile skeptisch von ihrem Aussichtsposten in einem Fenster im Erdgeschoß aus, und als ich vier Zigarillos geraucht hatte und mehrere Male hatte weitergehen müssen, um nicht gar zu sehr aufzufallen, war ich kurz vor dem Aufgeben. Ich verzog mich auf den Hinterhof und beschloß, noch eine Weile auszuharren. Schließlich wurde ich für diesen bescheidenen Einsatz reichlich belohnt.

Nach einer Stunde löste das Problem sich von selbst. Die Haustür öffnete sich, und eine Frau, in der ich Sabine Schenk erkannte, trat heraus. Sie war allein. Schwarzer, engsitzender Wollpullover, enge Jeans, jede Menge Locken, ein bunter Schal um den Hals. Das Foto hatte nicht getäuscht. Ich versteckte mich hinter einem Kastenwagen, als sie zum Greifen nah an mir vorüberging. Sie drehte sich um und winkte. Hinter den Vorhängen konnte ich eine Gestalt erahnen.

Sie ging mit raschen Schritten am Kanal entlang, und ich folgte ihr in sicherer Entfernung. Schon nach zweihundert Metern blieb sie an der Ecke mit der Brücke, die in die zentralen Gefilde von Kreuzberg führt, vor einer Kneipe stehen und blickte sich um. Sie sah nervös aus. Nachdem sie zweimal auf die Uhr geschaut hatte, verschwand sie im Lokal.

Dort war wenig los. Ich wartete einige Minuten, dann schlenderte ich hinein und ließ mich diskret hinten am Tresen nieder, mit gutem Blick auf das restliche Lokal. Ich betrachtete Sabine Schenk von der Seite aus. Sie saß allein an einem Fenstertisch, trommelte mit den Fingern und schaute sich immer wieder um, während sie eine Zigarette nach der anderen rauchte. Sie hatte ein wunderschönes Profil. Plötzlich fühlte ich mich verdammt einsam. Ich kannte in dieser Stadt keine Menschenseele, und hier saß diese tolle Frau, nur einige Meter von mir entfernt und ganz und gar unnahbar. Sie hatte zwar zweimal in meine Richtung geschaut, aber das, was sie dabei gesehen hatte, war zweifellos weniger interessant als das Reklameschild an der Wand hinter mir. *Absolut Vodka,* ein weiteres skandinavisches Angebot. Sie hätte sich ebensogut auf der anderen Seite des Erdballs befinden können.

Ich fischte ein weiteres Zigarillo aus der Tasche, bestellte noch ein Bier und überlegte, wie ich in diese Lage geraten war, als plötzlich Leben in die Bude kam. Eine sehr auffallende Frau hielt Einzug im Lokal. Sie blieb kurz stehen und sah sich um, dann ging sie zielbewußt auf Sabine Schenks Tisch zu. Diese Frau war etwas älter, eher in meiner Altersgruppe. Sie war groß und schlank, hatte klassische Züge und ein Auftreten, als gehöre ihr die Welt. Sie war ganz und gar nicht mein Typ.

Sabine Schenk erhob sich unsicher. Die beiden reichten einander die Hand. Sie schienen sich jedoch nicht zu kennen. Die Stimmung wirkte angespannt, fast feindselig, als sich beide an den Tisch setzten. Die hochgewachsene Frau ergriff die Initiative, und schon bald hatten sich beide ziemlich in Rage geredet. Ich konnte nicht hören, worüber sie sprachen, denn der Barkeeper hatte die Musik hochgedreht. Außerdem war der Tisch zwischen uns von lärmenden Jugendlichen besetzt, die meine begrenzten Möglichkeiten, das Streitgespräch der beiden Damen zu verfolgen, vollends zunichte machten. Ich bekam kein einziges Wort von dieser Diskussion mit, neigte aber dazu, Sabine Schenk zu unterstützen.

Die Stimmung näherte sich jetzt offenbar dem Siedepunkt, denn beide sprangen auf und tauschten giftige Blicke. Sabine Schenk versetzte einem Stuhl einen Tritt, der ihr im Weg stand, als sie zurückwich und an mir vorüberkam. »Mir ist doch scheißegal, was Sie glauben. Begreifen Sie das endlich, Frau Ulrich!« fauchte sie und starrte die andere an, die noch immer neben dem Tisch stand. Ihr Name kam mir vertraut vor. »Und rufen Sie mich bitte nicht mehr an!« Sabine Schenk nahm sich kaum die Zeit, die Tür zu öffnen, ehe sie hinausstürzte. Ihre Haare umgaben ihren Kopf wie ein schwarzes Gewirr. Sie war außer sich vor Wut. Aber in ihren Augen standen Tränen.

Während ich versuchte, Sabine Schenk zu folgen, die jetzt zu ihrer Mietskaserne zurücklief, versuchte ich, mich daran zu erinnern, woher ich den Namen kannte. Ulrich. Er war wiederholt in den Papieren von Sten Löwe, in seiner Korrespondenz mit Kolleginnen und Kollegen im Zusammenhang mit einem Forschungsprojekt der Freien Universität Berlin, aufgetaucht. Renate Ulrich, Dr. med., Professorin und Projektleiterin. Ich hatte mir eine gestrenge Dame von Mitte Sechzig vorgestellt.

Sabine Schenk schloß die Haustür auf und verschwand im Treppenhaus, ohne sich auch nur einmal umzuschauen. Die Tür knallte mir vor der Nase zu, als ich versuchte, einen Fuß hineinzuschieben, und Sabine Schenk lief die Treppe hoch. Ich beschloß, mir den Hinterhof genauer anzusehen. Ich entdeckte ein solides Abflußrohr, das von der Regenrinne vor Sabine Schenks Wohnung die Mauer hinunterführte, vorbei an den kleinen Balkons, von denen offenbar jede Wohnung einen hatte. Ich wollte nur eine rasche Bestätigung. Danach könnte ich nach Hause fahren und mein verhältnismäßig normales Leben wiederaufnehmen. Die kleine Digitalkamera in meiner Jackentasche war tauglich genug, um Oberarzt Löwe und sein schlechtes Gewissen einfangen zu können.

Es war erst kurz nach neun, und es waren noch immer viel zu viele Menschen unterwegs. Aber da die Kneipen in dieser Gegend angenehm dicht beieinanderlagen, konnte ich problemlos zwei Stunden totschlagen, diesmal mit Hilfe eines lokalen Korns. Der war allerdings meilenweit von Bache Gabrielsens Klasse entfernt.

Am Himmel über Berlin leuchteten die Sterne, als ich auf den Hinterhof schlich und das Abflußrohr packte. Es war mit Haken und Bolzen an der Mauer befestigt, die ungefähr einen Meter voneinander entfernt waren und an denen ich mich hochzog. Es war mittlerweile so dunkel, daß ich den harten Boden unter mir nicht mehr sehen konnte. Ich wollte aber auch lieber nach oben blicken. Wie beim letzten Mal, als ich die Sterne studiert hatte, empfand ich auch jetzt ein unbehagliches, unangenehmes Gefühl. Diesmal war es natürlich begreiflicher.

Während ich gewartet hatte, war es im Erdgeschoß und im ersten Stock dunkel geworden. Bei Sabine Schenk gab es gedämpfte Beleuchtung und Nachtmusik. Nat King Cole swingte im Duett mit seiner Tochter. Obwohl ich wußte, daß alles nur Jux war, klang es gut. Und romantisch. Auf mich, der ich an einer kalten Steinmauer einer Mietskaserne in Berlins Türkenviertel hing, wirkte es wie die heile Welt schlechthin. Ich hätte daheim in Tønsberg bleiben, mit meiner vernachlässigten Hündin spazierengehen, meine wißbegierige Tochter ins Kino einladen und mit Wilhelm Mørk friedliche Schachpartien absolvieren sollen. Statt dessen schwang ich mich jetzt keuchend im zweiten Stock über die Balkonkante und landete zappelnd auf dem Boden, wo ich dann einige Sekunden lang still liegenblieb und lauschte. Aber ich hörte nur meinen Herzschlag und die weiche Stimme des alten Nat. *Too young*. Mir ging plötzlich auf, daß ich mir noch gar nicht überlegt hatte, wie ich wieder nach unten kommen sollte. Am Abflußrohr herunterzurutschen könnte ja schwieriger sein, als daran hochzuklettern.

Ich kniete mich hin, zog die Kamera aus der Tasche und spähte vorsichtig durchs Fenster. Ein riesiges Messingbett nahm fast das gesamte Zimmer ein. Ein Lichtstrahler an der Decke ließ einen gedämpften Schein auf die Bettmitte fallen. Das Bett war leer, aber ich konnte mir durchaus vorstellen, wie Sabine Schenk darin ausgesehen hätte. Mein Verständnis für Spanner wuchs in diesem Moment rapide an.

Wenn ich mich über den Balkon reckte, konnte ich einen Blick ins Nebenzimmer werfen, aus dem die Musik kam. Sabine Schenk hockte in einem großen Sessel. Sie starrte angespannt in meine Richtung, wachsamer, als mir lieb war. Die Tatsache, daß sie mich hier draußen in der Dunkelheit unmöglich sehen konnte, war durchaus keine Beruhigung.

Ein Mann saß mit dem Rücken zu mir auf dem Sofa. Ich konnte ihn nur von hinten sehen. Dunkle Locken mit grauen Einsprengseln, lange Beine, die sich entspannt ausgestreckt hatten. Sein Hinterkopf kam mir bekannt vor. Auf dem Tisch zwischen den beiden stand eine fast leere Flasche Rotwein. Die Tatsache, daß auf dem Tisch drei Gläser zu sehen waren, beunruhigte mich.

Ich konnte mir über die Konsequenzen dieser Beobachtung keine weiteren Gedanken machen, denn plötzlich hörte ich hinter mir die Balkontür knirschen. Als ich herumfahren wollte, wurde ich mit tödlicher Wucht gegen das Geländer gepreßt. Jemand packte mich mit eisernem Griff um den Hals und schob mich über das Geländer, mit klarem Kurs auf den Asphalt tief unten. Als ich gerade über die Kante zu kippen drohte, lockerte sich der Zugriff ein wenig.

»Warten Sie, b-b-bitte!« gurgelte ich und dachte einen winzigen Augenblick lang mit tiefer Dankbarkeit an das Stipendium, das mir in grauer Vorzeit ein Austauschsemester in Hamburg beschert hatte. Dort hatte ich immerhin Deutsch gelernt.

»Möchtest du etwas sagen?« wurde hinter mir in ironischem Tonfall gefragt. Die Stimme war überraschend klangvoll und hell, fast feminin. Nach dem Zugriff zu urteilen, hatte ich eher mit einem Gorillagrunzen gerechnet. »Wie wäre es zum Beispiel mit einer Erklärung?« fügte er sarkastisch hinzu.

Jetzt meldete sich auch Sabine Schenk zu Wort. »Sei vorsichtig, damit er nicht vom Balkon fällt.« Dieser gute Rat fand durchaus meine Zustimmung.

Das Untier seufzte resigniert, zog mich von der Balkonkante und in das große Wohnzimmer, das jetzt unangenehm hell erleuchtet war. »Das hast du wirklich nicht verdient.« Mir war klar, daß diese Bemerkung an mich gerichtet war.

Drei unfreundliche Gesichter musterten mich, während ich auf dem Boden lag und versuchte, eine gewisse Würde zurückzuerlangen, was sich jedoch als unmöglich erwies. Es ist schwer, mit Leuten, die auf einen herunterstarren, ein ebenbürtiges Gespräch zu führen. Deshalb versuchte ich, auf die Beine zu kommen. Mein Rücken tat weh, mein Hals fühlte sich wund an.

Der Gorilla verhinderte diesen Versuch. »Bleib ruhig liegen«, sagte er mit drohender Höflichkeit. »Das ist uns lieber so.« Der Typ bildete sich offenbar ein, Humor zu haben. Er hatte sicher hinter der Schlafzimmertür gestanden, während ich mich nichtsahnend abgemüht hatte, um auf den Balkon zu gelangen.

Ich richtete nun meinen Blick auf den Dritten, der bisher noch kein einziges Wort gesagt hatte. Langsam ging mir die traurige Wahrheit auf. Ich hatte mich gewaltig geirrt. Selbst von meiner Position auf dem blankgescheuerten Kiefernholzboden aus konnte ich sehen, daß sich hier nicht der Oberarzt Sten Löwe über mich beugte. Mit etwas gutem Willen ließ sich zwar eine gewisse Ähnlichkeit erkennen, aber das half mir nicht weiter.

»Ich b-b-bin Anwalt. Ich suche Sten Löwe«, sagte ich. Das schien die Anwesenden nicht weiter zu beeindrucken. »Wo steckt er?« fügte ich hinzu und versuchte, Sabine Schenk streng anzusehen. »Ich k-k-kenne die ganze Geschichte. Dr. Löwe, dein norwegischer Liebhaber.« Angriff ist die beste Verteidigung. »Der Mann hat Familie, Leute, denen er wichtig ist. Und die möchten eine Erklärung. Das ist ja wohl nicht zuviel verlangt?«

Die beiden Mannsbilder sahen aus wie Fragezeichen, Sabine jedoch zeigte eine heftige Reaktion. »Du bist heute schon der zweite, der so was behauptet. Er ist nicht hier. Ich habe keine Ahnung, wo er steckt. Und es ist mir auch scheißegal!« Wütend stampfte sie mit dem Fuß auf. Diese Reaktion hatte ich vorhin bereits in der Kneipe beobachtet.

Die Lage wurde jetzt, gelinde gesagt, nebulös. Und sie wurde nicht klarer, als der Gorilla nun den Arm um den Mann legte, der nicht Sten Löwe war und ihm einen Kuß von ziemlich erotischer Qualität gab. »Setzen wir uns, Herzchen. Der Typ ist doch nicht gefährlich.«

Dabei zeigte er auf mich. Das Paar ließ sich nebeneinander auf dem Sofa nieder, während ich mich langsam und mit weichen Knien aufrichtete. Jetzt war die Sache meiner Kontrolle entglitten. Sabine Schenk blickte mich unsicher an.

In diesem Moment klingelte das Telefon. Sabine meldete sich. »Ja, Frau Schmidt. Sie hatten ganz recht, aber wir haben jetzt alles im Griff. Sie brauchen sich keine Sorgen mehr zu machen, er kommt uns nicht weiter gefährlich vor. Und vielen Dank dafür, daß Sie so gut auf mich aufpassen.«

Die alte Frau am Fenster. Sicher hatte sie von meinem dilettantischen Spionageeinsatz berichtet.

»Hol noch eine Flasche Wein, Sabine«, sagte der Dritte freundlich. »Und bring für unseren neuen Freund ein Glas mit.« Er gab in dieser seltsamen Versammlung offenbar »the good guy«. »Wir müssen das alles besprechen. Du bist Norweger, nicht wahr?« War das wirklich so offensichtlich? »Ein schönes Land. Wir fahren gern hin und wieder nach Norwegen, was?« Er blickte den Gorilla zärtlich und danach weniger liebevoll mich an. »Wie war noch gleich der Name?«

»F-f-foyn«, sagte ich zögernd. »Svend Foyn, Anwalt.«

»Kurt. Lyriker.« Er legte dem Muskelprotz eine gepflegte Hand auf den Unterarm. »Und das ist Hansi. Auch ›der Große‹ genannt.« Das wunderte mich nicht.

Wir setzten uns an den Tisch. Die Stimmung war noch immer ein wenig angespannt. Sabine Schenk schenkte Rotwein ein, während der Gorilla die Beleuchtung dämpfte und die Stereoanlage leiser drehte. Er war ungeheuer muskulös, aber ziemlich kleinwüchsig. Mit seinem glattrasierten Schädel, seinem engsitzenden weißen T-Shirt, seinen baumelnden Goldohrringen und seiner überaus femininen Stimme kam er mir vor wie ein wandelnder Widerspruch. An seinen Fingern funkelten Gold und edle Steine. Und er führte das Wort.

»Lassen Sie doch mal Ihre Version dieser interessanten Episode hören, Herr Foyn«, sagte er langsam. »Gibt es in Norwegen keine Treppen? Warum haben Sie nicht einfach geklingelt?«

»Ich d-d-dachte, daß mich niemand einlassen würde«, gestand ich kleinlaut. »Frau Löwe hat mich geschickt«, erklärte ich dann. »Frau Schenk hat sich mit ihrem Mann amüsiert, und jetzt ist der Kerl spurlos verschwunden.

Ich hatte angenommen, er wäre hier.« Ganz überzeugt vom Gegenteil war ich noch immer nicht.

Sabine Schenk zog nervös an ihrer Zigarette. »Ja, stimmt, wir hatten eine Beziehung«, bekannte sie wütend. »Total bescheuert von mir. Mir hat er erzählt, er sei seit Jahren geschieden, würde gern nach Berlin umziehen, aber aus Rücksicht auf die Kinder sei das noch nicht möglich. Er wollte vor drei Tagen herkommen. Das hatte er jedenfalls angekündigt.«

»Aber er hat sich nicht blicken lassen?«

Sie schüttelte den Kopf. »Deshalb habe ich in seinem Krankenhaus in Norwegen angerufen. Und da hieß es, er werde vermißt und niemand habe eine Ahnung, wo er sich aufhält.« Sie verstummte, und wieder sah ich, daß ihr Tränen in den Augen standen. »Sie haben mir gesagt, ich sollte mit seiner Frau sprechen.«

»Aha«, sagte ich vielsagend und verzichtete darauf, auch noch Salz in die Wunde zu streuen. Manche Menschen sind eben leichtgläubig.

Sie nahm sich eine neue Zigarette. Der Lungenspezialist hätte ihr diese Rauchgewohnheiten austreiben sollen. »Ich hatte einen Verdacht«, gab sie zu, »aber es war doch schrecklich, das zu hören.«

Nicht nur für dich, dachte ich, hielt es aber nicht für angebracht, dergleichen gerade jetzt laut auszusprechen. »Aber was hat Frau Ulrich mit der ganzen Sache zu tun?«

Sabine Schenk fuhr zusammen. »Kennst du sie?«

»Nur vom Hörensagen. Aber ich habe euch zusammen gesehen. Und ich habe deine letzte Bemerkung gehört.«

Sie musterte mich mit neuem Interesse. »Ich wußte doch, daß ich dich schon einmal gesehen hatte. Du bist mir gefolgt.«

Diese Ermunterung konnte ich brauchen.

»Sie hat mich heute morgen angerufen und nach Dr. Löwe gefragt. Sie sagte, sie sei seine Kollegin und mit ihm befreundet. Ich antwortete wahrheitsgemäß, daß ich nicht weiß, wo er steckt, und daß er hier jedenfalls nicht ist.« Sie blickte mich resigniert an. »Darauf hat sie mich bedroht und wollte sich unbedingt mit mir treffen.«

»Woher kannte sie deinen Namen?«

»Sie hatte wohl Verdacht geschöpft und uns nachspioniert.« Sabine Schenk schlug verlegen die Augen nieder. »Im Hotel.«

»Ich möchte das jetzt mal ganz klarstellen«, sagte ich. »Hatte Sten Löwe auch mit dieser Professorin, seiner Chefin, ein Verhältnis?«

Nicht, daß das ein Hindernis zu sein brauchte; dieser Mann verfügte offenbar über bewundernswerte Fähigkeiten.

Die Sache entwickelte sich zur puren Seifenoper. Der Kerl mußte etwas an sich haben, das ich bisher übersehen hatte. Die Frauen standen bei ihm Schlange, und Sten Löwe konnte offenbar nicht nein sagen. Aber ich hatte ja auch keine Ahnung von Frauen.

»Das hat sie behauptet«, berichtete Sabine Schenk verbissen. »Und sicher sagt sie die Wahrheit. Sie war davon überzeugt, daß Sten jetzt bei mir wohnt.«

»Dann sind wir schon zu zweit. Weißt du vielleicht noch von anderen, wo wir schon einmal so weit sind?« Meine Mutter hatte immer behauptet, daß mein Sarkasmus mich noch ins Unglück stürzen würde.

Sabine Schenk schien mir gerade den Inhalt ihres Weinglases ins Gesicht kippen zu wollen, als der Lange energisch eingriff. »Immer mit der Ruhe, Sabine. Dein Oberarzt ist hier das Problem, nicht unser norwegischer Gast.« Dabei zeigte er auf mich. »Hol lieber noch ein paar Flaschen Wein. Ich schlage vor, daß wir uns vollaufen lassen. Schlimmer kann es doch gar nicht mehr kommen.«

Dieser Vorschlag gefiel mir.

Der Muskelmann öffnete die Flaschen. Er entpuppte sich als Professor für Kunstgeschichte. Offenbar waren beide gute Freunde von Sabine und an diesem Abend der Schutz gegen Angriffe verschmähter Geliebter und anderer Opfer der amourösen Aktivitäten des virilen Oberarztes. Außerdem waren sie bis über beide Ohren ineinander verliebt. Ich wurde richtig neidisch bei ihrem Anblick.

Während wir uns Sabine Schenks restliche Weinvorräte hinter die Binde gossen, erzählte ich ihnen die ganze Geschichte, auch das, was vor fast zwanzig Jahren geschehen war. Und diesmal traf ich auf Verständnis. Die Turteltauben ernannten mich sofort zum »Romantiker des Jahrhunderts«, und sogar Sabine sah mich mit ganz anderen Augen an. In gewisser Weise hatten wir eine Gemeinsamkeit. Wir sehnten uns beide danach, bestimmte Fehltritte zu vergessen. Ich war unter Freunden gelandet.

»Ist mir schnurz, ob Sten verheiratet ist«, erklärte Sabine unaufgefordert. »Und seine Frauengeschichten interessieren mich nun wirklich nicht. Das Üble ist, daß er gelogen hat.« Sie musterte mich forschend. »Was glaubst du, was mit ihm passiert sein kann?«

»Ehrlich gesagt, ich habe keine Ahnung. Vielleicht ist er ins Kloster gegangen.« Ich konnte mir Sten zwar kaum als reuigen Sünder vorstellen, aber Wunder gibt es schließlich immer wieder. Hier war er jedenfalls nicht.

Irgendwann in dieser Nacht verschwanden Kurt und der Große und steuerten irgendeinen Nachtclub an. Sabine und ich blieben an den entgegengesetzten Sofaenden sitzen. Der viele gute Wein hatte uns angenehm tranig werden lassen. Ich betrachtete ihr Profil und fand es jetzt noch anziehender als früher an diesem Abend. Ich mochte alles an ihr. Fast. Sabines Beziehung zu Sten Löwe überstieg meine Vorstellungskraft.

»Weißt du, was man vom Rotwein wird?« Ich war jetzt in der literarischen Ecke gelandet.

»Beschwipst«, antwortete sie. »Vielleicht blau.«

»Der norwegische Schriftsteller Jens Bjørneboe sagt, daß man lemurisch wird. Aber von dem hast du vielleicht noch nie gehört.«

»*Der Augenblick der Freiheit?*«

Das war zu schön, um wahr zu sein.

»Was bedeutet lemurisch denn wohl, was meinst du?« fragte sie lächelnd.

»So ungefähr das«, sagte ich und beugte mich zu ihr vor. Sie war mir jetzt so nah, daß ich den Duft von mildem Bordeaux, starken Zigaretten und heißem Atem wahrnehmen konnte.

»Ich habe schlechte Erfahrungen mit Norwegern«, flüsterte sie, aber nicht direkt abweisend. »Du bist bestimmt auch verheiratet, was?«

»Ich bin seit Jahren geschieden«, erwiderte ich und erkannte zu spät, daß ich mich völlig falsch ausgedrückt hatte. Sie musterte mich skeptisch. »Das stimmt zufällig.« Ich faßte einen Entschluß und kam unsicher auf die Beine. Das hier war nicht der richtige Augenblick. »Ich gehe jetzt«, sagte ich heroisch. »Aber ich k-k-komme gern wieder. Nächstes M-m-mal werde ich klingeln.«

»Das ist sicher besser so, ja«, meinte sie vage. Ich wußte nicht, wie ich das deuten sollte.

Auf dem Weg zur Tür warf ich einen langen Blick auf das einsame Messingbett im Schlafzimmer. Als ich die Wohnungstür öffnen wollte, um ausnahmsweise einmal die Treppe zu benutzen, hörte ich hinter mir Sabines Stimme. »Du kannst gern hier schlafen.«

Langsam drehte ich mich um. Es war eine späte Nacht in Berlin geworden. Ich war müde und angetrunken, fühlte mich aber nicht mehr einsam.

Sabine stand im Flur und blickte mich forschend an. »Willst du?«

Hier im Halbdunkel sah sie älter und reifer aus. Sie hatte mir erzählt, daß sie fast fünfunddreißig war und mit Männern viel zu viele schlechte Erfahrungen gemacht hatte. So wie ich mit Frauen.

Wir nutzten den Rest der Nacht zu dem Versuch, uns gegenseitig davon zu überzeugen, daß Männer und Frauen jeglicher Wahrscheinlichkeit zum Trotz doch ab und zu zusammenkommen können. Ich fand den Versuch ziemlich gelungen. Aber bei Frauen weiß man ja nie.

Ich fuhr nach, wie mir schien, zehn Minuten Schlaf, mit einem Ruck aus dem Bett hoch. Ein Streifen Morgensonne fiel mir ins Gesicht. Langsam bekam ich die Wirklichkeit in den Griff. Ich lag durchaus nicht in einem schmalen, tristen Bett in einem noch tristeren Pensionszimmer, die Erlebnisse der Nacht waren alles andere als ein Traum, und ich war nicht allein in der Großstadt Berlin. In knapp zwei Stunden ging mein Flugzeug. Aus Rücksicht auf meine Mandantin hatte ich einen Billigflug genommen, der sich nicht umbuchen ließ. Aber ich hatte in Berlin noch etwas zu erledigen.

Sabine schlief noch immer tief, als ich mich aus der Wohnung schlich und vorsichtig die Tür hinter mir ins Schloß zog. Ich hatte meine Visitenkarte neben dem Telefon hinterlegt. Jetzt war sie am Zug. Sie wußte, wo sie mich finden könnte. Ich hoffte, daß sie anrufen würde.

Die Spionin am Fenster mochte offenbar ihren eigenen Augen nicht trauen, denn ich winkte ihr höflich zu, als ich ihren Ausguckposten passierte. Dieses Erlebnis würde Frau Schmidts Überwachungssystem zweifellos durcheinanderbringen.

In der Pension machte ich mich sofort ans Werk und rief im Krankenhaus an, um mich bei Sten Löwes Forschungskollegen zu erkundigen, vor allem bei der verschmähten Professorin. Niemand hatte während der vergangenen beiden Wochen ein Wort von ihm gehört oder ihn gesehen. Mehr konnte ich in Berlin nicht ausrichten. Diesmal.

4

Am Dienstag nachmittag war ich dann wieder in Tønsberg, gerade spät genug, um nicht mehr ins Büro zu müssen. Ich wußte, daß Anna Löwe dienstags abends noch Sprechstunde hatte. Sie hatte den Namen ihres Mannes angenommen. Die Anna, die ich einmal gekannt hatte, hätte diese alberne Zumutung weit von sich gewiesen. Sie wartete sicher gespannt auf meinen Bericht. Aber ich fürchtete, daß das, was ich zu erzählen hatte, noch schlimmer war als die Bestätigung, daß ihr Mann sie verlassen habe, um sich mit einer jungen und schönen Künstlerin aus Berlin zusammenzutun. Ich konnte nur bestätigen, daß der Mann über einen auserlesenen Geschmack verfügte. Für mich war das nichts Neues, und für Anna wäre es kein Trost.

Ich schlug im Håndverkeren ein paar Stunden tot, wo ich aß und die Zeitungen des Tages las. Ziemlich weit hinten im *Tønsbergs Blad* fand ich einen Artikel, der meine Neugier gewaltig anstachelte. *Geschäftsmann vermißt.* Noch ein Verschwundener, ungefähr im selben Alter wie Sten Löwe. Einfach weg. Der Mann war vor fünf Tagen spurlos verschwunden. Martin Backe, geschieden, hatte allein in einer Wohnung in Tønsberg gehaust. Ich kannte den Namen und wußte, wer mir mehr erzählen könnte.

Wilhelm Mørk fläzte sich in seinem komfortablen Chefsessel in seinem engen Büroschlauch, als ich unangemeldet auftauchte. Mørk hatte sich diesen Sessel selber geschenkt, aus Verachtung für die begrenzten Budgets und die verkrustete Bürokratie der Truppe. Böse Zungen behaupteten, er habe damit den Polizeichef provozieren wollen, der angeblich das ganze Problem Wilhelm Mørk nur zu gern losgeworden wäre. Doch da Mørk durch seine, gelinde gesagt, unkonventionellen Ermittlungsmethoden dermaßen aufsehenerregende Ergebnisse erzielt hatte, daß er vorübergehend zu landesweiter Bekanntheit gelangt war, war er so ziemlich immun. *Der mitfühlende Polizist*, so hatte die Boulevardpresse ihn genannt, nachdem wir gemeinsam einem entführten kleinen Mädchen das Leben gerettet hatten, während Mørk bei der Befreiungsaktion gleich auch die Täter ins Jenseits befördert hatte. Ich selbst war dabei unfreiwillig in Mørks Vendetta hineingezogen worden. Die Vergangenheit band uns aneinander.

Ich legte ihm die aktuelle Ausgabe des *Tønsbergs Blad* vor die Nase, aufgeschlagen auf Seite fünf. »Was weißt du über diese Geschichte, Wilhelm?«

Mørk nahm die Beine vom Schreibtisch und schaufelte mir den Besuchersessel frei. Er musterte mich forschend. »Woher dieses plötzliche Interesse an Vermißten?«

»Frau Löwe hat mich engagiert«, erklärte ich. »Sie ist mit den Anstrengungen der Polizei nicht zufrieden. Außerdem ist sie eine alte Freundin von mir.«

»Eine Freundin? Soso.«

Ich versuchte, diese Ironie zu ignorieren, und zeigte auf den Zeitungsartikel. »Das ist schon der dritte Verschwundene innerhalb eines halbes Jahres. Das muß euch doch Gedanken machen?«

Wilhelm Mørk war ein gutaussehender Mann, groß und mit immer noch dunklen Haaren. Er setzte sich gerade und schnippte ein imaginäres Staubkorn von seiner klassischen Tweedjacke. »Alles klar. Tauschen wir Informationen. Du erzählst mir deine Geschichte. Ich sage dir, was wir wissen. Und beide sind zufrieden.«

Ich seufzte. »Ich habe nicht viel zu erzählen.« Ich lieferte eine kurze Zusammenfassung, behielt aber auch etwas für mich.

»Wir haben intern darüber gesprochen, ja. Aber es kommt immer mal vor, daß Leute verschwinden. Das ist hier nicht das erste Mal in diesem Bezirk, und es wird auch wieder passieren.« Er zeigte auf einen Ordner mit der Aufschrift KRIPO. »Zu deiner Orientierung kann ich dir verraten, daß pro Jahr in diesem Land mindestens zwanzig Menschen verschwinden. Und hier reden wir von denen, die spurlos verschwinden, ohne plausible Erklärung.«

»Aha«, sagte ich skeptisch. »Hast du dir schon einmal überlegt, daß Tønsberg in dieser Statistik ziemlich überrepräsentiert sein muß?«

»Du hast doch sicher vom Dominoeffekt gehört? Vergiß nicht, daß es sich um völlig unterschiedliche Fälle handelt. Die Vermißten hatten unseres Wissens keinerlei Verbindungen untereinander. Und überdies ist es noch viel zu früh, um irgendwelche Folgerungen zu ziehen. Vielleicht tauchen sie ja alle wieder auf.«

Ich schnaubte. »Hör doch auf, Wilhelm. Das glaubst du ja selber nicht.«

»Vielleicht hast du recht. Aber das, was ich glaube, wird hier in diesem Haus nicht sonderlich wichtig genommen. Das müßtest du doch am besten wissen.« Er musterte mich nachdenklich. »Wie sieht also deine Theorie aus?«

»Es kann irgendeinen Zusammenhang zwischen diesen Fällen geben, den wir noch nicht entdeckt oder kapiert haben.«

»Du redest von einer Konspiration. Von einer unbekannten Person, die andere spurlos von der Erdoberfläche verschwinden läßt.«

Seine Ironie prallte diesmal an mir ab, auch wenn mir seine Wortwahl nicht gefiel. *Von der Erdoberfläche verschwinden läßt.*

Manchmal kam Wilhelm Mørk mir vor wie ein Gedankenleser.

»Nicht notwendigerweise. Vielleicht haben sie sich gemeinsam aus dem Staub gemacht. Sie können schließlich hunderttausend lichtscheue Projekte am Laufen haben, was wissen wir denn?«

»Ich fürchte, deine Theorie hat schon einen Knacks«, erwiderte Mørk trocken und fischte ein Blatt Papier aus dem Chaos auf seinem Schreibtisch. »Diese Nachricht ist vor weniger als einer Stunde hier auf der Wache eingelaufen.« Mit kühler Stimme las er vor: *»Heute um fünfzehn Uhr dreißig wurde telefonisch mitgeteilt, daß ein Anrufer Sten Löwe einen Tag nach dessen Verschwinden ungefähr um sechzehn Uhr im Duty-Free-Shop des Kopenhagener Flughafens gesehen habe. Der Anrufer wollte seinen Namen nicht nennen, erklärte aber, er sei auf einer Geschäftsreise gewesen und habe deshalb durch Zufall aus einer älteren Nummer des* Tønsberg Blads *erst heute erfahren, daß Löwe vermißt wird. Der Stimme nach handelt es sich um einen Mann mittleren Alters, der offenbar von einer Telefonzelle aus angerufen hat. Er sprach mit neutralem Tønsberger Akzent, doch der Beamte, der den Anruf entgegengenommen hat, meinte, daß er deshalb nicht unbedingt aus der Gegend stammen muß. Der Anrufer behauptet, Löwe so gut zu kennen, daß auf keinen Fall ein Irrtum vorliegen kann. Auf die Frage, ob es einen direkten Kontakt zwischen beiden Männern gegeben* *habe, wurde das Gespräch abrupt beendet.*« Mørk schob mir das Blatt zu und schaute auf. »Na, was sagst du dazu?«

Ich schaute ihn überrascht an. »Das ändert die Sache vielleicht, ja. Wir werden sehen. Hast du die Familie schon informiert?«

»Ich habe versucht, Frau Löwe anzurufen, aber ich habe sie noch nicht erreicht.«

»Überlaß das mir. Ich muß ohnehin mit ihr reden.« Mørk musterte mich skeptisch. »Heute abend«, fügte ich ruhig hinzu. »Ich warte nur das Ende ihrer Sprechstunde ab.« Ich fischte ein Zigarillo hervor. »Dieser Backe, was weißt du über ihn?«

Ich assoziierte den Mann mit raschen Finanztransaktionen. Große Gewinne und noch größere Verluste. Zwei Kollegen von mir hatten offenbar bei ihren Investitionen in Backes Finanzmaklergeschäft beträchtliche Summen in den Sand gesetzt. Und wenn etwas wirklich ihren Gerechtigkeitssinn weckte, dann die Angst vor dem Verlust des eigenen Geldes.

»Scheinbar ist der Mann ein Erfolg«, sagte Mørk und lächelte diabolisch. »Aber zuverlässige Quellen behaupten, seine Kundenkonten seien leer, was eigentlich nicht der Fall sein dürfte. Und wir reden hier nicht von Kleingeld. Das Problem ist, daß keine Anzeigen vorliegen. Wir haben nur diskrete Anfragen von besorgten Klienten.«

»Graue Finanztransaktionen also.« Mich überraschte das nicht.

»Ich würde eher schwarze sagen. Wir fangen gerade erst an, uns die Sache näher anzusehen. Eigentlich ist dafür die Wirtschaftskripo zuständig, wenn daraus ein Fall wird. Und auch die Steuerbehörden würden gern mal mit ihm reden.«

»Willst du damit sagen, daß er vielleicht dermaßen unter Druck stand, daß er Selbstmord begangen hat?«

»Das wäre jedenfalls nicht unwahrscheinlich. Er kann natürlich durchgebrannt sein; aber es sieht nicht danach aus, er hat nämlich Paß und Brieftasche zu Hause liegenlassen. Seiner Exfrau zufolge war er in letzter Zeit ziemlich deprimiert.«

»Das gibt es bei Exfrauen doch häufiger.«

»Aber bei dieser Sorte eher nicht«, entgegnete Mørk trocken. »Backe war mit Vibeke Lassen verheiratet. Der Schauspielerin«, fügte er erklärend hinzu. »Sie behauptet, daß sie und Backe noch immer gute Freunde sind.«

»So.« Das beeindruckte mich nicht weiter. Aber ich hatte immerhin von ihr gehört.

»Sie hat in einer von diesen Seifenopern eine Sexbombe gespielt. Blond und schön. Ob auch dumm, weiß ich nicht. Sie ist nach der Scheidung nach Oslo gezogen, hält sich aber wohl oft in ihrem Sommerhaus in Åsgårdstrand auf.«

»Das ist ein hübscher Ort«, sagte ich. »Vielleicht hat er sich dort verkrochen. Wo sie sich doch so gut verstehen.« Aus irgendeinem Grund provozierte mich diese Art von Freundschaft. Ein Psychologe hätte diese Reaktion bestimmt erklären können.

»Wir wissen auch, daß Backe Antidepressiva genommen hat.« Mørk redete ungerührt weiter. »Wir haben in seiner Wohnung die Pillengläser gefunden.«

Ich begriff. Die Ermittlungen würden auf Sparflamme laufen. Eine interne Nachfrage und damit Schluß. »Zeig mir doch mal den Bericht«, sagte ich deprimiert. »Irgendwas müßt ihr doch unternommen haben.«

»Natürlich«, brummte Mørk widerwillig. »Nach Backe wird über alle üblichen Kanäle gefahndet. Im

Frühling, wenn Eis und Schnee verschwinden, finden wir ihn sicher. Zusammen mit deinen restlichen Mandanten. Oder wie immer du die nun nennen willst.«

Ich schaute zu Hause vorbei, um eine gereizte Hulda, die zwei Tage lang in Maris Obhut gewesen war, zu einem Spaziergang abzuholen. Maris Obhut bedeutete in der Praxis die meiner Exfrau. Und offenbar hatte das Tier stellvertretend für mich allerlei Beschimpfungen einstecken müssen.

Unterwegs konnte ich den Bericht über den letzten Vermißtenfall lesen. Mørk hatte ihn für mich kopiert.

Martin Backe war am vergangenen Donnerstag abend nicht zu einer wichtigen Besprechung in seinem Büro erschienen. Sein Kollege hatte am späten Nachmittag noch mit ihm telefoniert. Backe war zu Hause gewesen und hatte sich auf die Besprechung vorbereitet – bei der er dann nicht aufgetaucht war. Seither hatte ihn niemand gesehen.

Der Kollege hatte sich Sorgen gemacht und bereits am folgenden Vormittag die Polizei alarmiert. Der Bericht ließ durchblicken, daß Backes Bekannte sich über seinen geistigen Zustand beunruhigten.

Die Sprechstunde endete erst gegen acht. Ich hatte die Sprechstundenhilfe gebeten, mich anzurufen, wenn Frau Dr. Löwe soweit sei. Ihre Praxis lag im dritten Stock einer modernen Bausünde mitten in der Innenstadt. Sie war ebenso blutarm wie die übrige Standtentwicklung, die die Lokalpolitiker uns aufgezwungen hatten. In dieser Stadt leisteten die Pyromanen Wichtigeres als die Planer. Anna hatte die Praxis nun schon seit Jahren, kaum einen Kilometer von meiner Kanzlei entfernt, und ich hatte nichts davon gewußt.

Der Dienstagabend war dunkel und kalt. Es lag Schnee in der Luft, es waren keine drei Wochen mehr bis Weihnachten, und ich hatte nicht die leiseste Idee, was ich Anna Löwe sagen sollte. Die unangenehme Wahrheit war, daß ich noch immer keine Ahnung hatte, wo ihr verschwundener Ehemann stecken mochte. Ich hatte nur ein undefinierbares Gefühl des Unbehagens. Und das war als Trost kaum geeignet.

Sie erwartete mich im Vorzimmer, nachdem ich mich durch die elaborierte Alarmanlage unten am Hauseingang hindurchgekämpft hatte. Die Junkies kreisten ruhelos um die Drogen, auf ewiger Jagd nach Schwächen im Abwehrsystem. Hier in der Kleinstadt mußten die Praxen gesichert werden wie Fort Knox.

»War er nicht da? In Berlin?« Ich hatte keinen Versuch unternommen, die schlechten Nachrichten zu verbergen. Ihr Gesicht war ebenso weiß wie ihr Kittel.

Ich schüttelte bedauernd den Kopf. »Nein. Er hat sich dort seit Wochen nicht mehr blicken lassen. Bei keiner von seinen Geliebten.« Ich mußte ihr die Wahrheit tropfenweise einflößen.

Anna schlug die Augen nieder. »Hat er mehrere?«

Ich nickte nur.

»Und wie ist sie? Die Malerin?«

»Wie auf d-d-dem Bild. Nur noch aparter.« Ich hatte das unangenehme Empfinden, daß sie meine Gedanken lesen konnte. Und noch immer besaß ich die Fähigkeit zu erröten. Ich wechselte rasch das Thema. »Angeblich ist dein M-m-mann gesehen worden. In Kopenhagen.« Ich zeigte ihr Mørks Notiz. »Zumindest scheint die Polizei das zu glauben.«

Sie überflog die Mitteilung und musterte mich verwirrt. »Aber du nicht?«

»Man kann sich so leicht irren. Und ich finde, mit anonymen Hinweisen sollte man sehr vorsichtig umgehen.«

»Wir können jetzt nicht aufgeben!« Das war fast ein Schrei.

Wir? Das hier war nicht meine Tragödie. Ich konnte ihre sterile Praxis einfach verlassen und die ganze Familie Löwe vergessen. Sie gehörte nicht zu meinem Leben, und ich hatte zum Glück mit ihrem nichts zu tun. Aber ich wußte, daß die Sache nicht mehr so leicht war.

»Geld spielt keine Rolle«, sagte sie jetzt mit eindringlicher Stimme. »Ich bezahle alles, was du für die Suche brauchst.« Sie musterte mich in ihrer ruhigen Art. »Ich habe der Polizei übrigens mitgeteilt, daß du dich jetzt um die Sache kümmerst.« Sie lächelte. Dieses Lächeln hatte ich einmal geliebt. »Das schien ihnen nicht besonders zu gefallen.« Ich hatte immer schon ein Faible für Untertreibungen gehabt.

»Das war vielleicht nicht so klug«, sagte ich. »Aber irgend jemand von der Truppe hätte es sicher doch bald herausgefunden. Ich weiß ehrlich gesagt nicht, ob ich noch mehr für dich tun kann«, fügte ich zögernd hinzu. »Aber einen Ort sollte ich mir vielleicht noch ansehen: euer Ferienhaus. Es besteht immerhin die geringe Möglichkeit, daß ich dort eine Spur finde, die du übersehen hast. Das Haus war doch seine Freistätte, hast du das nicht gesagt?«

Ich war schon immer leicht zu überreden gewesen. Und zwei Tage konnte ich sicher noch investieren. Bei mir standen die Mandanten ja nicht gerade Schlange. Und ich war gern am Meer, vor allem in der Nebensaison. Außerdem hatte ich vielleicht sogar eine kleine Spur.

»Ich kann durchaus einen Abstecher nach Skåtøy einlegen. Aber erhoffe dir bitte nicht zuviel davon«, warnte ich.

Am darauffolgenden Nachmittag konnte ich die bleiche Dezembersonne durch die Wolkendecke über Skåtøy gerade noch sehen, als ich meinen Jaguar in Kragerø am Fähranleger anhielt. Vor fast hundert Jahren hatte Edvard Munch hier gestanden und denselben Horizont betrachtet – ehe ein einstimmiger Gemeinderat ihn des Ortes verwiesen hatte.

Auf der Fähre war es genauso friedlich, wie es das an einem Tag in der Nebensaison in einer norwegischen Sommerfrische sein kann. Ein perfekter Zeitpunkt, um Informationen zu sammeln.

»Ich suche das Haus von Sten Löwe«, sagte ich zu dem Fahrkartenverkäufer auf der Fähre. »Wissen Sie zufällig, wo das liegt?«

Das wußte er nicht, aber ich wurde zum Kapitän höchstpersönlich ins Steuerhaus geschickt. Der Kapitän schien auf dem alleräußersten Felsen im Schärengürtel von Kragerø geboren und aufgewachsen zu sein. Anna Löwe hatte mir eine Karte gegeben, aber mir ging es jetzt um andere Auskünfte.

»Sie meinen den Oberarzt, den mit dem alten Sportwagen?«

Ich nickte zur Bestätigung. »Genau. Ich glaube, sein Haus liegt draußen bei Korset.«

»Ich weiß, wen Sie meinen, ja. Kommt oft her. Netter Mann. Hat im Herbst mal einem von den Kindern von Bråtøy einen Angelhaken aus dem Arm geschnitten.«

»Jetzt ist er verschwunden. Sten Löwe ist vor einer guten Woche verschwunden. Ich bin Anwalt und vertrete seine Familie. Haben Sie ihn zufällig kürzlich hier gesehen?«

Der Kapitän hatte sich die Mütze in den Nacken geschoben. Er steckte sich eine stinkende Stummelpfeife an und musterte mich neugierig. »Himmel, verschwunden?

Ich hab ihn seit mindestens zwei Wochen nicht mehr gesehen. Weder ihn noch sonstwen«, fügte er vielsagend hinzu.

Ich wußte, daß noch mehr kommen würde, und wartete geduldig. »Er war nicht immer allein hier, wissen Sie. Ja, ich rede jetzt nicht von der Familie. Die war natürlich auch manchmal da. Aber nur im Sommer.«

»Frauen also. Das meinen Sie doch, nicht wahr?«

Er musterte mich überrascht. »Haben Sie das gewußt?«

»Sicher«, erwiderte ich ruhig. »Ich hatte so eine Ahnung.« Die Fahrkarten, die ich in Löwes Arbeitszimmer gefunden hatte, hatten ja schon darauf hingewiesen, daß er nicht immer allein nach Skåtøy gefahren war. »Aber eigentlich interessieren mich diese Frauengeschichten nicht weiter.« Das stimmte nun wieder nicht so ganz. Eine vor allem setzte mir besonders zu. »Seine Familie will natürlich wissen, was aus ihm geworden ist. Ihr Leben ist momentan eine ziemliche Hölle. Sie begreifen überhaupt nichts mehr.«

»Ich will nirgendwo reingezogen werden. Und ich weiß auch nicht viel.«

»Raus mit der Sprache«, verlangte ich mit strenger Juristenstimme. »Das kann für die Ermittlungen wichtig sein.«

»Es kann ja wohl nichts schaden, wenn ich das sage.« Er blickte mich fragend an, und ich nickte zustimmend. »Also, wissen Sie«, fügte er dann vertraulich hinzu, »die sind im Herbst vier oder fünfmal mit der Fähre hergekommen. Zwei Wochenenden und auch ein paarmal mitten in der Woche. Und sie wollten irgendwie diskret sein. Der Doktor fuhr mit seinem Sportwagen – der war nicht zu verwechseln. Und die Frau hat so getan, als wär sie allein an Bord gegangen.« Der Kapitän schüttelte den Kopf. »Ein reichlich ungeschickter Versuch. War doch sonnenklar. Er hat dann oben am Hang auf sie gewartet.«

Über Sten Löwe ließ sich viel sagen, aber besonders begabt im Vertuschen von Seitensprüngen war er nicht. »Sie wissen nicht, wer diese Frau ist?«

»Tolle Erscheinung«, sagte der Kapitän ungerührt. »Ziemliche Wuchtbrumme, ja. Wollte sicher nicht erkannt werden, sie hatte immer eine Riesensonnenbrille auf. Aber ich hab sie sofort erkannt. Vom Fernsehen her. Vibeke Lassen heißt sie.«

»Sind Sie sich da ganz sicher?«

»Darauf können Sie Gift nehmen. Bei so was irre ich mich nie. Außerdem hab ich meine Frau gefragt«, setzte er etwas weniger triumphierend hinzu.

Der Kapitän beschäftigte sich nun mit dem Ablegemanöver, während ich Stoff zum Nachdenken hatte. *Fescher Oberarzt mit Glück bei den Frauen macht sich an die üppige Exfrau und gute Freundin eines gestreßten Geschäftsmannes heran. Beide Galane verschwunden.* Hier konnte nur noch die Phantasie Grenzen ziehen.

Skåtøy bot bei Sonnenuntergang einen großartigen Anblick. Um diese Jahreszeit wirkte es fast wie eine Spukinsel. Hier und dort waren ein paar Häuser bewohnt. Ansonsten gab es Hunderte von gepflegten, leeren Häusern mit dunklen Fenstern und kahlen Fahnenmasten. Ich fuhr langsam nach Südosten, in Richtung Jomfruland, das wie ein Schutzwall zwischen der Insel und dem Skagerrak lag. Es war wie ein kleines Stück Dänemark.

Das Haus der Familie Löwe war ursprünglich im Besitz eines Kleinbauern gewesen. Ein schönes, kleines Kapitänshaus mit Zugang zum Strand und eigenem Anleger.

Eine Idylle für reiche Leute. Das Grundstück hatte früher schon der Löwesippe gehört, aber der Oberarzt hatte alle ausgezahlt und regierte jetzt allein.

Während Hulda Kaninchen jagte, ging ich ins Haus. Es wurde schon dunkel. Ich hatte eigentlich noch an diesem Abend wieder nach Hause fahren wollen, aber die letzte Fähre ging schon in einer Stunde. Ich hatte den Schlafsack im Wagen, zusammen mit etwas Proviant, einem ausgezeichneten Cognac und zwei handverlesenen Havannas. Dieses eine Mal konnte ich mir wirklich Zeit lassen.

Sten Löwe hatte sich in einem Anbau einen großen Raum als Arbeitszimmer eingerichtet. Die Aussicht war märchenhaft. Kittelsen hatte sich bestimmt nicht ohne Grund für seine Dämonenbilder von dieser Landschaft inspirieren lassen. See, Wald und Berge.

Löwes Ordnungsliebe verleugnete sich auch hier nicht. Pedantisch geführte Ordner, Fachliteratur, Zeitschriften, Berichte. Ich blätterte alles durch. Aber es war schwer, etwas Persönliches zu finden. Privatbriefe hob er offenbar anderswo auf. Einzig durch ein Album mit Zeitungsausschnitten kam ich an den Menschen Sten Löwe ein wenig heran. Den Kommentaren nach war das Album ursprünglich von seiner stolzen Mutter angelegt worden. Später schien der Sohn die Berichterstattung selber übernommen zu haben: Sten als kleiner Knabe beim Fußballtraining; Sten, der im Stadion die Zielschnur durchbrach, meilenweit von Nummer zwei entfernt; der Abiturient Sten Löwe; der junge, fesche Auslandsstudent, der von der Lokalzeitung interviewt wurde. Seltsamerweise war er nirgendwo als Partylöwe abgebildet.

Im Laufe der Zeit bekamen die Artikel einen zunehmend fachlichen Charakter. Ein ernster Arzt gab gewichtige Stellungnahmen ab oder wurde von Fachzeitschriften interviewt. Er und Anna waren wohl vor ungefähr sechs Jahren nach Tønsberg gezogen. Der neue Oberarzt wurde im Bezirkskrankenhaus willkommen geheißen, während seine charmante Gattin eine Praxis eröffnete. Sten Löwe hatte eine Zeitlang in der Stadt auch als Schularzt fungiert. Im *Tønsbergs Blad* war er in einer Diskussion über den schlechten psychischen Zustand der Schuljugend um Rat gefragt worden, als gerade das Thema »Jugend und Selbstmord« auf der Tagesordnung stand. Oberarzt Löwe hatte die Lösung gekannt: Eltern sollten ihre Kinder besser auf den Umgang mit Krisen und Problemen vorbereiten. Der Mann wußte auf alles eine Antwort. Sicher hatte er mit dieser Eloquenz die Frauen mühelos in das Bett gelotst, das in einer Ecke des Arbeitszimmers stand und überdies wirklich beeindruckend war: ein altes Messingbett mit freiem Blick aufs Meer. Ich beschloß, die Nacht darin zu verbringen.

An diesem Abend saß ich lange vor dem Fenster und betrachtete den dunklen Horizont. In regelmäßigen Abständen fegte der Lichtstrahl des Leuchtturms von Jomfruland über Inseln und Meer. Eine kräftige Sternschnuppe zog einen langen Streifen über den finsteren Himmel. Im Laufe der Nacht hatte ich immer mehr das unangenehme Gefühl, zu tief in die Privatsphäre eines anderen Menschen eingedrungen zu sein. Sogar Hulda schien sich nicht wohl zu fühlen. Sie wühlte mit solchem Eifer in den Decken herum, daß ich sie hochhob, um mich davon zu überzeugen, daß sich unter meinen Beinen keinerlei Geheimnisse verbargen. Der Garten war offenbar vor kurzem noch umgegraben worden. Das schien zwar mit der Installation eines neuen septischen Tanks zu tun gehabt zu haben, aber es gefiel mir trotzdem nicht. Es war nur ein magerer Trost, daß Hulda nicht reagiert hatte.

Gegen Morgen schlief ich dann endlich ein, nachdem ich zuviel Cognac getrunken hatte. Ich glitt sofort in einen nervenaufreibenden Traum vom Sternenhimmel. Doch als ich nach einigen Stunden erwachte, konnte ich mich nicht mehr erinnern, was in dem Traum passiert war – angenehm war es jedenfalls nicht gewesen.

5

Der Anblick vom Slottfjell, Tønsbergs Stolz, machte mich fast glücklich, als ich am nächsten Vormittag auf die Stadt zuhielt. Löwes idyllisches Sommerhaus konnte mir gestohlen bleiben. Niemand auf Skåtøy hatte mir etwas Neues erzählen können. Sten Löwe war nicht dort draußen, sofern er nicht irgendwo unter der Erde lag. Aber das konnte ich mir nicht vorstellen. Es war unmöglich, ohne Fähre auf die Insel zu gelangen, und auf der Fähre wäre er erkannt worden. Die drei Boote der Familie lagen für den Winter im Bootshaus auf. Bei der örtlichen Polizei waren für den aktuellen Zeitraum keine entwendeten Boote gemeldet worden. Es mochte aber durchaus den einen oder anderen Ehemann geben, der den virilen Oberarzt gern in ein anderes und passiveres Dasein befördert hätte, zum Beispiel in hundert Faden Tiefe draußen im Kragerøfjord.

Wilhelm Mørk war der einzige, der mir jetzt weiterhelfen konnte.

»Wilhelm, ich muß mit dir reden. Ich brauche eine Übersicht über die Vermißten der letzten fünf Jahre. Kannst du mir die besorgen?« Ich rief ihn per Mobiltelefon an. »Wie wär's mit einem Mittagessen? Meine Mandantin spendiert es.« Das ließ er sich gefallen.

Wir verabredeten uns im Restaurantteil des Håndverkeren. Um diese Tageszeit war das Lokal der Treffpunkt der alten Damen. Windbeutel, Tischtücher, Kaffee serviert in kleinen Kannen, Serviererinnen, die ihre Kundinnen noch respektierten.

»Hast du schlecht geschlafen?« Mørk betrachtete mich fröhlich. »Was treibst du eigentlich nachts?«

»Ich versuche mich auszuruhen«, versetzte ich gereizt. »Aber das ist nicht ganz leicht. Jedenfalls nicht da, wo ich heute nacht war.« Ich erzählte kurz von meiner Expedition nach Kragerø. »Ich hab ein mieses Gefühl, was diese Geschichte angeht, Wilhelm.«

»Du glaubst doch wohl neuerdings nicht an Gespenster?« Er faltete einen Computerausdruck auseinander und legte ihn vor mir auf den Tisch. Oben auf dem Blatt war der Briefkopf der Kriminalpolizei zu sehen.

Ich schaute die Bögen durch. Ich hatte eine landesweite Liste sämtlicher Vermißten vor mir. Die Liste bestand aus hundertsiebenundachtzig Namen.

»Und allesamt sind weiterhin vermißt«, sagte Mørk lakonisch. »Also hast du genug zu tun. Die meisten sind sicher ertrunken, ein paar werden Selbstmord begangen haben oder auf eine Weise verschwunden sein, die sie unauffindbar macht. Und noch andere sind sicher abgetaucht und haben sich eine neue Identität zugelegt. Ich habe die Leute unterstrichen, die aus unserem Polizeibezirk verschwunden sind.«

Doch auch diese Liste war noch erschreckend lang.

Geschlecht	Geboren	Zeitpunkt	Ort	mutmaßliche Todesursache
Mann	1974	01/12/93	Wohnung	unbekannt
Mann	1941	22/03/95	Boot	Ertrinken
Frau	1951	11/02/96	Meer/Eis	Ertrinken
Mann	1924	09/11/96	Boot	Ertrinken
Mann	1977	04/06/97	Hotel	unbekannt
Mann	1947	01/12/97	Wohnung	unbekannt
Frau	1961	05/05/98	Reise	unbekannt

Mann	1954	28/08/98	Wohnung	unbekannt
Mann	1957	03/12/98	Wohnung	unbekannt
Mann	1956	07/12/98	Wohnung	unbekannt

»Was bedeutet *unbekannt?* Ihr habt doch sicher für jeden dieser Fälle eine Theorie?«

»Das bedeutet, daß wir nichts mit ausreichender Sicherheit wissen. Den jungen Mann, der im Juni 1997 verschwunden ist, kannst du streichen. Der Junge ist vermutlich überfallen und gleich an Ort und Stelle ins Meer geworfen worden. Machte Ferien in Spanien. Da, wo Ertrinken als Ursache steht, wissen wir, daß die betreffende Person von einem Boot oder in Verbindung mit irgendwelchen Aktivitäten am Meer verschwunden ist. Von den beiden letzten weißt du ja schon. Ich habe sie der Ordnung halber mit dazugenommen.« Mørk legte einen Stapel Kopien von Polizeiberichten auf den Tisch zwischen uns. »Vergiß nicht, daß wir eine Abmachung haben.«

Am Nachmittag ging ich ins Büro, in der Hoffnung, Ruhe zu finden, aber noch immer konnte ich mich nicht entspannen. Anna Löwe brauchte einen Bericht. Ich hatte sie per Telefon nicht erreicht, deshalb hatte ich auf ihrem Anrufbeantworter die Bitte hinterlassen, sie solle zurückrufen. Während ich Kraft für dieses Gespräch sammelte, rief Mørk an.

»Wir haben gerade eine Meldung bekommen, die sich auf Martin Backe bezieht. Ich nehme an, das interessiert dich?«

»Durchaus«, sagte ich. »Ist er wieder aufgetaucht?« Seltsamerweise empfand ich nicht die leiseste Spannung.

»Eher im Gegenteil. Auf der Bastøyfähre ist sein Mantel gefunden worden. Er hat ihn vermutlich an dem

Abend dort liegenlassen, an dem er verschwunden ist. Ein Fahrgast hat den Mantel am nächsten Tag gefunden und im Café abgegeben. Aber aufgrund eines Mißverständnisses hat er dann bis heute dort herumgelegen. Das Cafépersonal sagt, sie hätten angenommen, jemand habe ihn bei ihnen vergessen, und deshalb haben sie den Mantel als normale Fundsache behandelt. Der Fahrgast hat sich bei uns gemeldet. Er hatte im Mantel eine Visitenkarte gefunden, sich den Namen gemerkt und dann auf die Vermißtenmeldung reagiert.«

»Wo hat er den Mantel gefunden?«

»In einer Ecke auf Deck, ganz weit achtern.«

»Er kann also gesprungen sein. Was meinst du?«

»Möglich wäre es. An dem Abend war schlechtes Wetter, starker Landwind und wenig los an Bord. Wenn wir Glück haben, dann wird er vor Færder an Land gespült.« Er verstummte kurz. »Ein Rätsel weniger.«

»Ich bin mir da nicht so sicher«, erwiderte ich skeptisch. »Findest du diese Lösung nicht ein bißchen einfach?«

»Einfach, das schon, aber gut.« Ich konnte Mørks sarkastisches Lächeln fast vor mir sehen. »Hast du eine bessere Theorie zu bieten? Am besten eine, die nichts mit fliegenden Untertassen zu tun hat. Aber eine Sache macht mir noch Gedanken«, sagte er dann. »Martin Backe hatte eine ziemlich hohe Lebensversicherung. Die Versicherungsgesellschaft hat sich inoffiziell an uns gewandt. Die Police ist vor einigen Jahren so ausgestellt worden, daß die Summe auch bei einem eventuellen Selbstmord ausbezahlt wird.«

»Das klingt nicht ungewöhnlich. Der Mann schwamm doch anfangs geradezu im Geld! Und solche Leute wollen auch nach ihrem Tod gern noch wertvoll sein.«

»Sicher.« Mørk zögerte mit der Antwort. »Aber seltsamerweise läuft die Versicherung zugunsten seiner Exfrau. Was sagst du dazu?«

»Sie waren doch noch gute Freunde. So was kommt angeblich vor. Sag mir Bescheid, wenn du mehr erfährst«, bat ich und legte auf. Ich fand es noch immer unangenehm, an die Tatsache erinnert zu werden, daß manche Menschen mit einer Scheidung auch so umgehen konnten.

Wieder klingelte das Telefon. Es war Anna Löwe. »Hast du etwas gefunden, Svend?« Ihre Stimme klang erwartungsvoll. Wann gedachte sie wohl, sich der Wirklichkeit zu stellen?

Ich zögerte, aber eigentlich blieb mir keine Wahl. Sie hatte sich selbst in diese Lage gebracht. »Kennst du Vibeke Lassen?« fragte ich vorsichtig. »Die Schauspielerin«, fügte ich hinzu.

»Nur aus dem Fernsehen.«

»Sie war offenbar zusammen mit deinem Mann in eurem Ferienhaus. Nicht nur einmal, sondern gleich mehrere Male in diesem Herbst. Sagt dir das etwas?«

Sie schwieg. Ich hätte es verstehen können, wenn sie losgeschrien hätte. Aber sie war einfach nur still.

»Bist d-d-du noch da?« Ich litt unter einem wahnsinnigen Schuldgefühl. »Es tut mir leid. Aber es sieht so aus, als ob dein Mann mehrere Affären zugleich gehabt hätte. Vielleicht sind die ihm ganz einfach über den Kopf gewachsen. D-d-du mußt das als menschliche Schwäche betrachten«, rutschte es mir heraus. Ich würde niemals einen guten Therapeuten abgeben. Sicher hatte ich deshalb als Anwalt geendet.

Sie legte auf. Ich kam mir vor wie ein Idiot. War es meine Schuld, daß sie an eine Lokalausgabe von Casanova geraten war? Vielleicht hatte er seine guten Gründe gehabt. Vielleicht war es einfach unmöglich, mit einer so disziplinierten und tüchtigen Frau zu leben? Vielleicht war er einfach nur nett und brachte es nicht über sich, die vielen Frauen abzuweisen, die offenbar Schlange standen und das haben wollten, was er ihnen geben konnte. Ich vermochte mir nicht vorzustellen, was das für ein Gefühl war. Und ich hatte das Gefühl, keine Mandantin mehr zu haben. Doch die Polizeiberichte und Mørks Liste lagen noch immer vor mir auf dem Schreibtisch. Die zehn nüchternen Aufstellungen enthielten ein Übermaß an menschlichem Leid. Verzweifelte Familienmitglieder, die offenbar aus purem Zufall von einer unbegreiflichen Katastrophe getroffen worden waren. Ein Neunzehnjähriger, der eines Morgens wie gewohnt mit dem Rad zur Schule fährt. Eine Mutter von zwei Kindern, die ihrer Familie zum Abschied zuwinkt, ehe sie die lange geplante Reise nach Indien antritt. Ein Journalist, der eines Abends nur schnell noch Zigaretten kaufen will. Sie hatten nur eine Gemeinsamkeit: Alle waren verschwunden. Die Hinterbliebenen hatten keine einzige Antwort auf ihre vielen Fragen.

Ich ging systematisch ans Werk. Die Ertrunkenen konnte ich eliminieren. Für alle drei schien es eine akzeptable Erklärung zu geben, aber das Seltsame war, daß keine Leiche gefunden worden war. Daran konnten natürlich Strömung und Wind schuld sein. Den Jungen in Spanien strich ich ebenfalls von der Liste, zusammen mit der Indienreisenden. Sie war auf einem kleinen Bahnhof im Punjab aus dem Zug gestiegen, um etwas zu essen zu kaufen, während ihre Freundin beim Gepäck geblieben war. Und hier war sie zum letzten Mal gesehen worden. Vermutlich war sie überfallen und ermordet worden. Seltsamerweise war die Leiche jedoch niemals aufgetaucht. Am Ende blieben mir fünf Fälle. Der Makler, der Oberarzt, der UFO-Lehrer. Und zwei ältere Fälle. Der Journalist und der Schüler.

An einem frühen Dezembermorgen vor fast genau fünf Jahren, um Punkt acht Uhr zehn, hatte sich Johnny Jensen von seiner Mutter verabschiedet, um wie üblich auf seinem Geländerennrad, das die Eltern ihm gekauft hatten, zur Schule zu fahren. Johnny fuhr gern Rad. Von Tolvsrød bis in die Innenstadt von Tønsberg, wo er auf der Berufsschule Gestaltung lernte, waren es nur drei Kilometer. Aber seine Klasse wartete vergeblich auf ihn. Johnny war kein Musterschüler; und er fehlte nicht zum ersten Mal. Besonders beliebt war er auch nicht, weder bei den Lehrern noch bei den Mitschülern, deshalb hatte ihn an diesem Tag wohl niemand so recht vermißt. Nach einer oberflächlichen Untersuchung in der Schule kam die Polizei zu dem Schluß, daß Johnny wahrscheinlich schikaniert worden war, was seine Eltern bestätigen konnten. Und da er weder gutaussehend noch intelligent war und auch nicht aus wohlhabendem Haus stammte, bestand aller Grund zu der Annahme, daß sein Leben als Schüler ziemlich traurig gewesen war. Die Tatsache, daß Johnny jegliche Art von organisiertem Sport gehaßt hatte, machte das Ganze nicht besser. Sein Hauptinteresse hatte der fünf Jahre alten Boxerhündin Dolly gegolten, die jeden Nachmittag treu auf der Treppe des Reihenhauses stand und der Rückkehr ihres Freundes entgegenfieberte.

An diesem Dezembernachmittag jedoch hatte der Hund umsonst gewartet. Johnny Jensen kam nie wieder nach Hause. Am späten Abend wurde die Polizei verständigt, die den Jungen zur Fahndung ausschrieb. Sein Fahrrad wurde nie gefunden. Nach Wissen der Eltern hatte

Johnny kaum Geld bei sich gehabt. Sparbuch, Paß und andere Papiere lagen in seinem Zimmer. Kein Abschiedsbrief konnte Licht in die Sache bringen. Angeblich war jemand, der Ähnlichkeit mit Johnny Jensen hatte, am späten Abend in der Stadt gesehen worden, aber das ließ sich nie bestätigen. Und danach hatte niemand mehr etwas über oder von Johnny gehört.

Ich dachte zurück an das Album des Oberarztes. In diesem Jahr war der Bezirk Tønsberg von einer Selbstmordwelle erschüttert worden. Vier Teenager hatten im Laufe einiger Herbstmonate unabhängig voneinander Selbstmord begangen. Johnny wurde als der fünfte im Bunde eingestuft. Das Problem war nur, daß die anderen vier rasch gefunden wurden, weshalb die Todesursache festgestellt werden konnte. Johnny dagegen war weiterhin wie vom Erdboden verschluckt.

Das Ehepaar Jensen hatte nur dieses eine Kind und nahm den Verlust natürlich sehr schwer. Beide waren schon ziemlich alt. Als dieses unbegreifliche Ereignis ihr Dasein auf den Fugen gerissen hatte, war der Vater fast sechzig, die Mutter Mitte Fünfzig. Beide waren kleine Angestellte, die Mutter Krankenschwester mit einer Teilzeitstelle im Krankenhaus von Tønsberg, der Vater LKW-Fahrer. Sie stammten aus Nordnorwegen und hatten in Vestfold keine Angehörigen.

Aus dem Polizeibericht ging hervor, daß Johnny in den Augen der Schulleitung und der Polizei durchaus als Suizidfall gelten konnte. Er hatte immer Lernschwierigkeiten gehabt und wurde als Sonderling betrachtet. In der ersten Zeit hatte sich die Polizei bei der Suche keine große Mühe gegeben. Der Junge war schließlich mündig und konnte reisen, wohin er wollte, ohne seine Eltern darüber informieren zu müssen. Doch nachdem die Zeitungen auf die

Sache aufmerksam geworden waren, hatte die Polizei ihre Bemühungen ein wenig verstärkt. Inzwischen war jedoch zuviel Zeit vergangen. Abgesehen von einzelnen Blindspuren saßen sie am Ende ohne eine handfeste Erklärung da. Das Allerwahrscheinlichste war Selbstmord durch Ertrinken, aber die Polizei hielt es auch für möglich, daß er sich an einen exotischen Ort wie zum Beispiel Kopenhagen begeben hatte und dort auf irgendeine Weise verschollen war. Er wäre nicht der erste Fall dieser Art gewesen.

Mørk hatte ein Bild des Jungen beigelegt. Ein kindliches, schmales Gesicht. Rote Locken, dicke Sommersprossen, abstehende Ohren. Besonders anziehend war er nicht, aber er hatte etwas Auffallendes an sich. Es dürfte nicht schwer fallen, ihn wiederzuerkennen. Aber fünf Jahre sind eine lange Zeit. Er wäre jetzt vierundzwanzig, wenn er noch lebte. Ich versuchte, mir sein derzeitiges Aussehen vorzustellen.

An Oberarzt und Makler blätterte ich rasch vorbei. Der UFO-Lehrer interessierte mich mehr. An einem dunklen Augustabend, ungefähr um zweiundzwanzig Uhr, hatte Jonas Hval einen Spaziergang machen wollen. Seine Eltern, die beide über achtzig waren, gaben an, er habe beabsichtigt, den Bootshafen von Fjærholmen anzusteuern, wo seine Jolle nach mehreren Regentagen ausgeschöpft werden mußte. Damals hatten sie ihren geliebten Sohn zuletzt gesehen. Sie meldeten ihn erst am darauffolgenden Nachmittag als vermißt, als sich herausstellte, daß er morgens nicht in der Schule erschienen war. Der Mann hatte die merkwürdige Angewohnheit gehabt, ab und zu zu verschwinden. Im Alter von vierundvierzig mußte es aber auch erlaubt sein, sich ohne elterliche Erlaubnis von einem Ort zum anderen zu bewegen. Er hätte schon längst von zu Hause ausziehen sollen.

Der Ermittler, der sein Zimmer durchsucht hatte, hatte dort große Mengen von, in seinen Worten, mystischer Literatur gefunden. In den Bücherregalen wimmelte es nur so von UFO-Schilderungen. Jonas Hval hatte eine umfassende Korrespondenz mit anderen Ufologen geführt und mehrere Male seine Überzeugung zum Ausdruck gebracht, wir würden von überaus intelligenten Wesen aus anderen Sonnensystemen überwacht. Und Kontakt zu diesen Wesen aufzunehmen war sein höchstes Lebensziel gewesen.

Seine Mutter war der festen Meinung, daß Jonas Hval einem Verbrechen zum Opfer gefallen war. Sein Vater hatte leicht beschämt zugegeben, daß sein Sohn immer von einer Reise durch den Weltraum geträumt habe. Doch auch der alte Hval glaubte wie seine Frau an ein Verbrechen. Beide hatten die Hoffnung aufgegeben, ihn jemals lebend wiederzusehen. Jetzt hatten sie nur noch den Wunsch, eine Erklärung zu finden, ehe sie selber diese Welt verlassen mußten.

An dem Abend, an dem Jonas Hval verschwunden war, war am Himmel über dem äußeren Oslofjord ein seltsames Phänomen beobachtet worden. Der nüchterne Bericht eines der Leuchtturmwärter von Færder bot interessanten Lesestoff: *Um dreiundzwanzig Uhr drei wurde ein leuchtender Gegenstand in der mutmaßlichen Höhe von zweihundert Metern in südlicher Richtung über dem Meer gesichtet. Es war wegen der Dunkelheit nicht möglich, die Form dieses Gegenstandes zu erkennen. Bei der ersten Beobachtung hatte er eine geringe Geschwindigkeit, die sich danach jedoch steigerte. Nachdem er einige Seemeilen im Westen Færders vorübergezogen war, stieg der Gegenstand senkrecht in die Luft und war daraufhin verschwunden. Er war etwa zwei Minuten lang zu sehen gewesen.*

Bei der Polizei in Tønsberg waren außerdem einige Anrufe von Leuten eingegangen, die die Beobachtungen des Leuchtturmwärters mehr oder weniger bestätigt hatten. Bei den Ermittlungen stellte sich heraus, daß das große Radioteleskop der norwegischen Armee auf Mågerø keinen entsprechenden fliegenden Gegenstand registriert hatte. Das wäre aber auch nicht möglich gewesen, denn eine unerklärliche Betriebsstörung hatte die Anlage zur fraglichen Zeit für einige Minuten lahmgelegt. Trotzdem stand die Einschätzung des Militärs fest: Bei dem Phänomen handelte es sich aller Wahrscheinlichkeit nach um atmosphärische Störungen in Form eines ganz besonderen Blitzeinschlags, verursacht von einer speziellen Kombination aus Druck- und Temperaturverhältnissen. Es zeigte sich, daß es sich nicht um die erste derartige Beobachtung in dieser Gegend handelte. »Nicht alle haben sich auf natürliche Weise erklären lassen«, wie der Polizist mit einem gewissen Sinn für Untertreibung es ausgedrückt hatte.

Während ich mich in Mørks Papiere vertieft hatte, war der Nachmittag in den Abend übergegangen. Die Büros im Haus waren jetzt menschenleer. Normale Menschen gehen um diese Jahreszeit früh nach Hause – zu Weihnachtsvorbereitungen und Familienglück. Hulda war träge vom Sofa gerutscht, hatte den Papierkorb umgeworfen und sich an den Resten von Frau Svendsens Zuteilung von Pfefferkuchen gütlich getan. Steinhart und ungenießbar waren die. Frau Svendsen war überzeugt davon, daß geschiedene Männer, die sich dem mittleren Alter nähern, sich vor allem nach Weihnachtsbäckerei und ähnlichen Dingen sehnen. Ich brachte es nicht übers Herz, ihr zu gestehen, daß ich Pfefferkuchen verabscheue.

Es war schon spät, als ich es mir zu Hause endlich im Sessel gemütlich machen konnte. Ich hatte mit Hulda einen langen Spaziergang gemacht, hatte mir mit den Ellbogen einen Weg durch zwei Kaufhäuser gebahnt, die Liste der rituellen Weihnachtsgeschenke in der Tasche, und hatte mit meiner Tochter eine fruchtlose Diskussion über den Unterschied zwischen teuren Markenkleidern und billigeren, praktischen Klamotten geführt. Jetzt wollten mir die Polizeiberichte nicht aus dem Kopf gehen. Ich konnte darin noch immer keinen logischen Zusammenhang entdecken. Vielleicht, weil es keinen gab. Ich seufzte und griff zum letzten Bericht.

Am ersten Dezember, ein Jahr zuvor, um Punkt halb zehn abends, zog der Journalist Arve Holm seinen grünen abgenutzten Dufflecoat an, um von seiner Wohnung am Bjellandsåsen am Stadtrand von Tønsberg zur Tankstelle bei der Trabrennbahn hinunterzugehen. Holm liebte solche Fußmärsche, und an diesem Donnerstag waren ihm noch dazu die Zigaretten ausgegangen. Und wenn Journalist Holm eine Vorstellung nicht ertragen konnte, wenn es um seine täglichen Rituale ging, dann war das die des Verzichts auf die Zigarette nach dem Frühstück. Die er normalerweise ziemlich spät rauchte, denn Holm arbeitete oft bis in die Nacht hinein und war deshalb kein Frühaufsteher.

An diesem Abend herrschte ein äußerst ungemütliches Wetter; es gab Schneematsch und Wind, und nur wenige Leute waren unterwegs. Frau Holm hatte ihn zunächst bei diesem Abendspaziergang begleiten wollen, hatte sich die Sache aber anders überlegt, als sie aus der Tür geschaut hatte. Diese Entscheidung sollte sie später bitter bereuen.

Scheinbar also eine harmlose Geschichte. Die Sache

war nur, daß sie hier schon zu Ende war. Arve Holm kam niemals bei der Tankstelle an. Er suchte an diesem oder an irgendeinem anderen Abend auch keine anderen bekannten Orte auf. Offenbar nahm er weder Bus noch Bahn, Flugzeug oder Fähre. Um ein Uhr nachts wurde die Polizei verständigt und ließ die übliche Prozedur anlaufen. Hundestreifen durchsuchten die Umgebung, Freunde und Kollegen wurden befragt, Grenzstationen und Flughäfen informiert. Doch alles mit negativem Resultat.

Aber als sich dann eine Woche nach Holms Verschwinden herausstellte, daß jemand versucht hatte, mit seiner Kreditkarte an einer Minibank im Kopenhagener Hauptbahnhof Geld abzuheben, sank das Interesse der Polizei an diesem Fall auf ein Minimum. In dieser Minibank war Holms Geheimnummer eingegeben worden; da die Polizei das Konto jedoch hatte sperren lassen, hatte der Automat die Karte eingezogen. Die Fingerabdrücke darauf hatten von Holm sowie von einem leicht zu identifizierenden Bankangestellten gestammt. Die Ermittler brachten ziemlich bald danach in Erfahrung, daß Arve Holm schon lange mit Alkoholproblemen kämpfte und daß diese ihn nur wenige Monate zuvor fast seine Stelle gekostet hätten. Sogar beim *Tønsbergs Blad* gab es eine Grenze für akzeptierte Unproduktivität.

Das Desinteresse der Polizei ließ die Frau ziemlich hysterisch werden, und mit der aktiven Unterstützung ihrer beiden erwachsenen Kinder heuerte sie nach einigen Monaten der Ungewißheit einen Privatdetektiv an, der indes ebenfalls keine Spuren von Arve Holm finden konnte. Am Ende überlebten zwei Theorien: Entweder hatte Holm das Land verlassen können, um anderswo eine neue Existenz zu gründen, oder er hatte auf eine dermaßen raffinierte Weise Selbstmord begangen, daß seine sterblichen Überreste wohl nie gefunden werden würden. Es stellte sich außerdem heraus, daß Arve Holm sehr oft um hohe Beträge gepokert hatte, und das konnte zumindest theoretisch erklären, wie er möglicherweise seine Flucht finanziert haben konnte. Denn der Mann war fast immer pleite, fast schon bankrott. Das Alkoholikerdasein in Norwegen ist schließlich ein teurer Spaß.

Eine traurige Geschichte. Für sich betrachtet war sie trivial. Meines Wissens hatte noch niemand den Versuch unternommen, dieses Verschwinden mit den beiden anderen in Verbindung zu bringen. Es konnte höchstens als Illustration zu Sartres Aussage über den Unterschied zwischen Serie und Gruppe dienen. In der Gruppe bilden die Teilnehmer ein Kollektiv mit gegenseitigen Beziehungen, während sie in einer Serie einfach nur der Reihe nach dieselben Aktivitäten ausüben. So konnte es auch hier gewesen sein. Philosophen erweisen sich manchmal eben doch als nützlich.

Als ich mir gerade den, wie ich dachte, letzten Bache Gabrielsen des Abends eingeschenkt hatte, sprang Hulda plötzlich auf, stieß den Couchtisch um und lief zur Küchentür, wo sie dann leise knurrend stehenblieb. Ich schaute aus dem Fenster. Es war schon nach halb zwölf, und ich erwartete keinen Besuch. Der Regen hatte den ganzen Abend gegen die Fensterscheiben getrommelt. Jetzt hatte er sich in Schnee verwandelt, wie an dem Abend, an dem Arve Holm seine letzten Schritte den Bjellandsåsen hinunter gemacht hatte, um sich danach in Luft aufzulösen.

Die Haustür unten war abgeschlossen, und die Gegensprechanlage war meistens außer Betrieb. Die Hintertür führte zu einer Feuertreppe und dann weiter hinauf zu meiner Küche. Vor der Küchentür stand im Moment also irgendein ungebetener Gast. Ich selber hatte ein Schild angebracht mit der Aufschrift »Svend Foyn, Rechtsanwalt, immer zu Diensten«. Ich fühlte mich nicht wohl in meiner Haut und überlegte, wie ich mich verhalten sollte.

Ein behutsames Klopfen half mir aus diesem kleinen Dilemma. Ich wußte nicht, wen ich eigentlich erwartet hatte. Anna Löwe jedoch keinesfalls. Sie sah nicht gut aus. Naß und so weiß wie der Neuschnee. Der hatte sich wie eine Decke über den Hinterhof gebreitet. Weihnachtsstimmung kündigte sich an.

»Darf ich einen Moment hereinkommen? Tut mir leid, daß ich dich so spät noch störe. Aber ich muß mit dir reden.« Ihre Stimme klang dünn, ihr fehlte die übliche Ärztinnenautorität.

»Aber ja. Ich sitz hier doch nur allein mit meinem Cognac.« Das stimmte zwar, hörte sich aber nicht gut an. Hulda hatte die Besucherin schon widerspruchslos akzeptiert. Ich tat es ihr gleich und half Anna aus dem Mantel. »Du könntest offenbar auch ein Glas gebrauchen.«

Sie zögerte. »Ich bin eigentlich mit dem Wagen da. Ich hab ihn vor einer Stunde bei der Praxis abgestellt. Danach bin ich einfach nur durch die Stadt gelaufen, um nachzudenken.« Sie sah mich an. »Aber ich kann mir nachher ja ein Taxi nehmen.«

Ich schenkte ihr ein reichliches Quantum der allerfeinsten Ware des ausgewanderten Mannes aus Holmestrand ein. Ein paar neue Holzscheite, die ich in den Kamin legte, ließen die Wohnung wärmer werden. Unsere Stimmung war weniger angespannt. Ich wartete auf eine Erklärung.

»Ich war dir gegenüber nicht ganz ehrlich, Svend«, sagte sie und spielte nervös mit ihrem Cognacglas.

Das war immerhin ein Anfang. Und einen direkten Schock konnte mir diese Mitteilung nicht versetzen.

Sie schlug die Augen nieder und fuhr fort: »Unsere Ehe war im Grunde am Ende. Wir wollten aber aus Rücksicht auf die Kinder die Fassade noch eine Weile bewahren.« Ein bitteres Lächeln. »Blödsinnig, nicht? Diese Geschichte hörst du vielleicht nicht zum ersten Mal?«

Ich schwieg. Manchmal ist es besser, den Mund zu halten.

»Ich wußte, daß Sten Liebschaften hatte. Allerdings nicht, mit wem. Ich habe es nie über mich gebracht, ihn zu fragen.« Sie schien zu frösteln und rückte deshalb näher an den Kamin heran. »Er hätte es mir gesagt. Sten war ehrlich. Er hat mich nicht betrogen. Verstehst du, Svend?« Mir fiel auf, daß auch sie jetzt über ihren Ehemann in der Vergangenheitsform sprach. »Wir haben auch seit mindestens zwei Jahren nicht mehr miteinander geschlafen«, bekannte sie unglücklich. »Ich weiß schon gar nicht mehr, wann genau das letzte Mal.«

Ich wußte noch immer nicht, was ich sagen sollte. Aber ich konnte mich gut an unser letztes Mal erinnern, obwohl es noch viel länger her war.

»Sten hatte viele Möglichkeiten. In Berlin war ihm eine Stellung an der Universität angeboten worden. Er wußte, was er wollte, und er hätte nicht wegzulaufen brauchen. Er hätte gehen können, wann immer es ihm paßte. Wir hatten das so geregelt. Alles war bereits vereinbart. Wir hatten uns über Finanzen, Haus und Sorgerecht für die Kinder geeinigt.« Sie sah mich an. In ihrem Blick lag echte Verzweiflung. »Warum also hätte er weglaufen sollen? Das ergibt einfach keinen Sinn. Es muß etwas passiert sein, irgendetwas Schlimmes.«

Das leuchtete mir durchaus ein. Die Motive, von denen ich ausgegangen war, wirkten jetzt durchweg weniger plausibel. Vielleicht hatte er sich ja wirklich für ein Leben mit Sabine Schenk entscheiden wollen.

Annas Gesicht hatte jetzt wieder Farbe bekommen. In ihrem schwarzen Pullover und den engen Jeans sah sie aus wie fünfzehn, wie sie da vor mir in Huldas abgenutztem Ledersessel kauerte. Hulda hatte ihre Verbannung ohne ihren üblichen Protest akzeptiert. Manchmal hatte ich den Verdacht, daß dieses Tier wirklich Intelligenz besaß.

Es konnte Anna Löwe nicht leichtgefallen sein, mir diese Geständnisse zu machen. Ich musterte ihr Profil, den schlanken Hals, die kleinen, aber deutlichen Fältchen um die Augen. Sie war älter geworden. Ich hob mein Glas und ließ mir die teuren Tropfen die Kehle hinunterrinnen. Edler Cognac kann Leid zwar nicht aus der Welt schaffen, kann es aber für einen kurzen Moment leichter machen, mit den Problemen zu leben. So wie jetzt.

»Tut mir leid, daß ich dir nicht sofort die Wahrheit gesagt habe, Svend. Aber ich war so verzweifelt.« Sie legte mir ihre gepflegte Hand auf den Arm. »Ich habe mich geschämt und mochte einfach nicht die Tatsachen auf den Tisch legen. Dir gegenüber schon gar nicht. Ich dachte, das ginge nur Sten und mich an und hätte mit den Ermittlungen nichts zu tun.«

»Vergiß es«, sagte ich großmütiger, als ich mir vorkam. »Ich hab schon verstanden. Aber ich darf wohl davon ausgehen, daß du mir nicht noch mehr verheimlichst – in dieser Angelegenheit«, fügte ich hinzu. »Die Frage ist: Was machen wir jetzt?«

»Du bist hier der Experte«, entgegnete sie mit überraschendem Optimismus. »Hast du noch mehr herausfinden können?«

Ich verspürte plötzlich das Bedürfnis, meinen Frustrationen freien Lauf zu lassen. Deshalb erzählte ich ihr alles. Fast alles. Anna war eine gute Zuhörerin.

»Ich bin ganz deiner Meinung«, sagte sie mit entschiedener Stimme, als ich geendet hatte. »Ich glaube auch nicht an solche Zufälle. Wir müssen nur die Zusammenhänge erkennen.«

»Wenn es welche gibt«, erwiderte ich pessimistisch. »Fangen wir doch mit Johnny Jensen an, dem verschwundenen Neunzehnjährigen. Davon muß dein Mann doch gehört haben. Hat er diese Geschichte dir gegenüber je erwähnt?«

»Nein, ich glaube nicht. Aber das ist ja schließlich fünf Jahre her. Sten war damals für die medizinische Betreuung der Schulen zuständig. Aber er braucht deshalb nichts mit diesem Jungen zu tun gehabt zu haben. Schließlich gab es Hunderte von Schülern, und Sten war vor allem in der Verwaltung tätig.«

»Aber was ist mit diesem Journalisten? Arve Holm. Sagt dieser Name dir etwas?«

»Tut mir leid. Den habe ich noch nie gehört. Er und der Finanzmakler sind mir total unbekannt. Und ich bin ziemlich sicher, daß ich mich daran erinnern würde, wenn Sten sie erwähnt hätte.«

»Dann bleibt uns also bloß noch Backes Exfrau, Vibeke Lassen. Sie ist die einzige Verbindung, die ich zwischen den Verschwundenen sehen kann«, sagte ich vorsichtig. »Zwischen zwei Verschwundenen«, fügte ich hinzu.

Es bestand keinen Grund, noch mehr Salz in die Wunde zu streuen. Anna Löwe gelang es normalerweise, ihre korrekte Fassade zu behalten. Aber jetzt stand sie kurz vor dem Abgrund.

Ich vermochte ein Gähnen nicht zu unterdrücken. An

diesem Tag konnte ich einfach nicht noch mehr vertragen. Anna begriff und schaute auf die Uhr. Sie hatte immer alles sehr schnell verstanden.

»Rufst du mir ein Taxi, Svend? Ich muß nach Hause. Die Kinder sind allein.«

Las ich in ihrem Blick einen Hauch von Enttäuschung? Ich besiegte zwei Testosteronteufel und erhob mich heroisch. »Soll ich wirklich mit dieser Sisyphusarbeit weitermachen? Es bringt ja doch nichts. Und jetzt werde ich dir zudem ein paar Rechnungen schicken müssen. Bald ist Weihnachten«, fügte ich betreten hinzu.

»Mach das ruhig. Geld spielt keine Rolle.«

Als ich sie zur Tür brachte, klarte es gerade auf, und der Sternenhimmel war wieder zu sehen. Als sie mich kurz umarmte, ehe sie ins Taxi stieg, sah ich es wieder: eine Sternschnuppe. Und diesmal wünschte ich mir etwas.

6

Am nächsten Vormittag mußte ich mich in der Kanzlei zuerst um liegengebliebene Dinge kümmern. Es war schon wieder Freitag. Noch vor kaum einer Woche war mein Dasein friedlich und vorhersagbar gewesen. Ehe Anna Löwe auf ihren graziösen Füßchen in mein Leben getrippelt war. Ich hoffte auf einen Anruf aus Berlin. Ich wollte mich nicht als erster melden. Aber nichts stößt man so leicht um wie Prinzipien. Ich beschloß, noch zwei Tage zu warten.

Vibeke Lassen. Auf sie mußte ich mich jetzt konzentrieren. Mit Hilfe eines alten Bekannten, der jetzt beim Fernsehen arbeitete, kam ich ihr näher. Sie nahm derzeit allerlei Jobs an: Reklamefilme, die eine oder andere Fernsehserie, seichte Sommerrevuen. Ihre Postadresse war in Oslo. Doch als ich dort anrief, teilte ihr Anrufbeantworter mit, sie sei momentan unter einer anderen Nummer in ihrem Sommerhaus in Åsgårdstrand anzutreffen.

Ich hatte mir schon eine ganze Serie von Erklärungen und Tarngeschichten überlegt, kam aber zu dem Schluß, daß die Wahrheit akzeptabel sein müsse. Wir hatten doch sicher gemeinsame Interessen.

»Foyn ist mein Name«, begann ich höflich. »Rechtsanwalt Svend Foyn. Es geht um Martin Backe, Ihren Exmann.«

»Ja?«

»Ich vertrete eine andere Person, die unter ähnlichen Umständen verschwunden ist. Oberarzt Sten Löwe. Das heißt, seine Frau hat mich beauftragt.« Ich ließ sie diese Nachricht verdauen.

Sie schwieg einen Augenblick. »Das verstehe ich nicht ganz.«

»Wir melden uns bei allen, mit denen er in letzter Zeit zu tun hatte«, erklärte ich vorsichtig. »Er ist spurlos verschwunden.«

»So?« Sie schien verwirrt zu sein.

»Ich dachte, Sie könnten uns vielleicht helfen. Haben Sie in den letzten zwei Wochen von Oberarzt Sten Löwe gehört oder ihn gesehen?«

»Überhaupt nicht.« Diese Frage schien ihr Unbehagen zu bereiten.

»Hören Sie bitte«, sagte ich eindringlich. »Wir brauchen hier keine Zeit zu vergeuden. Ich weiß von Ihrer Beziehung zu Sten Löwe. Darum geht es hier nicht.« Ich konnte mich nicht beherrschen. »Das Seltsame ist, daß Backe und Löwe beide spurlos verschwunden sind. Zwei Männer, mit denen Sie ein Verhältnis hatten. Haben Sie dazu etwas zu sagen?«

Trotz ihrer Schauspielerinnenkünste war deutlich, daß ihr diese Frage lästig war. Das war vielleicht verständlich.

»Ist Sten wirklich verschwunden?« Sie klang betroffen.

»Er wird seit zwei Wochen vermißt. Er ist eine Woche vor Ihrem Exmann verschwunden. Wußten Sie das nicht?«

Die Zeitungen hatten die Meldung zwar gebracht, aber natürlich konnte sie sie übersehen haben.

»Ich war die ganze Zeit mit Dreharbeiten beschäftigt. Ich habe seit über zwei Wochen keine Zeitung mehr gelesen.«

»Aha«, sagte ich. Das konnte schließlich stimmen. »Sten Löwe ging eines Abends aus dem Haus und ward nicht mehr gesehen. Genau wie Ihr Exmann. Finden Sie das nicht auch ein wenig auffällig?«

»Wie meinen Sie das?« Sie klang empört. »Ich weiß nichts. Sie vermischen hier Dinge, die nichts miteinander zu tun haben.«

»Wir sollten uns eingehender darüber unterhalten«, schlug ich in bittendem Tonfall vor. »Wir möchten dieses Rätsel doch beide klären, nicht wahr? Menschen verschwinden nicht einfach so. Und die Sache eilt. Ich könnte in einer halben Stunde in Åsgårdstrand sein.«

Sie blieb abweisend. »Dazu gibt es nichts zu sagen. Meine Beziehung zu Sten Löwe war eine Privatsache.« Das konnte ich mir lebhaft vorstellen. »Außerdem ist die Affäre beendet. Ich habe keine Ahnung, was mit ihm geschehen sein könnte.«

»Ich kann diese Informationen natürlich der Polizei überlassen«, drängte ich mit leichter Drohung in der Stimme. »Die ermitteln in beiden Fällen und fänden das sicher interessant. Wäre Ihnen das vielleicht lieber?«

Das schien nicht der Fall zu sein. Aber sie war noch immer abweisend. »Ich habe nichts zu sagen, weder einem Anwalt noch der Polizei.« Ihre Stimme klang angespannt. »Tut mir wirklich leid«, fügte sie in dem Versuch, höflich zu sein, hinzu. »Ich bin im Begriff zu verreisen und stehe hier sozusagen schon in Hut und Mantel. Wenn mir etwas einfallen sollte, rufe ich Sie an.« Sie legte auf. Das wurde in dieser Angelegenheit langsam zur Gewohnheit.

Ich blieb eine Weile sitzen und vertiefte mich in die Aussicht auf den Platz. An diesem Telefonat hatten mehrere Dinge nicht gestimmt. Frau Lassen war eindeutig beunruhigt gewesen. Zudem zeigte sie auffällig wenig Interesse an dem, was ich über den Mann erzählen konnte, der noch wenige Wochen zuvor ihr Liebhaber gewesen war. Vielleicht hatte sie zu viele von der Sorte. Ich beschloß, ihr einen Besuch abzustatten, und teilte Frau Svendsen mit, daß meine Dienstzeit in der Kanzlei für diese Woche beendet sei.

Eine halbe Stunde später fuhr ich langsam an der weißen Villa in der Edvard-Munchs-Gate vorüber. Das Haus war wirklich eine Perle. Offenbar war es nach allen Regeln der Kunst restauriert worden. Prachtvoller Blick aufs Meer. Großer, gepflegter Garten mit Pavillon, Doppelgarage und kleiner Jacht, die für den Winter auflag.

Ich war gerade noch rechtzeitig gekommen, denn als ich den Jaguar in einer Seitenstraße mit guter Sicht auf den Eingangsbereich des Hauses zum Stehen brachte, kam Vibeke Lassen mit einer Reisetasche über der Schulter und einem Aktenkoffer in der Hand aus dem Haus gelaufen. Ich erkannte sie vom Fernsehen her. Das Garagentor öffnete sich und zeigte einen nagelneuen roten BMW der exklusiven Ausführung. Weiter unten auf der Straße stand ein riesiger schwarzer Audi mit Rußglasfenstern und laufendem Motor.

Frau Lassen schien also wirklich verreisen zu wollen. Aber sie sah nicht gerade glücklich aus, als sie in ihren Luxusschlitten stieg. Diesmal enttäuschte mich der Geschmack des Oberarztes. Sicher sah die Frau in ihren schwarzen wehenden Gewändern elegant aus. Blond und braungebrannt war sie auch. Aber sie hatte keine Ausstrahlung. Nicht wie seine anderen abgelegten Gespielinnen. Ich verfügte in dieser Hinsicht ja inzwischen über eine gewisse Erfahrung. Außerdem kam sie mir nicht sonderlich erwartungsvoll vor, wie das doch gewöhnlich vor einem angenehmen Wochenende der Fall ist. Irgend etwas schien ihr Sorgen zu bereiten.

Vibeke Lassen fuhr wie gejagt, und ich mußte mir alle

Mühe geben, um ihr mit meiner alten Karre, die an dieses Tempo nicht gewöhnt war, auf den Fersen zu bleiben. Wir fuhren zuerst nach Horten, danach weiter die E 18 hoch und schließlich nach Norden in Richtung Drammen und Oslo. Nach anderthalb Stunden war klar, daß wir auf den Flughafen zuhielten. In der Tasche, die ich in aller Eile von zu Hause mitgenommen hatte, befand sich nur meine Fotoausrüstung. Aber in meiner Brusttasche steckten Paß und Kreditkarten. Theoretisch konnte ich damit um die Welt reisen, auch wenn die Grundlage für diese Ermittlung reichlich dünn war. Nur hatte ich nichts anderes. Und ich hatte immerhin einen Trumpf in der Hand: Vibeke Lassen war mir nie begegnet. Das verschaffte mir einen interessanten Vorteil. Im Notfall konnte ich ihr per Flugzeug folgen. Warum denn nicht? Für Reisen hatte ich schon immer eine Vorliebe gehabt. Und Geld spielte ja auch keine Rolle, das hatte Anna gesagt. Ich ging davon aus, daß sich das auch auf Flugtickets bezog.

Am Flughafen stellten wir unsere Wagen auf dem Langzeitparkplatz ab. Ich heftete mich an Frau Lassens Sohlen; sie ging schnurstracks zum Schalter von »Saga Sonnenreisen«, ohne auch nur einen Blick in meine Richtung zu werfen. Ich überlegte mir, welche Konsequenzen es hätte, wenn ich ihr weiterhin auf der Spur blieb. Meine Kollegen würden mich abschreiben, Mari würde stocksauer sein, Hulda würde durchbrennen. Und meine Exfrau hätte den endgültigen Beweis dafür, daß ich kein normales Leben führen konnte, wie es sich in einer modernen, geordneten Gesellschaft gehörte. Eigentlich gefiel mir die Vorstellung von so viel Aufregung.

Während ich mich in der Schlange hinter Frau Lassen anstellte, rief ich sicherheitshalber Mari an und bestellte eine Runde Hundekuchen für Hulda. Wir hatten eine Vereinbarung getroffen: Ich finanzierte Maris Mobiltelefon, sie mußte sich dafür auch ohne lange Vorankündigung um das Tier kümmern. Ich verschwieg, daß hier die Rede von mehr als nur von einem Abend sein konnte.

Ich kam mir ziemlich fehl am Platze vor. Vor mir wartete eine endlose Reihe von älteren Leuten, ferner einige leidgeprüfte Eltern, die versuchten, ihre verwöhnten Gören mit schönen Versprechungen über Badefreuden an der Sonnenküste in Schach zu halten, zwei schwer einzuschätzende jüngere Männer mit dunklen Sonnenbrillen, ausdruckslosen Gesichtern und Armani-Anzügen, der eine oder andere Rucksackreisende und ein streng nach Knoblauch riechendes spanisches Ehepaar, das die Wartenden mit bunten Szenen aus ihrer offenbar stürmischen Beziehung unterhielt.

Zwei lärmende, üppige Damen standen unmittelbar vor mir. Die eine war mindestens einsachtzig groß und wog garantiert zwei Zentner. Die andere war einen Kopf kleiner. Es schien sie nicht nennenswert zu stören, daß sie den Zenit ihres Lebens längst überschritten hatten; und sicher nannten sie ganze Scharen von Enkelkindern ihr eigen.

»Verzeihung«, sagte ich. »Wohin geht diese Maschine eigentlich?« Die sommerliche Bekleidung der anderen ließ mich auf die Kanarischen Inseln tippen.

Die Frage brachte die beiden Großmütter zum Jubeln. Die größere hatte bereits einen Flachmann aus ihrer Handtasche gefischt.

»So wat hab ich noch nie gehört«, sagte die kleinere mit überraschend energischer Stimme. »Der weiß nit, wo mer hinwolle.« Sie musterte mich vielsagend. »Trink mal'n Schnäpschen. Wir fahrn anne Sonnenküste. Dat hamse uns im Reisebüro jedenfalls erzählt. Ich bin Magnhild«, fügte sie freundlich hinzu, dann zeigte sie auf die Schwergewichtlerin. »Dat ist Solveig. Und du?«

»Svend«, antwortete ich verdutzt. »Svend Foyn.« Ihrer Aussprache entnahm ich, daß die beiden Damen aus irgendeinem ländlichen Bezirk stammten. Was sicher auch für ihren Schnaps galt. Mir stand offenbar eine anstrengende Reise bevor.

Frau Lassen schien sich in dieser Gesellschaft nicht wohl zu fühlen. Sie stand nur wenige Meter vor mir, schaute fortwährend auf die Uhr und schnaubte wütend, als ein Rentner ihr im Gewühl aus Versehen einen Stoß versetzte. Vibeke Lassen hatte in dieser Umgebung nichts verloren, das war nur allzu offensichtlich. Die Costa del Sol im Dezember: zu kaltes und unbeständiges Wetter für Unternehmungen, zuviel Betrieb, um Ruhe und Frieden zu finden, zu viele eilig hochgezogene Hotelkomplexe für Menschen, die die Ästhetik der spanischen Landschaft suchen.

Der Schnaps spornte meine Tatkraft an. Ich brauchte einen Flugschein. Nachdem ich mit der Frau hinter den Schaltern, die am sympathischsten aussah, Blickkontakt aufgenommen hatte, schlich ich mich für einen Moment aus der Schlange und beugte mich vertraulich über ihren Tresen.

»Könnten Sie mir einen Gefallen tun?« fragte ich vorsichtig.

Sie schaute verwundert hoch und lächelte mich nekkisch an. »Kommt drauf an, was Sie für Wünsche haben.« Ich hatte mich nicht geirrt. Mona Lisa Hansens Augen funkelten schelmisch. Ihrem Namensschild nach hieß sie tatsächlich so.

»Hören Sie«, sagte ich eindringlich und deutete diskret

auf Vibeke Lassen, die in dem Augenblick genervt in eine andere Richtung schaute. »Ich brauche einen Platz in demselben Flieger wie diese Dame dort.«

»Geht's hier um die große Liebe?«

Ich ignorierte diese Frage. »Sie weiß noch nicht, wer ich bin, wird es aber bald erfahren. Und dann freut sie sich sicher darüber, daß ihr jemand dazu verholfen hat.« Das war vielleicht ein wenig optimistisch gedacht. »Es ist eine lange Geschichte, ich kann Ihnen jetzt nicht mehr erzählen. Könnten Sie mir einen Platz besorgen?«

»Tja, eigentlich ist alles ausgebucht.« Sie musterte mich zweifelnd. »Aber ein Fluggast hat angerufen und gefragt, ob wir die Maschine etwas später starten können. Er hat Ärger mit seinem Auto und schafft es nicht mehr rechtzeitig.« Sie zögerte. »Das Flugzeug kann natürlich nicht warten. Und solche Plätze dürfen wir eigentlich nicht verkaufen.« Ihre Skepsis war verständlich.

»Bitte«, sagte ich verzweifelt. »Ich bin k-k-kein verrückter Belästiger. Sie müssen m-m-mir einfach glauben.« Ein Stotterer kann einfach nicht bedrohlich wirken.

Mona Lisa Hansen musterte mich eingehend. »Sie sind wohl nur ein bißchen meschugge.« Sie lächelte. »Das waren meine Eltern auch.« Ich verkniff mir einen Kommentar zu ihrem Lächeln. Den hätte sie sicher nicht zum ersten Mal gehört.

»Willkommen im Club«, sagte ich. »Ich möchte wirklich nur den freien Platz buchen.« Ich schaute auf die Uhr. »Die Maschine sollte jetzt doch eigentlich schon gestartet sein.« Eine kurze Verspätung war angekündigt worden. »Ein Zimmer im selben Hotel wäre auch nicht schlecht.« Ich nickte zu Frau Lassen hinüber.

Frau Hansen blickte auf ihren Bildschirm. »Leider ist es schon voll belegt. Aber ich kann Sie in der Nähe unterbringen. Unter einer Bedingung …« Sie blickte mir ins Gesicht. »Nach Ihrer Rückkehr rufen Sie mich an und erzählen mir die ganze Geschichte. Und zwar vollständig und unzensiert.« Sie schrieb eine Telefonnummer auf einen Zettel und schob ihn mir zu. »Ist das abgemacht?« Ich hätte sie umarmen mögen. In professionellem Tonfall fragte sie dann: »Und wie war noch gleich der Name?«

»Vibeke Lassen.«

»Das weiß ich.« Sie lächelte geduldig. »Ich hab schließlich auch einen Fernseher. Sie steht auf der Passagierliste. Ich meine Ihren Namen. Reicht eine Woche?«

Ich nickte.

»Machen Sie sich keine Sorgen«, sagte sie tröstend. »Von Málaga aus gibt es Flüge genug. Wenn Sie sich den normalen Preis leisten können«, fügte sie hinzu.

Aus irgendeinem Grund fühlte ich mich sicherer, als Mona Lisa Hansen meinen Namen notiert hatte. Jetzt wußte zumindest ein Mensch, wo ich mich aufhielt. Ich spielte kurz mit den Gedanken, Wilhelm Mørk Bescheid zu sagen, gab ihn dann aber auf. Ich hätte seine Sarkasmen jetzt einfach nicht ertragen. Ich kam mir ohnehin schon dumm genug vor, als ich hier in dieser Touristenschlange stand, mit einer armseligen Fototasche über der Schulter, und mir vorzustellen versuchte, was bei diesem Ausflug eigentlich herauskommen sollte.

Die Stimmung im Flugzeug schlug Wellen, als wir endlich abhoben. Die Damen vom Lande hatten mich sofort adoptiert. Ich brauchte ein Alibi, und das hatte ich nun. Das Problem war nur, daß meine neuen Freundinnen – ebenso wie auch Vibeke Lassen – im Apartmenthotel Eden Roc an Marbellas Strandpromenade untergebracht waren, während ich im Stadthotel El Fuerte absteigen mußte. Jetzt saß ich hier zusammen mit den munteren alten Damen im vollbesetzten Charterflugzeug. Daß ich keine bessere Erklärung für meine spontane Spanienreise zu bieten hatte als den unklaren Wunsch nach Luftveränderung, hatte ihre mütterlichen Instinkte geweckt. Während die meisten Fluggäste sich in puncto Kleidung schon den Temperaturen der Sonnenküste angepaßt hatten, fiel ich durch meinen norwegischen Dezembermantel auf. Die Damen gingen davon aus, daß meine Frau mich vor die Tür gesetzt hatte. Ich ließ sie in dem Glauben.

Frau Lassen saß zwei Reihen vor uns, sie wirkte anonym und hatte sich in ein Buch vertieft. Soviel ich sehen konnte, wechselte sie auf dem gesamten Flug mit niemandem ein Wort. Sie wurde offenbar auch nicht erkannt. Da sie im Grunde nur eine zweitrangige Berühmtheit war, war vielleicht nichts anderes zu erwarten. Außerdem versteckte sie sich hinter einer dicken Brille.

Ich atmete erleichtert auf, als wir auf Málagas modernem Flugplatz aufsetzten, während der obligatorische Applaus durch das Flugzeug hallte. Unterwegs waren wohl Flugbenzin wie Alkohol gleichermaßen aufgebraucht worden. Da ich nicht auf Gepäck zu warten brauchte, versuchte ich, Vibeke Lassen im Auge zu behalten, während ich den alten Damen mit ihren Koffern half. Ich brauchte nicht zu fürchten, daß jemand auf mich aufmerksam werden könnte. Chaos und Gedränge waren einfach zu groß.

»Hört mal«, flüsterte ich, als ich mich zusammen mit meinen neuen Freundinnen langsam der Paßkontrolle näherte und dabei nur wenige Schritte von Frau Lassen entfernt war, »ich brauche Hilfe.« Ich konnte es auch gleich mit der Wahrheit versuchen. »In Wirklichkeit bin ich Rechtsanwalt«, sagte ich ernst. »Ich bin hier, um eine

Person zu beschatten. Könnt ihr ein Geheimnis für euch behalten?« Die beiden Frauen bestätigten das so eifrig, daß ich sie ermahnen mußte, leiser zu sein. Besorgt schaute ich in die Runde, aber niemand schien etwas bemerkt zu haben.

»Diese Person wird wie ihr im Eden Roc wohnen«, setzte ich hinzu, »aber da war nichts mehr frei. Darf ich mich deshalb für ein paar Stunden bei euch aufhalten?«

Ihre Reaktionen verrieten mir, daß ich jetzt zwei neue Assistentinnen hatte.

Die meisten aus unserer Reisegesellschaft machten sich vom Flughafen aus auf eigene Faust auf den Weg. Ich folgte Magnhild, Solveig, Vibeke Lassen und einer Handvoll weiterer Pauschalreisenden in den wartenden Bus. Es war schon spät, und vor uns lag noch mindestens eine Stunde Fahrt. Es war ein feuchter, dunkler Abend, meine Dezemberkleidung war viel zu warm, meine Zunge fühlte sich an wie Sandpapier, und mein Kopf schmerzte heftig. Torremolinos, Fuengirola, die Tourismusghettos strahlten wie Leuchttürme, als wir über die Autobahn auf Marbella zuhielten. Der dichte Verkehr dröhnte an dem klapprigen Bus vorbei. Ich war jetzt wirklich erschöpft.

Das heruntergekommene Apartmenthotel lag dicht an einer lärmenden Straße unten bei der Strandpromenade. Ich war von dem Standard, der wohl kaum Frau Lassens Vorstellungen von einem angenehmen Urlaub entsprach, nicht weiter beeindruckt. Sie sprang als erste aus dem Bus und verschwand rasch in der Hotelhalle. Sie schien die Freuden des Pauschaltourismus jetzt schon restlos satt zu haben. Da konnte ich ihr nur zustimmen. Noch immer hatte sie nicht einen Blick in meine Richtung geworfen. Es war fast beleidigend einfach, sie zu beschatten, fand ich.

Ich hielt mich im Hintergrund, schleppte Koffer und versuchte, mir einen Überblick über die Umgebung zu beschaffen. Magnhild und Solveig war eine Dreizimmerwohnung im zweiten Stock zugewiesen worden, wo sie mir dann großzügig das Wohnzimmersofa überließen. Der Portier, ein zahnloser Greis, vertraute mir an, daß Frau Lassen ganz oben im Haus eine Suite bezogen habe. Außerdem konnte er mir einen billigen Mietwagen besorgen. Und sommerliche Kleidung ebenfalls. »Mein Koffer ist verlorengegangen«, erklärte ich.

Nach einem soliden Trinkgeld versprach der Alte, mir sofort Bescheid zu sagen, wenn Frau Lassen sich anschickte, das Hotel zu verlassen, wenn sie Gäste empfing oder auf eine andere Weise Kontakt zur Außenwelt aufnahm. Aber ich mochte die Verantwortung einfach nicht auf den schmalen Schultern des Greises ruhen lassen. Er war eingenickt, ehe unser Gespräch richtig beendet war. Das Hotel hätte komplett ausgeräumt werden können, er hätte es nicht gemerkt.

Von einer kleinen Bar aus, die dem Hotel gegenüberlag, hatte ich den Hoteleingang voll im Blick. Ich beschloß, die Sache ruhig anzugehen, weil ich ganz sicher war, daß ich an diesem Abend nichts mehr versäumen würde. Es war schon nach elf. Ich glaubte nicht, daß Vibeke Lassen jetzt noch etwas vorhatte.

Über einem schweren Cognac aus der Gegend versuchte ich, zur Ruhe zu kommen. Der Wirt war beleibt und lustig und kommunizierte über alle Sprachgrenzen hinweg. Meine Aussicht war abwechslungsreich: wild hupende Autos, verliebte Paare, fette Schweden und besoffene Deutsche. Züchtige junge Spanierinnen, deren Verehrer respektvoll Abstand hielten. Ein alter Mann auf dem Heimweg aus einer Kneipe, ein später Blumenverkäufer. Ich war der einzige Gast, fühlte mich aber nicht einsam. Langsam ging mir auf, daß ich in Spanien war. Und das war kein unangenehmes Gefühl.

Nach zwei Stunden geduldigen Wartens gab ich auf. Das einzige Unerwartete, was ich registriert hatte, waren die beiden Armani-Typen aus dem Flugzeug, die seltsamerweise ebenfalls im Eden Roc abgestiegen waren. Sie waren nicht mit unserem Bus gekommen, hingen jetzt aber in der Bar herum und schienen sich schrecklich zu langweilen. Sicher hatten sie sich einen Wagen gemietet. Ein schnittiger schwarzer Alfa Romeo stand vor dem Hotel. Und paßte perfekt zu ihren Anzügen.

Die alten Damen schliefen schon, als ich mich in die Wohnung schlich und auf dem Sofa mein Lager aufschlug. Jetzt mußte ich einfach ein paar Stunden schlafen. Das hier würde wohl nicht gerade ein Erholungsurlaub werden. Bei genauerem Nachdenken fiel mir ein, daß es ja auch keiner war.

7

Am nächsten Morgen fuhr ich nach einer anstrengenden Nacht auf dem Sofa aus dem Schlaf hoch. Es war sieben Uhr. Magnhild und Solveig waren schon längst aufgestanden. Der Kaffeeduft erleichterte mir den Ausstieg aus meinen unruhigen Träumen. Die Damen tischten mitgebrachtes Brot und Kaffee auf. Sie waren offenbar nicht zum ersten Mal in Spanien.

»Möchte der Anwalt wat essen? Mir ham selbstgebackene Brötchen.« Magnhild führte das Wort, während Solveig eifrig nickte. »Mir sind jetzt so weit.«

»So weit«, wiederholte ich langsam. »Was wollt ihr damit sagen?«

»Zum Beschatten, Mensch. Mir ham ja gesehn, wen du gestern abend angeglotzt hast. Für uns ist das leichter.« Sie musterte mich unschuldig. Ich hatte mich noch immer nicht vom Sofa aufrappeln können. »Dich erkennt die wieder. Uns bemerkt sie nicht mal.«

Ich überlegte. Es war im Grunde ein ziemlich guter Vorschlag. »Sagt mal«, fragte ich halb im Scherz. »Habt ihr zufällig auch ein Handy?«

»Aber sicher. Sag mal deine Nummer, dann geben wir die ein.«

Ich wußte eindeutig zu wenig über die Großmütter von heute. Meine eigenen hatten sich nicht einmal an die Benutzung eines gewöhnlichen Telefonapparats gewöhnen können.

»Mein Mann kauft immer das neuste Modell«, fügte

sie hinzu. »Und hier haben wir einen erstklassigen Empfang.«

Wir verabredeten, daß sie in der Rezeption Posten beziehen und mich anrufen würden, sowie Frau Lassen sich sehen ließe. Inzwischen frühstückte und duschte ich und fühlte mich langsam wieder wie ein Mensch. Eine freundliche Dame, eine Botin des Portiers, hatte mir bereits Kleidung gebracht, die vermutlich schon etwas älteren Datums war. Die Preise waren entsprechend. Das ließ sich auch über den Fiat Panda sagen, der mir zur Verfügung gestellt wurde. Aber der fiel wenigstens nicht weiter auf. Und hatte außerdem ein Sonnendach.

Alles kam mir fast normal vor – wenn man einmal davon absah, daß ich mich in einem schäbigen Hotel an der Sonnenküste aufhielt, zusammen mit zwei unbekannten alten Damen, und daß ich keinen anderen Grund für mein Hiersein anführen konnte als einen wenig fundierten Argwohn.

Vibeke Lassen ließ sich erst am späten Vormittag an der Rezeption sehen. Mit riesigem schwarzem Hut, exklusiver Sonnenbrille und einem langen, wehenden Kleid sah sie aus wie eine echte Diva. Ich beobachtete sie von meinem Platz in der Kaffeebar aus und registrierte, daß sie dem Portier irgendeine Frage stellte. Magnhild ließ sie nicht aus den Augen. Sie saß dicht neben dem Rezeptionstresen auf dem Sofa und war scheinbar in eine Illustrierte vertieft.

Gleich darauf klingelte mein Mobiltelefon. »Die hat nen Brief gekriegt. Der ist heut nacht hier abgegeben worden. Soll ich hinter ihr hergehen?«

»Ja, bitte«, sagte ich. »Aber sei vorsichtig. Ich bleibe im Hintergrund.«

Es wurde ein langer, ereignisloser Samstag. Vibeke Lassen schien sich vor allem für Boutiquen zu interessieren, und sie inspizierte fast alles, was Marbella in dieser Hinsicht zu bieten hatte. Ihre Einkaufstüten wurden immer zahlreicher. Als sie endlich eine Pause einlegte und sich in einem der vielen Cafés der Stadt niederließ, hatte sie sicher schon einige Tausender ausgegeben. Aber es herrschte ein Wetter wie an einem schönen norwegischen Frühlingstag, und das Beschatten lief wie geschmiert. Nichts passierte. Schließlich fuhr sie mit dem Taxi zurück ins Hotel, dicht gefolgt von Solveig in einem anderen Taxi. Aufgrund des lebhaften Verkehrs konnte ich fast zu Fuß neben ihnen herlaufen. Das Angebot an teuren Autos, schönen Frauen, gutangezogenen Geschäftsmännern und geheimnisvoll wirkenden Arabern in dieser Stadt war riesengroß. Um diese Jahreszeit fielen die Pauschalreisenden im Stadtbild kaum auf.

Auch am restlichen Nachmittag und am Abend passierte nichts. Ich gab den beiden Damen frei. »Sucht euch ein Restaurant und amüsiert euch zusammen mit normalen Leuten«, trug ich ihnen galant auf. »Ich gebe einen aus.«

Den Abend begann ich in der Bar gegenüber, wo ich nun bereits als Stammgast galt. Es fiel dem Wirt schwer, meine Abneigung gegen seine reichlichen Cognacdosierungen zu akzeptieren. Der Panda erwies sich als untaugliches Argument. Aber es war doch immerhin vorstellbar, daß ich ihn an diesem Abend noch brauchen würde.

Erst gegen elf Uhr ließ Frau Lassen sich wieder blikken, diesmal ganz und gar in Schwarz gewandet: schwarze Jacke, enge Jeans, schwarze Sandalen, aber feuerrote Zehennägel. Ihre blonden Haare hatte sie zu einem Pferdeschwanz hochgebunden. Sie sah umwerfend aus. Und viel jünger als im Flugzeug. Plötzlich konnte ich Sten Löwe besser verstehen. Der Mann war eben doch ein Ästhet.

Vibeke Lassen trat vor das Hotel und schaute sich ungeduldig um. Ich nahm an, daß sie auf ein Taxi wartete, und setzte mich in den Panda, der auf der anderen Straßenseite stand. Ich freute mich auf ein wenig Action. Auf diesem Ausflug hatte es bisher nicht allzuviel gegeben. Wenn nicht bald etwas passierte, würde ich mich heim nach Norwegen trollen müssen. Jeder kann sich einmal irren. Doch während ich mir noch überlegte, wie ich diese ganze Expedition erklären könnte, kam Leben in die Szene. Das Taxi erschien, Frau Lassen stieg ein. Aber als ich den Panda anließ, um mich an die Verfolgung zu machen, ging mir plötzlich auf, daß ich nicht der einzige Verfolger war. Die Armani-Anzüge im Alfa hatten weiter unten am Boulevard gewartet. Jetzt glitten sie lautlos an mir vorbei und setzten dem Taxi nach. Ich erkannte die harten jungen Gesichter auf dem Vordersitz sofort. Mich hatten sie nicht eines Blickes gewürdigt.

Wir fuhren in ziemlichem Tempo durch Marbella, verließen die Innenstadt und hielten dann auf die vornehmen Vororte zu. Ich konnte nur mit Mühe mithalten. Weiße, arabisch anmutende Villen, Swimmingpools, riesige Gartenanlagen, exotische Blumen und Palmen. Der Geruch von Geld hing schwer über den Hügelkämmen. Der Alfa blieb die ganze Zeit über in diskreter Entfernung hinter dem Taxi. Endlich kam es vor einem eher anonym wirkenden, abseits gelegenen Gebäude im Bauhausstil zum Stehen, das von einem schwarzen hohen Lattenzaun umgeben war. Der Alfa fuhr am Haus vorbei und bog langsam in die nächste Stichstraße ab; ich stoppte meinen Wagen hinter einem Wäldchen mit Blick auf das Tor. In der Ferne sah ich die Neonschilder im Zentrum von Marbella. Der Mond leuchtete über dem Meer. Die Landschaft, die mich umgab, wurde zu einer geheimnisvollen Märchenwelt. Unter anderen Umständen hätte ich sie schön gefunden. Jetzt fühlte ich mich mutterseelenallein.

Das Taxi trat die Rückfahrt in die Stadt an, während Vibeke Lassen am Tor klingelte. Es öffnete sich lautlos, und sie verschwand auf der Auffahrt. Die Haustür konnte ich von hier aus nicht sehen. Daß ich auch die Armani-Anzüge aus den Augen verloren hatte, machte mir jedoch größere Sorgen. Ich wollte nichts unternehmen, solange ich nicht wußte, wo diese Typen sich gerade befanden. Ich war überzeugt, daß dieser Ausflug nicht zum Programm von »Saga Sonnenreisen« gehörte, und blieb deshalb bis auf weiteres im Wagen sitzen.

Einige lange Minuten verstrichen. Nichts passierte. Alles war still. Kein Mensch war zu sehen. Die Nacht war finster und warm. Ferner Autolärm bildete die Geräuschkulisse. Ich zuckte zusammen, als zwei riesige schwarze Mercedeslimousinen lautlos nur wenige Meter an mir vorüberglitten, ehe sie weiter oben am Hang in eine Auffahrt abbogen. Ein einsames Taxi fuhr gemächlich dahin. Ich stieg vorsichtig aus dem Auto, ging an der Villa vorbei und fand die Stichstraße, in der der Alfa verschwunden war. Einige hundert Meter weiter fand ich ihn. Er stand einsam, verlassen und unauffällig unter den Palmen. Der schwarze blanke Lack leuchtete im Mondlicht. Eine Sternschnuppe jagte über den Himmel. Plötzlich zog ein kühler Hauch durch die Luft. Ich schaute auf die Uhr. Inzwischen war eine halbe Stunde vergangen, und ich hatte das Gefühl, etwas unternehmen zu müssen.

Die Entscheidung fiel mir leicht. Doch das Tor zum

Garten, in dem Frau Lassen verschwunden war, war verschlossen. Ich konnte nicht damit rechnen, so prompt eingelassen zu werden wie sie, deshalb versuchte ich es gar nicht erst mit Klingeln. Der Zaun war hoch, aber nicht unüberwindlich. Zum Glück schien dieser Hausbesitzer sich keinen Wachhund zu halten. Ich hatte nicht überhören können, daß es in der Nachbarschaft Hunde gab. Und dabei handelte es sich wohl kaum um verschmuste Pudel.

Ich suchte mir einen passenden Baum, kletterte hoch und ließ mich über den Zaun fallen. Das ging überraschend leicht. Ich landete in einem weichen Blumenbeet, stach mich an einem Rosenbusch und stolperte über eine asphaltierte Auffahrt, die an einer riesigen Doppelgarage entlangführte. Noch immer war alles dunkel und still. Kein Alarm, kein Neonlicht, kein Nachtwächter. Schmale Lichtstreifen fielen durch die Blenden vor den Fenstern im Erdgeschoß, ansonsten war das Haus dunkel. Ich konnte eine wütende Männerstimme hören, verstand jedoch kein einzelnes Wort.

Vorsichtig schlich ich mich um das Haus. Das Gras dämpfte meine Schritte. Der Mond verschwand hinter den Wolken, und es wurde noch dunkler. Hinter dem Haus fand ich eine offene Terrasse mit einer Treppe zum Garten und große, offene Fenster, hinter denen sich die Vorhänge in der kühlen Nachtbrise bewegten. Vorsichtig stieg ich die Treppe hoch, Stufe für Stufe. Die Stimmen im Haus wurden deutlicher. Und sie sprachen norwegisch.

Durch einen Spalt zwischen den Vorhängen konnte ich mir ein Bild von dem machen, was im Haus vor sich ging. In einem großen, weißen, spärlich, aber teuer möblierten Raum hielten sich, soweit ich sehen konnte, vier Personen auf. Der breite Rücken, der mir zugekehrt wurde, trug ein mir bekanntes Armani-Jackett. Der Mann stand in drohender Haltung vor einem anderen, der mitten im Zimmer auf einem Stuhl saß. Der Mann auf dem Stuhl war mit breitem schwarzem Klebeband an Armlehnen und Stuhlbeinen festgebunden. Er war elegant angezogen, trug ein weißes Hemd, einen diskreten Schlips, teure Schuhe und eine dunkle Hose. Vor ihm auf dem Boden lag eine achtlos hingeworfene Jacke. Ein roter Fleck auf seiner Hemdbrust machte den guten Eindruck zunichte. Der Fleck stammte wohl aus einer Wunde, die sicher mit der starken Schwellung an der ansonsten wohlgeformten Nase des Mannes zusammenhing. Er triefte vor Schweiß. Seine sonnengebräunte Haut bot einen auffallenden Kontrast zu seinem verängstigten Gesicht. Ich hatte den Mann bisher nur in Wilhelm Mørks Fotosammlung gesehen. Trotzdem erkannte ich ihn sofort. Ein gutaussehender Mann in den besten Jahren: Martin Backe war von den Toten auferstanden. Es war sicher eine lange Schwimmpartie vom trüben Fahrwasser der Bastøyfähre bis zur exotischen Palmenküste der Costa del Sol gewesen. Aber man hatte den Eindruck, als würde Backe Vestfold in diesem Moment liebend gern den Vorzug geben.

Armani-Anzug Nummer zwei hing lässig auf einem Ledersofa und rauchte, scheinbar total entspannt. In einem anderen Sessel, der gegen die Wand gerückt worden war, saß Vibeke Lassen, wie ihr Exgatte mit Klebeband gefesselt. Sie schienen allerlei Gemeinsamkeiten zu haben. Die eleganten Kleider aus Marbellas Boutiquen fanden hier keine Beachtung. Sie lagen in Fetzen auf dem Boden verstreut. Alles, was den wohlgeformten Körper noch verhüllte, war eine knapp sitzende schwarze Unterhose. Vibeke Lassen sah wirklich gut aus. Lange, schlanke Beine, flacher Bauch, große, schwellende Brüste. Auf der einen war ein roter wüster Fleck zu sehen, als habe jemand sie mit Eisengriff gepackt. Außer dem Klebeband um Arme und Beine wies auch ihr Mund einen breiten Streifen auf. Sie hatte die Augen weit aufgerissen. Tränen liefen über ihre Wangen und hinterließen schwarze Schminkestreifen.

Der Mann, der mir den Rücken zukehrte, hielt in der rechten Hand ein Gartenwerkzeug, aber ich glaubte nicht, daß er gärtnerische Ambitionen verfolgte. Ich konnte mir kaum vorstellen, daß dieser Typ es jemals mit ehrlicher Arbeit versucht hatte. Was er in der Hand hielt, war eine kräftige Schere, von der Sorte, die bei widerspenstigen Dornensträuchern, dicken Zweigen oder sogar Fahrradschlössern benutzt wird. Mit Hilfe des Hebelprinzips können solche Geräte fast alles abschneiden, wenn ihre Arme nur lang genug sind. Und dieses hier schien mehr als einen halben Meter zu messen, so, wie es aussah.

Alles schwieg. Das hier war offenbar kein Treffen für Redselige. Ich hörte nur ein unterdrücktes Wimmern hinter Frau Lassens Klebeband und Herrn Backes leises Stöhnen. Er atmete so schwer, daß ich einen Moment schon mit einem Asthmaanfall rechnete. Aber er hatte auch ohnehin schon Probleme genug.

Der Kerl mit der Schere brach das Schweigen. »Wollen wir das also mal festhalten«, sagte er mit eiskalter Stimme. »Sämtliche Millionen sind verschwunden. Du bist bei einem Grundstücksprojekt beschissen worden und sitzt jetzt hier mit Peanuts, mit diesem Haus, einem Boot und zwei Wagen.« Die Ironie war nicht zu überhören.

Ohne Vorwarnung verpaßte er Backe einen mörderischen Schlag mit der flachen Hand. Der Schlag war so heftig, daß Backes Stuhl umkippte. Backe krachte zu Boden und murmelte dort unverständliches Zeug vor sich hin, bis er an den Haaren wieder hochgezogen wurde. Das tat sicher scheußlich weh. Eine seiner Wangen war jetzt feuerrot. »Hältst du mich für einen Vollidioten? Soll ich dir wirklich abnehmen, du hättest in ein paar Wochen fünfzehn Millionen verbraten?« fügte der Schläger düster hinzu. »Und daß wirklich nichts mehr übrig ist?«

Backe nickte so energisch, daß sein Nacken sehr leicht hätte Schaden nehmen können.

»Du enttäuschst uns«, sagte der andere Kerl auf dem Sofa. »Und wir lassen uns nicht gern zum Narren halten. Unsere Kundschaft mag das auch nicht«, fügte er hinzu. »Solltest du vielleicht vergessen haben, daß du mit deren Geld abgehauen bist?«

Meiner Ansicht nach war der Typ als Satiriker ein Reinfall. Aber auf Martin Backe schienen diese Sätze einen tiefen Eindruck zu machen.

»Sie müssen mir glauben«, flüsterte er verzweifelt. »Ich hab nichts mehr übrig. Aber ich werde versuchen, das Geld wiederzubeschaffen. Ich habe einen Plan!«

Diese Behauptung imponierte den Armani-Anzügen offenbar nicht sonderlich. Geduld war wohl nicht ihre starke Seite.

Der Mann auf dem Ledersofa sprang auf, lief zu Vibeke Lassen hinüber und fuhr langsam mit einem Finger über ihre Brustwarzen. Dabei drehte er sich zu Backe um und machte noch immer ein gelangweiltes Gesicht.

»Kann ja sein, daß du die Wahrheit sagst. Kann auch sein, daß du bluffst. Das müssen wir erst mal überprüfen.« Er nickte fast unmerklich zu seinem Kollegen mit der Gartenschere hinüber. »Wo sollen wir anfangen? Du hast die Wahl zwischen Zehen und Fingern.« Er lachte lautlos. »Komischerweise entscheiden die meisten sich für einen Zeh. Das ist eigentlich ziemlich unklug. Ohne Zehen kann man schlecht gehen. Einen kleinen Finger dagegen«, er krümmte seinen kleinen Finger vor dem Gesicht des entsetzten Backe, »den wirst du so gut wie nicht vermissen. Und deine Exgattin«, setzte er hinzu, »kann sich sicher in einem der Araberbordelle unten an der Küste nützlich machen. Du hast ja keine Ahnung, wie umgänglich Frauen werden, wenn sie erst mal den richtigen Stoff intus haben.« Er starrte Frau Lassen an. »Aber ich fürchte, wir müssen die Ware erst mal durchtesten.«

Die Situation wurde jetzt langsam ungemütlich. Nicht nur für die beiden Gefangenen im Haus, sondern auch für mich. Ich mußte etwas unternehmen. Nur hatte ich gegen die beiden Armanis so gut wie keine Chance. Ich glaubte nicht, daß sie blufften. Und wenn ich mich zu erkennen gäbe, dann würden sie mich sicher auch nicht besser behandeln als den Betrüger und seine Gefährtin.

Ehe ich mir einen ausgeklügelten Plan zurechtlegen konnte, war der Kerl mit der Gartenschere mir zuvorgekommen. Er stopfte Backe einige Kleidungsfetzen seiner Exgattin in den Mund und versiegelte ihn mit einem Stück Klebestreifen. Er ging dabei rasch und effektiv vor. Das Ganze schien für ihn pure Routine zu sein. Dann trennte er mit einem ekelhaften Klicken Martin Backes linken kleinen Finger ab. Der Finger schoß durch das Zimmer und landete mit leisem Klatschen in meiner Nähe. Ich konnte deutlich die Blutstropfen sehen, die herausquollen, während der Finger sich langsam zusammenkrümmte. Aus Backes Hand sickerte jetzt ein dünner Strahl, der den blankpolierten Boden hellrot färbte. Backe brüllte dermaßen laut los, daß weder BH-Reste noch Klebeband den Lärm dämpfen konnten. Vibeke Lassen stand kurz vor einer Ohnmacht, und auch ich war außer mir vor Entsetzen. Diese Gangster hatten einfach keine Skrupel.

In diesem Moment setzten bei mir alle rationalen Gedankengänge aus. Ich zog mich rasch und geräuschlos zurück, lief die Treppe hinunter und um das Haus herum. Mir war vorne ein großer Sicherungskasten aufgefallen, der vor der Mauer unter einem Vorsprung angebracht war. Direkt daneben stand ein Geräteschuppen. Sicher hatten die Gangster dort die Gartenschere gefunden. Ich wühlte fieberhaft in der Dunkelheit herum und fand eine Brechstange. Damit brach ich in Sekundenschnelle die Tür zum Sicherungskasten auf und drehte alle Sicherungen heraus. Sofort gingen im Haus alle Lichter aus. Ich konnte wütendes Fluchen hören. Wenigstens war es für diesen Teufel jetzt nicht mehr so leicht, weitere Amputationen durchzuführen. Mit dem Brecheisen in der Hand kam ich mir zudem sofort viel mutiger vor.

Danach stellte ich mich neben der Haustür auf die Lauer. Einer der Armani-Anzüge riß die Tür auf und knipste ein Feuerzeug an. Er suchte bestimmt nach dem Sicherungskasten. Als er einen Schritt nach vorn machte, ließ ich das Brecheisen auf seinen Hinterkopf knallen. Es beunruhigte mich, daß er nicht einmal ein leises Stöhnen vernehmen ließ. Er brach auf dem Rasen vor der Treppe ganz einfach lautlos zusammen, worauf ich seinen schweren Leib ins nächstgelegene Blumenbeet zerrte. Es war schwer, die Kraft bei einem solchen Schlag zu berechnen. Und ich kannte mich mit solchen Übungen ja nicht gerade gut aus. Ich konnte nur hoffen, daß ich den Mann nicht umgebracht hatte.

»Wie steht's«, rief sein Kumpan drinnen im Haus. »Kannst du die Sicherungen finden?«

»Hilf mir mal eben«, antwortete ich undeutlich.

Er grunzte als Antwort. Bald konnte ich in der Türöffnung seine Gestalt erkennen. Doch er war vorsichtiger als der andere. Er blieb stehen und starrte in die Dunkelheit hinaus.

»Wo steckst du?«

Wenn er doch nur einen Meter weiter gegangen wäre, dann hätte ich auch ihn aus dem Verkehr ziehen können, und wenn schon nicht für immer, dann doch lange genug, um zusammen mit den Geiseln die Flucht zu ergreifen. Hier hatten wir nichts mehr verloren. Aber der Kerl hatte Verdacht geschöpft. Er machte noch einen vorsichtigen Schritt und war deutlich auf der Hut. Ich schlug mit dem Brecheisen zu, traf aber nur seinen Arm. Aber diesmal konnte ich meinem Opfer immerhin eine Reaktion entlocken. Der Mann fluchte und schrie, fiel aber nicht um. Er versuchte, das rettende Haus zu erreichen. Ich folgte ihm, noch immer das Brecheisen zum Angriff erhoben. Auf dem Flur stießen wir zusammen und gingen beide zu Boden. Das Brecheisen half mir jetzt nicht mehr. Ich hatte ernsthafte Probleme. Der Kerl war stärker als ich und kannte sich mit miesen Tricks besser aus. Ich wurde auf den kalten Steinboden gepreßt. Ein starker Arm umklammerte meinen Hals wie ein Schraubstock. Ich hatte es offenbar mit einem Linkshänder zu tun, denn ich hatte seinen rechten Arm getroffen. Der würde immerhin für eine Weile unbrauchbar sein. Roter Nebel ersetzte inzwischen die Dunkelheit vor meinen Augen, während ich unter seinem schweren Gewicht um Luft rang.

Doch dann passierte etwas. Der Mond war hervorgekommen, und es war nicht mehr so finster. Eine korpulente Gestalt erschien auf der Treppe, hinter meinem Widersacher, der sich vor allem darauf konzentrierte, jedes Quentchen Luft aus mir herauszupressen. Wie in Zeitlupe sah ich, daß die Gestalt auf der Treppe einen der riesigen Blumentöpfe von der Fensterbank nahm, ihn über den Kopf meines Gegners hob und ihn dann mit lautem Knall auf dessen Schädel krachen ließ. Der Kerl gab ein gequältes Ächzen von sich, rollte von mir herunter und blieb mit offenem Mund auf dem Boden liegen.

Alles war still. Der Getroffene neben mir stieß nur undeutliche Grunzlaute aus. Der ganze Vorgang konnte nicht mehr als wenige Sekunden gedauert haben. Auf der Treppe tauchte eine weitere Person auf. Ich traute meinen Augen nicht, schloß sie deshalb vorsichtig und machte noch einen Versuch. Ich sah noch immer dasselbe. Zögerlich setzte ich mich auf. Mein Körper war nach dem Handgemenge wie gerädert, aber ich glaubte nicht, daß ich mich ernstlich verletzt hatte. Vor mir im Mondschein standen die beiden Großmütter vom Lande. Natürlich war Solveig diejenige, die den Blumentopf als Waffe benutzt hatte.

»Wir dachten, du würdest vielleicht Unterstützung brauchen.« Noch immer führte Magnhild das Wort. »Mannsbilder sind doch so hilflos.«

Sprachlos wäre das passendere Wort gewesen.

»Wir ham'n Taxi genommen. Pedro wartet draußen.« Sie zeigte auf das Tor. »Und sind dir gefolgt. War gar nit schwer.« Sie lächelte arglos. »Wat treiben solche Anwälte wie du eigentlich so?«

»D-d-das würdet ihr bestimmt nicht glauben«, erwiderte ich resigniert. »Besser, w-w-wenn ihr nicht zuviel wißt. Wir müssen machen, daß wir hier wegkommen. Paßt auf diesen Kerl auf. » Ich zeigte auf den Mann auf dem Boden und suchte mir den Weg zum Sicherungskasten, während meine beiden Retterinnen Wache hielten. Der Armani-Anzug im Blumenbeet rührte sich noch immer nicht, aber ich registrierte, daß er gleichmäßig atmete.

Ich drehte an den Sicherungen, und es ward wieder Licht. »Wartet hier«, bat ich die Damen.

Im Haus war alles still. Martin Backe hing wimmernd auf seinem Stuhl, aus seinem Fingerstumpf strömte Blut. Seine Exfrau war still und blaß, aber sie war bei Bewußtsein. Ich holte mir aus der Küche ein Messer, schnitt das Klebeband durch und brachte beide auf die Beine. Frau Lassen mußte sich mit dem Sakko ihres Verflossenen wärmen.

»Wer s-s-sind Sie?« stammelte sie.

»Ich heiße Foyn«, sagte ich ruhig. Ich hatte großes Verständnis für stotternde Menschen. »Svend Foyn, Rechtsanwalt. Wir haben erst gestern miteinander telefoniert.«

Sie verstummte wieder. Ich hatte das Gefühl, daß ihr Gesicht noch weißer geworden war.

Ich holte aus dem Badezimmer zwei Handtücher, wickelte sie um Backes blutende Hand und schob die beiden aus der Tür. Sie standen sichtlich unter Schock. »Nehmt Paß und Geld mit«, befahl ich. »Hierher werdet ihr nicht zurückkommen.« Sie gehorchten mir aufs Wort. Und dazu hatten sie ja auch wahrlich gute Gründe.

»Meine Sachen sind alle im Hotel«, flüsterte Frau Lassen. »Können Sie uns sofort dorthin bringen?«

Genau das hatte ich vor, falls ich überhaupt imstande war, klare Pläne zu entwickeln. »Wir werden es versuchen«, sagte ich beruhigend. Sie hielt mich offenbar für den norwegischen Botschafter. Und beide schuldeten mir einigen Dank.

Magnhild und Solveig stiegen ins wartende Taxi.

»Könnt ihr euren Pedro bitten, in einigen Stunden die Polizei anzurufen?« Ich wußte nicht, wie ich den Zustand der beiden Gangster einschätzen sollte. Vielleicht gehörten beide ins Krankenhaus. Außerdem wäre ein kleiner Plausch mit der Guardia Civil sicher nicht schlecht für sie. »Er soll einfach etwas von einem Einbruchsversuch sagen.«

Ich schaute Magnhild an, die vorne saß. Ich mußte ein weiteres Mal meine Vorstellungen von den heutigen Großmüttern revidieren. Der Fahrer wirkte gänzlich ungerührt; er rauchte gelassen, während er irgendeiner hitzigen Sportreportage lauschte.

»Er muß uns aus der Sache rauslassen.« Ich nickte zum Fahrer hinüber. »Wir sind niemals hier gewesen, versteht ihr?«

Das würde offenbar kein Problem sein, Magnhild hatte ihre guten Spanischkenntnisse schon unter Beweis gestellt. Die Polizei würde sich sicher für das Blut auf dem Boden interessieren. Das würde ihnen so einiges zu denken geben. Die Schläger würden bestimmt nicht allzu gesprächig sein. Ich ging davon aus, daß Backe das Haus unter falschem Namen gekauft oder gemietet hatte. Wahrscheinlich hatte er sich eine neue Identität zugelegt. Seinen abgetrennten Finger hatte ich in einen Stoffetzen gewickelt. Ich hatte vor, ihn irgendwo in eine Mülltonne zu werfen. Martin Backe würde in Zukunft ohne ihn zurechtkommen müssen.

Ich zog ihn und seine Exfrau fast mit Gewalt zum Panda. Willenlos taumelten sie vorwärts und mußten in den engen Wagen geschoben werden. Das einzige, was auf der Fahrt zum Hotel von Martin Backe zu hören war, war ein leises Stöhnen; Frau Lassen dagegen schien sich von ihrem Schock langsam zu erholen. Auf jeden Fall schien sie meine Anordnungen zu begreifen.

»Wir fahren zum Hotel. Dort holen Sie Paß und Papiere und ziehen sich etwas über. Danach fahren wir direkt nach Málaga zum Flughafen.« Ich schaute auf die Uhr. Es war schon lange nach Mitternacht. »Wenn wir Glück haben, bekommen wir noch Plätze für einen Flug morgen früh. Wir werden im Flughafengebäude warten. Ich rechne nicht damit, daß die Polizei uns so schnell findet, wenn sie überhaupt irgend etwas unternimmt. Es kommt ja darauf an, was ihr sonst noch auf dem Kerbholz habt. Unsere rettenden Engel«, fügte ich hinzu und zeigte in Richtung Stadt, wo das Taxi der beiden Damen nun verschwunden war, »werden den Mund halten.«

Konnte Sten Löwe in diese Affäre verwickelt sein? Und was war mit den anderen Verschwundenen, hatten sie etwas mit dieser Geschichte zu tun? Fragen über Fragen.

Der Nachtportier im Hotel zuckte nicht einmal mit der Wimper, als wir die Rezeption betraten. Er hatte wohl einfach schon zu viele Touristen gesehen. Martin Backe mit schleppenden Schritten, die blutende Hand in Handtücher gewickelt, Vibeke Lassen auf schwankenden Beinen, in minikurzem Sakko, ihr schönes Gesicht mit Schminke verschmiert.

Ich ging mit Backe in die Wohnung meiner Retterinnen, wo wir herzlich empfangen wurden. Frau Lassen sollte derweil ihre Sachen aus ihrer Suite holen. Ich wollte das Hotel möglichst schnell verlassen. Schließlich wußte ich nicht, ob die Schläger noch Verbündete hatten oder ob die Polizei plötzlich auftauchen würde. Heimat, süße Heimat. Wenn ich es recht bedachte, hatte ich mich noch nie für Pauschalreisen begeistern können.

Solveig kümmerte sich jetzt um Martin Backe und wickelte das Handtuch von seiner Hand, während der arme Kerl stöhnend in einem Sessel lag. Sein Gesicht war leichenblaß, der Schweiß strömte nur so, und er zitterte am ganzen Leib. Es sah nicht gut aus. Der Mann mußte möglichst bald zu einem Arzt. Die Blutung war zwar versiegt, aber seine Hand war blau und geschwollen.

»Laß ma' deine Hand anschauen. Hab schon Schlimmeres gesehen«, Solveig redete beruhigend auf ihn ein. »Das wird wieder richtig gut, wart nur.« Sie reinigte vorsichtig den Fingerstumpf und legte einen Verband an, den sie aus einem mitgebrachten Erste-Hilfe-Kästchen gezaubert hatte. »Ich war schließlich ein Menschenalter lang Hebamme, da macht so wat keine Angst mehr.«

Um drei Uhr nachts waren wir aufbruchsbereit. Mit Hilfe von Magnhild konnte ich Backe auf den Rücksitz des Panda packen, wo er sofort neben dem leicht reduzierten Gepäck seiner Exfrau in sich zusammensank. Frau Lassen sollte neben mir sitzen und sich mit mir unterhalten. Wir hatten uns sehr viel zu sagen, und ich hatte nicht vor, ihr Ruhe zu gönnen. Sie hatte sich jetzt ein wenig gefaßt, hatte sich elegante Kleider übergestreift und frische Schminke aufgelegt.

Der Abschied von meinen neuen Assistentinnen fiel mir schwer. Zudem fürchtete ich, daß sie jetzt vielleicht Probleme mit der spanischen Polizei bekommen würden.

»Mach dir mal keine Sorgen. Der Einbruch ist gemeldet, und Pedro sagt kein Wort. Der ist unser Kumpel.« Magnhild lächelte listig. »Du mußt uns irgendwann ma' in Raufoss besuchen.«

Die Autobahn nach Málaga war mitten in der Nacht dunkel und leer. Wir waren mit unserem klapprigen Panda fast allein unterwegs. Ab und zu dröhnte ein LKW vorbei und pustete uns fast von der Straße. Ich steckte mir ein Zigarillo an.

»Sie haben sich an dem Schwindel beteiligt, nicht

wahr?« Ich schaute zu Vibeke Lassens schönem Profil hinüber. »Vorgetäuschter Selbstmord auf der Bastøyfähre, übereilte Flucht nach Spanien. Wollten Sie sich ebenfalls in Luft auflösen?«

Sie schüttelte den Kopf. »Durchaus nicht. Aber Martin mußte doch in Deckung gehen, bis wir eine Lösung gefunden hätten.«

»Was denn für eine Lösung?« fragte ich sarkastisch. »Er hatte seinen Klienten doch Millionen gestohlen, oder etwa nicht?«

»Das waren doch nur kurzfristige Darlehen. Die Investoren hätten ihr Geld zurückbekommen. Und sie sind auch nicht gerade Engel.«

Bei dem Inkassobüro, das sie beauftragt hatten, konnte ich mir das lebhaft vorstellen.

»Martin hätte ihren Ertrag verdoppelt, wenn er nicht betrogen worden wäre. Und dann hätte sich niemand beklagt. Aber dann ist alles schiefgegangen«, sagte sie verbittert. »Wir brauchten mehr Zeit. Wir hatten keine Wahl.«

»Ihr seid also einfach beschwindelt worden«, sagte ich. »Heutzutage ist eben auf niemanden mehr Verlaß.« Meine Ironie wurde eisig aufgenommen. »Ihre dreckigen Geschäfte sind mir egal«, sagte ich dann mit harter Stimme. »Sie können sich Ihre Erklärungen für Polizei und Gläubiger aufheben. Nur lassen Sie mich aus dem Spiel. Erzählen Sie mir lieber von Sten Löwe. Warum ist der verschwunden?«

»Sie müssen mir glauben. Sten hatte mit der ganzen Sache nichts zu tun.«

Ich war noch immer mißtrauisch. »Warum hat Ihre Beziehung ein so rasches Ende genommen?«

»Wir konnten uns nicht einigen«, sagte sie leise. »Sten

wurde angeboten, in die Investitionen in Spanien einzusteigen. Er hatte doch Geld. Und anfangs fand er das auch interessant. Aber dann wurde er nervös und wollte aussteigen. Und deshalb hat er auch Schluß gemacht.«

Diese Auskunft mußte ich erst einmal verdauen. »Er hat sicher den Schwindel gerochen«, stellte ich trocken fest. »Vielleicht war er ja einfach ein ehrlicher Mensch. Und dumm war er auch nicht. Aber was kann aus ihm geworden sein?«

»Keine Ahnung. Ich bin in aller Eile hergekommen. Martin hatte mich darum gebeten. Er glaubte, er hätte einen Ausweg gefunden.«

Ich seufzte. Wenn das stimmte, dann brach meine ganze Theorie in sich zusammen. Sten Löwes Verschwinden hatte nichts mit Vibeke Lassen zu tun. Und ich wollte jetzt nur noch nach Hause.

Ich ließ den Panda vor dem Flughafen stehen, nachdem ich mitgeteilt hatte, wo der Wagen zu finden war. Der erste Flug nach Skandinavien ging bereits um halb acht. Ich buchte für uns den Weiterflug von Oslo über Stockholm, und zwar mit Hilfe von Frau Lassens Kreditkarte. Die Dame erhob keine Einwände. Das hätte ihr auch nicht geholfen.

Der Flug verlief zum Glück undramatisch, aber ich atmete doch erleichtert auf, als wir endlich den exklusiven Holzboden des Osloer Flughafens Gardermoen unter den Füßen spürten. Kein Willkommenskomitee war zu sehen. Ich konnte kaum glauben, daß es erst Sonntagnachmittag war. Ich hatte das Gefühl, wochenlang unterwegs gewesen zu sein. Erst jetzt spürte ich, wie mich die Müdigkeit überkam. Martin Backes Gewimmer hatte ich restlos satt. Ich fand, er sollte dankbar dafür sein, daß er keine wichtigeren Körperteile eingebüßt hatte. Die Geldeintreiber würden sich sowieso nicht geschlagen geben, solange auch nur die geringste Möglichkeit bestand, sich die Millionen doch noch zurückzuholen. In diesen Kreisen war das Wort »Vergleich« ganz einfach unbekannt. Ich hoffte, daß es ihnen nicht gelingen würde, mich zu identifizieren.

Backe war ein undankbarer Patron. Er hatte kein Wort des Dankes über die Lippen gebracht. Hätte ich mich nicht auf die spontane Herausforderung eingelassen, hätte er vermutlich auch sein Leben verloren, nicht nur den Finger. Vibeke Lassen ihrerseits hatte inzwischen viel von ihrem üblichen Ego zurückgewonnen. Sie machte sich offenbar am besten in den Seifenopern der Medienwelt. Meiner Meinung nach hätte sie dort bleiben sollen.

»Ich gehe davon aus, daß ihr beide morgen früh bei der Polizei erscheint«, erklärte ich mit drohendem Unterton, als sie auf ihr Auto zutaumelten. Sie sahen aus wie ein altes, erschöpftes Ehepaar. »Und nicht die Alternative vergessen«, fügte ich hinzu, dann steuerte ich meine treue alte Karre an, um in meine Anwaltskanzlei und zu einer Serie von ungeklärten Rätseln zurückzukehren. »Die Schläger werden niemals aufgeben. Sie haben sicher die Ansprüche gegen euch gekauft. Vollständige Offenlegung ist das einzige, was euch jetzt noch einen gewissen Schutz geben kann.«

Das war wohl leider eine Wahrheit mit gewissen Einschränkungen. Martin Backe und Vibeke Lassen hatten sich eine lebenslange Begleitung zugelegt. Nur die vollständige Begleichung ihrer Schulden würde die Schikanen stoppen können. Doch bei dem in der Branche üblichen Zinssatz würden sie niemals davon loskommen. Was zum Glück nicht meine Sache war. Ich hatte andere Probleme.

»Vergessen Sie nicht, daß Sie eben erst von den Toten

auferstanden sind.« Das mußte ich Martin Backe einfach mit auf den Weg geben. »Und da befinden Sie sich in ungewöhnlich guter Gesellschaft.« Ich winkte Martin Backe zu, der mit hängendem Kopf in den Luxusschlitten seiner Exfrau einstieg. Noch war nirgendwo ein schwarzer Audi zu sehen. Aber der würde sicher bald wieder auftauchen. »Ihre Versicherung wird Ihren Anruf morgen früh zu schätzen wissen. Ein Versicherungsschwindel ist eine ernste Angelegenheit. Sie können sich heute nacht ja eine gute Erklärung ausdenken.«

8

Zu Hause erwartete mich eine Fülle von Herausforderungen. Meine unternehmungslustige Tochter klagte laut darüber, daß sie mich nie auf spannenden Ausflügen zu exotischen Reisezielen begleiten durfte. Hulda stand in wütender Opposition zu Maris strengem Regime und ließ ihre Empörung jetzt an mir aus. Mein Anrufbeantworter barst vor Mitteilungen von frustrierten Leuten mit einer einzigen Gemeinsamkeit: Sie mußten unbedingt dringend mit mir reden. Da die meisten Anrufe aus der Gemeinschaftskanzlei Fredriksen, Frydenberg und Foyn stammten, ignorierte ich sie bis auf weiteres. Es war immer noch Wochenende. Der Montag würde schon früh genug anbrechen.

Als ich mich gerade zu einem ruhigen Abend am Schachbrett entschlossen hatte, klingelte das Telefon. Unheilverkündend, fand ich. Das Mobiltelefon hatte ich schon längst ausgeschaltet. Der Anrufbeantworter leierte seinen beschützenden Standardspruch herunter. Was aber nichts half.

»Jetzt geh schon ans Telefon, Svend!« Wilhelm Mørks tiefe Stimme war unverkennbar. »Ich weiß, daß du wieder zu Hause bist. Und das, was ich dir zu erzählen habe, wird dir gefallen.«

Widerwillig nahm ich den Hörer von der Gabel. »Ja, was ist denn los? Um deinetwillen hoffe ich, daß du wirklich etwas Interessantes auf Lager hast.«

»Wo hast du dich eigentlich herumgetrieben?«

»Spielt das eine Rolle?« fragte ich genervt zurück. »Woher weißt du übrigens, daß ich verreist war?« Ich hatte während der letzten Tage keine Anfragen von seiten Mørks registriert.

»Ich hab deine Tochter mit dem Hund getroffen. Und die junge Dame ist redseliger als du. In deinem Fall ist etwas Neues aufgetaucht.«

»Tatsächlich?« Ich konnte nicht dagegen an. Es war erst halb neun. Ich war so müde, daß ich das Abendessen vergessen hatte. »Wir treffen uns in einer Viertelstunde im Håndverkeren«, sagte ich und versuchte, mich zu beruhigen.

Noch immer sah ich deutlich vor mir, wie der abgehackte Finger sich zusammenkrümmte. Die Sonnenküste würde bestimmt nicht mein nächstes Ferienziel sein. Und von Gartenarbeit hatte ich noch nie viel gehalten. Am klügsten wäre es, Mørk alles zu erzählen. Es war durchaus möglich, daß ich seine Hilfe brauchen würde, um mich aus der Episode in Marbellas Beverly Hills herauszureden. Wenn die Polizei allzu gründlich in den Ereignissen oben am Hang herumschnüffelte, dann würde auch ich ins Licht der Öffentlichkeit geraten. Und in dieser Sache wollte ich anonym bleiben.

Als ich das Haus verließ und in Richtung Håndverkeren über die Straße ging, fuhr hinter mir ein Wagen an. Ich drehte mich um. Es war ein dunkler Kastenwagen. Er fuhr langsam und in einiger Entfernung hinter mir her. Als ich stehenblieb, bog er in eine Seitenstraße ab und verschwand. Meine Nerven hatten offenbar gelitten. Ich war mir sicher, daß ich den Wagen schon einmal gesehen hatte, als ich früher an diesem Abend mit Hulda unterwegs gewesen war. Und am Wochenende standen hier in der Gegend nicht allzuviele unbekannte Autos.

Im Restaurant dominierte die Sonntagskundschaft. Müde Frührentner, die versuchten, ihrem Bierglas die letzten Tropfen abzumelken, ein Ehepaar mittleren Alters, das über den Essensresten düstere Blicke tauschte und wohl an frühere Zeiten dachte, junge Männer mit Seemannstätowierungen und Geltungsbedürfnis, einer der durstigen Kellner des Hauses, der sein Glück heute als Gast versuchte. Weihnachtsvorbereitungen waren in diesem Lokal nicht zu bemerken. Aber überall sonst in der Stadt stieß man auf geschmacklose Dekorationen, triefende Weihnachtsbäume, vergilbte Weihnachtsmänner und verschlissene Rentiere. Auf dem Farmandstorg hatten die Geschäftsleute endlich die traditionelle Krippe aufgebaut und die Junkies vorübergehend in eine abgegrenzte Ecke vertrieben.

Es waren keine drei Wochen mehr bis Weihnachten. Ich hatte den Anruf bei Anna Löwe, bei dem ich ihr eine weitere im Sande verlaufene Spur melden mußte, noch hinausgeschoben. Sten Löwe war weiterhin wie vom Erdboden verschluckt. Ich neigte mehr und mehr zu der Auffassung, daß der Mann, obwohl seine Frau das Gegenteil beteuerte, sich doch freiwillig aus dem Staub gemacht hatte. Über die Ursache konnte ich nur Spekulationen anstellen. Hoffentlich war er nicht in ebenso schlechte Gesellschaft geraten wie der Aktienmakler.

Ich wurde aus meinen Überlegungen gerissen, als Wilhelm Mørk sich an unserem Stammtisch ganz hinten in einer Ecke, die gerade die nötige Aussicht auf die gegenübergelegene Wache erlaubte, auf einen Stuhl fallen ließ. Wie so häufig, kam er zu spät. Was ihm aber nicht das geringste auszumachen schien. Mørk war wie immer mit lässiger Eleganz gekleidet. Ich würde nie begreifen, wie ein scheinbar ganz gewöhnlicher Polizist sich italienische

Anzüge von dieser Qualität leisten konnte. Ich brachte es nicht über mich, ihn zu fragen, vielleicht, weil ich wußte, daß ich doch niemals eine Antwort erhalten würde. Vielleicht wollte ich es auch gar nicht wissen.

Mørk winkte dem Kellner. »Bringen Sie uns zwei doppelte Cognac.« Er musterte mich vielsagend. »Und zwar Bache Gabrielsen. Der junge Mann hier muß sich stärken.«

»Du hast ja so recht«, stimmte ich lakonisch zu. »Aber aus ganz anderen Gründen, als du denkst.« Dann erzählte ich die ganze Geschichte. Ich wußte, daß sie ihn amüsieren würde. »Das Problem ist«, fügte ich hinzu, »daß es offenbar zwischen Sten Löwe und Martin Backe keine Verbindung zu geben scheint. Und damit ist unsere Konspirationstheorie geplatzt.«

Mørk nickte nachdenklich. »Aber dir ist doch sicher noch etwas anderes aufgefallen?«

»Woran denkst du jetzt?«

»Wenn Leute verschwinden, hat das in der Regel eine natürliche Ursache, meinst du nicht? Diese Lösung ist dir auf einem silbernen Tablett serviert worden«, sagte er ihn einem Lehrertonfall. »Was die anderen Rätsel angeht, hast du die Erklärungen noch nicht gefunden. Aber du mußt eben besser suchen.« Mørk winkte nach einer weiteren Runde und sagte dann: »Das war deine Geschichte. Aber jetzt ist etwas aufgetaucht, was den Fall in ein neues Licht rücken kann.«

Er fand es wunderbar, mich auf die Folter zu spannen. Ich hatte mir das auch schon selber überlegt. Sten Löwe und die anderen hatten sicher ganz persönliche Gründe für ihr Verschwinden, Gründe, die in keinerlei Zusammenhang miteinander stehen mußten, Motive, von denen weder ich noch andere eine Ahnung hatten. Eigentlich klang das doch ganz plausibel.

Mørk zog einen Ordner aus seinem Diplomatenkoffer. »Erik Danielsen. Sagt dir dieser Name etwas?«

»Siebziger Jahre, Leichtathletik, oder? Hat der nicht sogar bei den Olympischen Spielen irgendeine Medaille geholt?«

»Stimmt. Ja. Und er war bei der Polizei.« Mørk legte eine beredte Pause ein. »Und aus Tønsberg.«

Das wußte ich auch. Er war eine Art Lokalprominenter gewesen. Allerdings vor meiner Zeit hier in der Stadt.

»Ich habe vor fünf oder sechs Jahren, ehe er nach Oslo gezogen ist, vorübergehend mit Danielsen zusammengearbeitet. Er war ein tüchtiger Polizist. Und er war beliebt, vor allem bei den Damen.«

»Aha?«

»Er ist vor ein paar Tagen gestorben. Und er war erst achtundvierzig.«

»Wie traurig«, sagte ich. »Hat das etwas mit mir zu tun?«

»Vielleicht«, erwiderte Mørk. »Angeblich hat er Selbstmord begangen, indem er vom Paulsenkai ins Wasser gesprungen ist.«

»Soso. Nach allem, was ich gehört habe, liegt die Selbstmordrate unter Polizisten ziemlich hoch.«

»Jetzt nimm doch mal deine Phantasie zu Hilfe«, sagte Mørk ruhig. »Die ist ja meistens ziemlich blühend.«

Widerwillig erwachte nun mein Interesse. Aber eigentlich konnte ich keine weiteren unfreiwilligen Verschwindetricks brauchen.

»Ist bekannt, was passiert ist? Gibt es Zeugen?«

»Nicht direkt. Hör dir das an. Danielsen verläßt gegen acht Uhr abends seine Wohnung in Ekeberg, um eine Runde zu joggen. Er kommt nicht zurück. Um zehn Uhr am selben Abend wendet sich eine der leicht marginalen

Existenzen der Stadt an einen Streifenwagen und erzählt, er habe einen Trainingsanzug, Schuhe, eine Brille, einen Trauring und einen Schlüsselbund mit Name und Adresse an der Hafenmauer gefunden, so, als habe sich jemand vor einer Schwimmpartie ausgezogen. Es war übrigens ein überaus kalter und unfreundlicher Abend.«

»Gibt es einen Abschiedsbrief?«

»Nein. Die Sache scheint wie ein Blitz aus heiterem Himmel passiert zu sein. Kollegen, Bekannte, Familie, niemand kann sich einen Reim darauf machen. In letzter Zeit hatte er zwar ein paar Probleme bei der Arbeit, aber wer hat das nicht?«

»Das hast du gesagt«, konterte ich. »Aber das ist ja wohl noch nicht alles? Also, raus damit!«

Mørk winkte wieder den Kellner herbei. Wir bestellten das Tagesgericht. Kabeljau im Håndverkeren ist immer ein sicherer Tip. Und ich ahnte schon, daß dieser Abend anders ausfallen würde als erwartet.

»Erik Danielsen hatte kürzlich erst wieder geheiratet«, erzählte Mørk. »Und zwar eine seiner jungen Gespielinnen. Die Dame ist mindestens zwanzig Jahre jünger. Ein Kind hat er sich auch zugelegt. Das Kleine ist noch keine zwei Jahre alt.«

»Das kann anstrengend sein«, sagte ich langsam. »Vielleicht war es zuviel, selbst für einen alten Athleten.«

»Ich kann mir eher vorstellen, daß seine Exfrau Lust hatte, ihn ins Hafenbecken zu schubsen. Sie soll reichlich sauer gewesen sein, als er abgehauen ist.«

Das hörte sich nicht unwahrscheinlich an. Ich hielt weise den Schnabel.

»Leider hat sie ein wunderbares Alibi«, erzählte Mørk gelassen weiter. »Sie war im Ausland. Und es ist nicht sonderlich wahrscheinlich, daß es irgendwer geschafft hätte, den Mann einfach so auszuziehen und ins Wasser plumpsen zu lassen. Weshalb kein Verdacht auf irgendein Verbrechen besteht. Der Fall wird als Selbstmord untersucht.«

Er legte eine Pause ein, und ich wartete, was wohl noch kommen würde. Mørk war ein berechnender Erzähler.

»Die Geschichte hat nur zwei Häkchen. Zum einen ist keine Leiche gefunden worden. Im Hafenbecken herrschen zwar ziemlich heftige Strömungsverhältnissse, aber trotzdem ist das auffällig, da fast sofort nach ihm gesucht worden ist.« Mørk musterte mich mit scharfem Blick. »Eine innere Stimme sagt mir, daß auch Erik Danielsens sterbliche Überreste nicht sobald auftauchen werden.«

Er akzeptierte den ein wenig faden Rotwein mit einem lässigen, an den Kellner gerichteten Nicken. Der Kellner sah aus, als koste er jede Weinflasche zuerst selber gründlich. Mørk war an diesem Abend bester Laune. Er liebte Mysterien.

»Und was ist der zweite Haken?« fragte ich. Meine Phantasie hatte jetzt wirklich zu arbeiten begonnen.

»Angeblich wurde im Hafen, unmittelbar bevor die Kleider gefunden wurden, ein Lieferwagen gesichtet – sagt dieser Penner, der leider kein zuverlässiger Zeuge ist. Ich habe außerdem den Verdacht, daß er Danielsens Uhr geklaut hat. Die lag nämlich nicht bei seinen übrigen Hinterlassenschaften.«

»Was für ein Lieferwagen? Und was für eine Farbe hatte er?«

»Der Mann hat leider keine Ahnung von Autos. Er meint, es sei dunkel gewesen. Aber bestimmt ist er farbenblind. Und der Wagen muß ja auch nichts zu bedeuten haben. Im Hafen ist schließlich allerlei Verkehr.«

»So spät abends noch?« fragte ich ein wenig ruhiger. »Wenn einem zugedröhnten Hippie Klamotten am Hafenrand auffallen, dann müßte doch ein normal veranlagter Mensch im Wagen ebenso reagieren, wenn Kleider daliegen, meinst du nicht?«

Mørk nickte. »Das habe ich mir auch überlegt. Aber es kann viele Erklärungen geben.«

»Dieser Zeuge«, ich ließ nicht locker, »war der im Tran?«

»Nicht mehr als sonst. Der Typ ist seit den sechziger Jahren nicht mehr nüchtern gewesen. Der arme Hund haust in einem Container im Hafengebiet. Er behauptet, zu keinem Zeitpunkt an diesem Abend ein Platschen oder andere verdächtige Geräusche gehört zu haben. Aber seine Aussage ist nicht viel wert. Er steht nämlich in direktem Kontakt zu Hendrix und anderen verstorbenen Helden der Sechziger. Außerdem ist er ziemlich schwerhörig.«

Der fangfrische Kabeljau, der jetzt vor uns auf dem Tisch stand, hätte mir normalerweise ein ganz großes Geschmackserlebnis verschaffen müssen. Doch mir verging ganz einfach der Appetit. Da hatte jemand Selbstmord begangen, und das scheinbar ganz ohne Grund. Obwohl es immer einen Grund gibt. Er hatte ein normales Leben geführt, war ziemlich erfolgreich gewesen und altersmäßig so um Mitte Vierzig. Alles also fast wie ich.

So weit, so gut. Keine Sensation. In Norwegen entscheiden sich jedes Jahr fast fünfhundert Menschen dafür, ihrem Leben selber ein Ende zu setzen. Zehnmal so viele machen einen Versuch. Viele von ihnen gehören zweifellos in dieselbe Kategorie wie Erik Danielsen. Das alles wußte ich. Auffällig war nur, daß auch dieser Mann aus Tønsberg stammte, daß sein Leichnam verschwunden war und daß er seinen Schritt plötzlich und ohne Vorwarnung ausgeführt hatte. Überdies war er ein Frauenheld gewesen. Die Geschichte klang vertraut. Ich warf einen Blick aus dem Fenster. Die Dunkelheit draußen kam mir bedrohlich vor, obwohl die Wache genau gegenüberlag und die Geschäfte die Stadt in Licht getaucht hatten.

»Ich dachte, du würdest dich über ein paar Daten freuen«, sagte Mørk vage und schob mir den Ordner hin. »Schau dir das doch mal an, wenn du ohnehin in deinem Büro sitzt und nicht weißt, wie du den Tag rumkriegen sollst. Und vergiß nicht die Adresse.«

Mørks Umgang mit amtlichen Dokumenten mochte ein wenig fahrlässig wirken. Aber er hatte bei allem, was er unternahm, einen Grund. Er scherte sich nur eben herzlich wenig um die Vorschriften. Wir hoben die Gläser. Ich wußte, bei wem die Rechnung landen würde.

»Es gibt keine Ermittlungen. Das hier ist ein Un-Fall. Und falls dich das interessiert«, fügte er hinzu, »dann kann ich dir verraten, daß Erik Danielsen durchaus nicht überversichert war. Seine neue Frau hat große Probleme mit den Darlehen. Sie hatten ein neues Haus gekauft und nicht einmal eine Schuldenversicherung abgeschlossen. Zudem erwartet sie in wenigen Monaten ihr zweites Kind.« Langsam zündete er sich eine seiner stinkenden französischen Zigaretten an. »Schlechter Zeitpunkt für so eine Entscheidung, findest du nicht?«

Ich konnte nur zustimmend nicken. Das war wirklich mieses Timing. Aber Katastrophen werden nie geplant. Und im Moment hatte ich das Gefühl, daß meine eigenen Probleme mir vollauf genügten.

»Fragst du mal bei der spanischen Polizei nach meiner Geschichte? Du hast doch Kontakte zu Interpol. Ich möchte wissen, was aus den beiden Schlägern geworden ist.«

»Klar doch. Du brauchst dir keine Sorgen zu machen. Nicht wegen dieser Lappalie.«

Ich war mir da nicht ganz so sicher. Wenn die Kerle wieder auf die Beine kamen, würden sie sicher wissen wollen, wer ihnen die Tour verdorben hatte. Solche Fiaskos sind eine schlechte Reklame.

»Ich habe Martin Backe eingeschärft, daß er sich morgen bei euch melden soll«, sagte ich schließlich. »Du mußt mich auf dem laufenden halten.«

Wir aßen schweigend weiter, als sei nichts passiert. Danach spielten wir noch eine schnelle Schachpartie, die ich verlor, ehe wir in die Dezembernacht hinausgejagt wurden. Wir waren an diesem Abend im Håndverkeren die letzten Gäste. Ich war glücklich, als ich endlich ins Bett fallen konnte, satt von Kabeljau, Rotwein und dramatischen Eindrücken – genug, um viele Jahre meines ansonsten so friedlichen Anwaltsdaseins zu füllen. Kein Kastenwagen war zu sehen gewesen, als ich Hulda zu einem Erkundungsgang durch die Gegend gedrängt hatte.

Das Telefon riß mich brutal aus dem Land der Träume. Ich hatte das Gefühl, nur zehn Minuten geschlafen zu haben. Es war noch immer stockfinster, und ich hatte keine Ahnung, wie spät es sein mochte.

»Ja«, grunzte ich benommen.

»Hab ich dich geweckt?«

»Nicht doch. Ich war einfach nur bewußtlos.«

Ich fragte nicht, warum sie um diese blöde Zeit anrufen mußte. Ich erwähnte auch nicht die vielen Probleme, die sie mir aufgehalst hatte, seit sie wieder in mein Leben getreten war. Ich hatte das Gefühl, daß das Jahre her sein mußte. Warum hörte sie sich eigentlich so verdammt morgenmunter an? Inzwischen hatte ich feststellen können, daß es fast acht war und aller Wahrscheinlichkeit nach ein Montagmorgen; allerlei wies darauf hin, daß ich mich in meiner vertrauten Dachwohnung irgendwo in der Kleinstadt Tønsberg befand.

»Tut mir leid.« Sie hatte gut reden. »Ist etwas passiert?« Anna Löwe hatte eine schöne Stimme. »Ich dachte, ich könnte dich um diese Tageszeit am besten erreichen. Du bist doch ein vielbeschäftigter Mann. In der Kanzlei wußte niemand, wo du warst. Ich habe es am Freitag versucht.« Die ganze Zeit hörte ich diesen Unterton. Was wollte sie mir eigentlich sagen? Ich wurde einfach nicht schlau aus ihr.

»Ich wollte dich ohnehin anrufen«, sagte ich leise. »Wir müssen miteinander reden. Kannst du heute nachmittag in der Kanzlei vorbeischauen? Ich bleibe bestimmt ziemlich lange.« Ich ging davon aus, daß Frau Svendsen mich einschließen und den Schlüssel wegwerfen würde, sobald sie mich entdeckt hätte.

Ich raffte mich auf, frühstückte opulent und nahm zufrieden zur Kenntnis, daß die norwegischen Zeitungen keine Ahnung von den Ereignissen in Marbella hatten. Schließlich wagte ich eine Expedition in die Kanzlei. Erst gegen Mittag hatte ich den Kopf so weit über Wasser, daß ich mich an die Unterlagen über Erik Danielsen setzen konnte. Der Mann war wirklich ein Prachtexemplar gewesen. Noch dazu ein sehr gutaussehendes: eins fünfundneunzig groß, dunkel, attraktiv und muskulös. Im Ordner lag ein aus einer Zeitung ausgeschnittenes Bild. Ein echter Athlet. Kein Wunder, daß die Frauen bei ihm Schlange gestanden hatten. Seine Vergangenheit wies keinerlei Makel auf. Bei der Polizei vielseitig eingesetzt, rasch Karriere gemacht, sozial engagiert. Sport, Arbeit gegen Drogenkonsum unter Jugendlichen, Lokalpolitik.

Es war fast nicht zu glauben, daß solche Leitbilder immer noch existierten. Na ja, die Reihen lichteten sich ja auch. Zuletzt hatte er in der Kripozentrale gearbeitet.

Ich blätterte weiter. Der Mann war für die Zusammenarbeit zwischen Polizei und Schule im Bezirk Tønsberg verantwortlich gewesen, ehe er vor gut vier Jahren nach Oslo übersiedelt war. Dabei hatte er theoretisch mehrere der anderen Verschwundenen treffen können: Johnny Jensen, den Jungen, der auf dem Weg zur Schule untergetaucht war, den UFO-Lehrer Jonas Hval und den Oberarzt Sten Löwe. Alle hatten auf irgendeine Weise etwas mit der Schule zu tun gehabt. Wie jetzt auch der Polizist Erik Danielsen. Das konnte natürlich alles ein Zufall sein.

Ich hatte allerlei zu durchdenken. Ich konnte die Sache nicht einfach auf sich beruhen lassen. Danielsens Eltern wohnten in der Gegend und lebten, den Unterlagen zufolge, in sehr guten Verhältnissen. Bei ihnen mußte ich anfangen – und dabei großzügig über die Tatsache hinwegsehen, daß ich keinerlei Mandat besaß. Um seine Frau würde ich vorläufig einen Bogen machen.

Während Frau Svendsen Brote schmierte, schlich ich mich davon, zusammen mit Hulda, die ein sicheres Alibi bot. Das Tier hatte Anspruch auf einen Spaziergang. Danielsens Eltern wohnten, zu Fuß gut erreichbar, auf der anderen Seite des Slottsfjell. Das Wetter schlug jetzt um, von unfreundlichem Spätherbst in noch unfreundlicheren Winter. Sicher würde bald der erste Schneefall der Saison über uns hereinbrechen. Eiskalt wehte der Wind von den Bergen her. Bei diesen Temperaturen würde das Osloer Hafenbecken bald zufrieren und die sterblichen Überreste der großen sportlichen Hoffnung der siebziger Jahre in sich einschließen. Ich konnte mich jetzt deutlich an ihn erinnern. Erik Danielsen hatte zu früh aufgehört. Langstreckenläufer erreichen in der Regel erst nach ihrem dreißigsten Lebensjahr ihr Höchstniveau.

Das Haus war weiß und gepflegt, es hatte einen großen Garten und Blick auf den Fjord. Erik Danielsens Eltern mußten mindestens siebzig sein. Trotzdem gelang es ihnen offenbar, ihren weitläufigen Garten instand zu halten.

Der Mann, der mir die Tür öffnete, war hochgewachsen und weißhaarig, und er hielt sich überraschend gerade. Trotz seiner braunen frischen Gesichtsfarbe war ihm die Verzweiflung deutlich anzumerken. Eltern sollten ihre Kinder nicht überleben, und schon gar nicht sollten sie sie zu Grabe tragen. Vielleicht würden diese Eltern nicht einmal dazu die Möglichkeit haben. Er blickte mich traurig an.

»Worum geht es?«

»Mein Name ist Foyn«, sagte ich. »Svend Foyn. Ich bin Rechtsanwalt.«

Er musterte mich skeptisch. »Svend Foyn?«

Er sah aus wie ein lebendes Fragezeichen. Ich überlegte, ob er trotz seines frischen Aussehens senil sein könnte. Oder vielleicht konnte er mich einfach mit meinem berühmten Namensvetter nicht in Verbindung bringen. Da wäre er nicht der erste. Ich dachte, wie so oft, mit einem Anflug von Ärger an meine Eltern, die ihrer Bewunderung für einen Helden alter Zeiten partout hatten Ausdruck verleihen wollen.

»Es geht um Ihren Sohn«, begann ich vorsichtig. »Erik Danielsen. Soweit ich weiß, ist er …« Ich wußte nicht so recht, wie ich mich ausdrücken sollte, »vermißt.« Ich hoffte, daß der Vater das nicht mißverstehen und sich von mir gute Nachrichten erhoffen würde.

»Er ist tot«, sagte der Mann tonlos. »Das weiß ich. Meine Frau dagegen«, er zeigte in Richtung Wohnzimmer, »sie kann das noch nicht akzeptieren. Erik war unser einziges Kind.« Er schaute an mir vorbei, auf den Slottsfjell. »Er wurde da hinten geboren. Im Wöchnerinnenheim. Wir hatten uns noch weitere Kinder gewünscht.« Er seufzte. »Worum geht es also? Ist er gefunden worden?«

»Leider nein«, erwiderte ich. »Darüber weiß ich nichts. Ich bin nicht von der Polizei. Ich vertrete eine Mandantin, die ebenfalls ein vermißtes Familienmitglied sucht.« Der Alte mußte doch furchtbar frieren, wie er so in der offenen Tür stand. »Dürfte ich einen Augenblick hereinkommen, wenn es nicht zuviel Umstände macht? Dann kann ich genauer erklären, worum es sich handelt.«

»Ja, ja, natürlich. Aber meine Frau kann keine zusätzlichen Belastungen mehr ertragen.« Er öffnete die Tür und führte mich ins Haus. »Wir setzen uns am besten in mein Arbeitszimmer.« Er betrachtete Hulda skeptisch. Obwohl ich protestierte, versuchte das Tier, seinen massigen Körper durch den Türspalt zu pressen.

»Der Hund wartet draußen«, sagte ich sofort. »Er hat das nur noch nicht begriffen.«

Eine weißhaarige Dame tauchte im Flur auf und musterte uns verwirrt und mit einem leichten Hoffnungsschimmer in den Augen. Das mußte Frau Danielsen sein. Wie ihre restliche Familie war sie groß, schlank und gutaussehend.

»Es gibt nichts Neues, Else«, sagte ihr Mann mit besänftigender Stimme. »Wir sind gleich fertig.«

Hulda rieb sich einschmeichelnd an den Beinen der alten Dame.

»Was für ein wunderschöner Hund«, sagte diese langsam und ging hinter Hulda her, die sich schnüffelnd einen Weg durch das Haus suchte. »Er hat vielleicht Hunger?«

Frau Danielsen war offenbar eine Hundefreundin. Und sie mußte auf andere Gedanken kommen.

»Wie gesagt, ich vertrete die Familie einer anderen Person, die vor zwei Wochen ebenfalls spurlos verschwunden ist«, begann ich, als wir in einem gemütlichen Arbeitszimmer saßen und jeder eine Tasse starken Kaffee in der Hand hielten. Der Schreibtisch quoll über von Ordnern und Papieren, die Wände waren dekoriert mit Bildern aus einer fernen Vergangenheit. Der alte Danielsen war offenbar ein vielseitiger Sportler gewesen. Wie der Vater, so der Sohn. Und Danielsen schien noch immer ein aktiver Mann zu sein.

Er folgte meinem Blick. »Ich schreibe die Vereinsgeschichte. Die von den TK, den Tønsbergkameraden. Erik hat auch dort angefangen. Deshalb das Chaos hier.«

Ich war beeindruckt. »Oberarzt Sten Löwe, sagt Ihnen das etwas?« fragte ich behutsam.

Er runzelte die Stirn. »Ich weiß, wer das ist, ja. Else hat vor zwei Jahren mit einer bösen Lungenentzündung im Krankenhaus gelegen. Und er war damals der Stationsarzt. Netter Mann. Und sicher ein tüchtiger Mediziner. Und der ist verschwunden?«

Ich nickte. »Das hat in der Lokalzeitung gestanden. Aber vielleicht lesen Sie sie nicht?«

»Ich halte das *Tønsbergs Blad* nicht mehr. Ich schaffe nur eine Zeitung pro Tag. Und deshalb mußte ich mich entscheiden. Was ja nicht schwer war.« Der Mann gefiel mir immer besser. Er hatte Sinn für Ironie. Ich hätte gern gewußt, ob sein Sohn ebenso sympathisch gewesen war. »Wir gehen beide auf die fünfundachtzig zu«, fügte er hinzu.

Das hätte ich nicht gedacht. »Haben Sie irgendeine Vorstellung davon, was mit Ihrem Sohn passiert sein kann?« fragte ich vorsichtig.

Er schüttelte energisch den Kopf. »Es ist einfach unverständlich. Erik hatte sein Töchterchen doch so geliebt. Und die beiden anderen Kinder auch«, fügte er rasch hinzu. »Die sind fast erwachsen. Und jetzt war noch eins unterwegs.« Er blickte mich hilfesuchend an. Ich vermochte ihm keine Hilfe zu bieten. »Erik war der letzte Mensch, von dem ich das erwartet hätte. Wir können es beide nicht fassen.«

Stille breitete sich im Arbeitszimmer aus. Ich hörte, wie Frau Danielsen in der Küche beruhigend auf Hulda einredete. »So, ja, braves Hündchen.« Sie war wohl die Stärkere von beiden. Der Mann versuchte, seine Maske zu bewahren. Aber die konnte jetzt jeden Moment in Stücke gehen.

»Was ich Sie jetzt frage, ist sehr wichtig«, sagte ich eindringlich. »Hatte Erik irgend etwas mit Dr. Löwe zu tun?«

»Nein«, antwortete sein Vater resigniert. »Nicht, daß ich wüßte. Aber sie können sich natürlich gekannt haben. Erik hatte doch viele Freunde.«

Ich war drauf und dran aufzugeben. »Sagt der Name Johnny Jensen Ihnen etwas?«

»Johnny Jensen?« Er wiederholte langsam den Namen. »Der Junge, der vor einigen Jahren verschwunden ist?«

Ich nickte eifrig. »Genau. Haben Sie den gekannt?«

»Das wäre zuviel gesagt. Den Jungen habe ich kaum gekannt. Ich weiß, wer sein Vater ist. Ein sympathischer und bescheidener Mann. Friedliche, freundliche Leute. Alle haben damals von der tragischen Geschichte mit dem Sohn gehört. Der Vater hat nie mit mir darüber geredet. Der Junge ist doch durchgebrannt, nicht wahr?«

»Vielleicht«, sagte ich. »Wer weiß? Er ist vor über fünf

Jahren verschwunden. Niemand hat ihn jemals wiedergesehen.«

»Jensen war früher Ringer, er kommt aus Nordnorwegen. Als junger Mann war er ziemlich gut. Seine ganze Familie gehörte irgendeiner lokalen Sekte an. Und dort wurde Jensens Sportbegeisterung offenbar nicht gut aufgenommen. Deshalb haben er und seine Frau die Sekte verlassen und sind nach Tønsberg gekommen. Das ist nun schon viele Jahre her. Hier ist er sofort in den Verein eingetreten. Er war natürlich nicht mehr aktiv«, fügte Danielsen hinzu. »Ich war übrigens früher auch Ringer«, vertraute er mir dann nicht ohne einen gewissen Stolz an. »Ich habe lange der Vereinsleitung angehört. Und da habe ich Jensen kennengelernt. Frank Jensen, so heißt er.«

»Hatte Ihr Sohn irgendeine Verbingung zu diesem Jensen?«

»Nicht, daß ich wüßte.«

Ich mochte mich noch nicht geschlagen geben. »Was ist mit Arve Holm«, fragte ich. »Dem Journalisten vom *Tønsbergs Blad*. Haben Sie von dem gehört?«

»Nein.« Das kam wie aus der Pistole geschossen. »Jedenfalls sagt der Name mir nichts. Was ist mit ihm?«

»Nichts Besonderes. Abgesehen davon, daß auch Holm spurlos verschwunden ist.« Es war zum Heulen. »Ich habe gehört, daß Ihr Sohn viel mit den Schulen zu tun hatte, als er bei der Tønsberger Polizei gearbeitet hat. Wissen Sie noch, ob damals etwas Ungewöhnliches geschehen ist, irgend etwas, das Ihnen aufgefallen ist, egal, was?«

»Erik hatte in der Jugendszene viele Kontakte. Er kannte viele Leute und hatte die ganze Zeit eine Menge Projekte am Laufen. Ich weiß nicht sehr viel darüber. Er hat mit uns nur selten über seine Arbeit geredet.«

Mit irgendwem mußte er bei diesen vielen Aktivitäten doch aneinandergeraten sein. Danielsens idealisierende Darstellung der Tätigkeit seines Sohnes überzeugte mich nicht ganz. Das hier war eine Kleinstadt. Hier herrschte das Gesetz, daß niemand die Nase zu weit hervorstrecken durfte. Erik Danielsen war vielleicht einer der wenigen gewesen, denen es gelang, sich über die Kleinlichkeit der Politiker und die Zankereien der Bürokraten zu erheben. Am Ende war er weggezogen. Wegen einer Frau.

»Wie war das eigentlich mit der Scheidung?«

Er schüttelte den Kopf. »Ich habe versucht, ihn zu warnen. Das Gras ist nie so grün, wie es auf der anderen Zaunseite aussieht. Natürlich hat er nicht auf mich gehört. Warum auch? Aber am Ende ist ja alles gutgegangen. Erik war glücklich in seinem neuen Leben, das kann ich Ihnen versichern.«

»Wie haben seine Frau und die Kinder auf seinen Entschluß reagiert?«

»Sie ist bis heute nicht darüber hinweg. Und die Kinder haben auch lange gebraucht, bis sie es akzeptierten.« Er verstummte.

»Tut mir leid, daß ich solche Fragen stellen muß«, sagte ich. »Aber wissen Sie, ob er noch andere Liebschaften hatte? Er war doch bei den Damen immer gern gesehen, habe ich gehört.«

»Sicher. Aber mir hat er nichts erzählt.«

»Sie wissen nicht, ob er Feinde hatte, Leute, die ihm schaden wollten?«

»Hier hatte er nur Freunde. Sogar die Kriminellen konnten Erik gut leiden.«

Ich sah ein, daß ich nicht weiterkommen würde, und wechselte das Thema. »Er ist hier in Tønsberg aufgewachsen, nicht wahr?«

Danielsen nickte. »Wir wohnen seit Eriks Geburt in diesem Haus. Und hier bleiben wir, bis wir mit den Füßen zuerst hinausgetragen werden.«

»Welche Schule hat Erik besucht?«

»Die Slottsfjellschule. Als dort noch die Grundschule untergebracht war. Später ist er dann unten in der Stadt aufs Gymnasium gegangen.«

Die Slottsfjellschule. Die auch Johnny Jensen besucht hatte, bis er verschwunden war. Sten Löwe hatte diese Schule medizinisch betreut. Allerdings nicht nur diese, sondern auch noch eine Reihe anderer Schulen in der Gegend. Konnte dennoch hier der Zusammenhang liegen, den ich suchte? Wenn ich mir überlegte, daß es zu der Zeit, als Erik Danielsen lesen gelernt hatte, in Tønsberg nur zwei Grundschulen gegeben hatte, dann war das der dünnste Strohhalm, an den ich mich in meinem Leben je hatte klammern können.

»Tut mir leid, daß ich Ihnen nicht weiterhelfen konnte«, sagte Danielsen traurig, als ich das Haus verließ.

Aber nicht er hätte um Entschuldigung bitten müssen, sondern ich, wo ich mich hier doch in Dinge eingemischt hatte, die mich nun wahrlich nichts angingen.

Seine Frau mochte sich kaum von Hulda trennen, und Hulda war mit Weihnachtsplätzchen vollgestopft worden. Ich fürchtete, das Ehepaar würde die Weihnachtsbäckerei ohnehin nicht genießen. Die beiden hatten noch nicht bis ins Letzte erfaßt, daß ihr Sohn von ihnen gegangen war, ein für allemal. Etwas Schlimmeres war wohl kaum vorstellbar, dachte ich, während ich fröstelnd zur Kanzlei zurücklief. Ich hatte das Gefühl, nur noch in Tragödien zu warten, seit Anna Löwe dort aufgetaucht war.

9

Den Rest des Tages war ich damit beschäftigt, alte und vernachlässigte Fälle zu bearbeiten, mir nichtssagende Briefe aus den Fingern zu saugen, zwei rituelle Streitigkeiten zu beenden, und, was nicht unwichtig war, Rechnungen zu verschicken. Um mich herum sah alles normal aus, während ich in fremden Kellern nach Leichen suchte. Das kann Paranoia erzeugen. Vielleicht lag das Problem ja einfach bei mir.

Als ich Frau Svendsens breiten Rücken durch die Tür verschwinden sah, war es schon nach fünf, und noch immer hatte ich nichts von Anna Löwe gehört. Meine Kollegen hatten ihre Büros schon längst verlassen. Sie hielten die Bürozeiten ein, arbeiteten konzentriert, kamen früh und gingen früh. Letzteres konnte ich verstehen.

Ein wütendes Telefongeklingel zerriß meine Ruhe.

»Du bist also noch immer nicht zu Hause«, stellte Wilhelm Mørk trocken fest.

Er hatte gut reden, er saß doch fast rund um die Uhr in seinem schlauchartigen Büro.

Ich schwieg.

»Ich dachte, es könnte dich interessieren, daß mich heute Martin Backe aufgesucht hat. Mit Anwalt, natürlich. Er wird wegen Versicherungsbetrugs angeklagt werden. Natürlich braucht er nicht in Untersuchungshaft. Die Millionen, die er seinen Kunden abgeluchst hat, hat bisher weiterhin niemand offiziell beansprucht, und deshalb wird er uns in diesem Zusammenhang wohl durch die Finger rutschen.« Mørk lachte leise. »Die Frage ist nur, ob er nicht besser dran wäre, wenn er unsere Leute am Hals hätte. Aber das scheint er nicht kapiert zu haben. Der Mann ist wohl ein bißchen schwer von Begriff.« Er legte eine Pause ein. »An der Sonnenküste ist übrigens alles ruhig. Die Polizei hat in einer Luxuswohnung zwei norwegische Eindringlinge festgenommen, wie ich gehört habe. Die beiden sind von der wortkargen Sorte. Nach ihrer Entlassung aus dem Krankenhaus werden sie zum Abkühlen zwei Monate in ein spanisches Gefängnis gesteckt. Andere Namen sind in diesem Zusammenhang nicht erwähnt worden.«

»Sind sie schwer verletzt?«

»Einer hat einen Schädelbruch erlitten. Sie haben Glück gehabt, daß sie keine bleibenden Schäden davontragen werden.«

Das vernahm ich mit Erleichterung. Die Vorstellung, vielleicht einen Menschen getötet zu haben, quälte mich seit diesem fatalen Ereignis. »Sag Bescheid, wenn es etwas Neues zu berichten gibt. Ich arbeite an zwei Spuren weiter. Ich lasse von mir hören.«

Endlich hatte ich meine Ruhe. Und genau die brauchte ich auch. Ich nahm mir zuerst Mørks ursprüngliche Vermißtenliste vor und strich die Fälle, für die es eine stichhaltige Erklärung gab. Jetzt konnte ich noch einen hinzufügen:

Mann	1951	12/1/98	Oslo, Hafen	Ertrinken

Mit Hilfe meines neuerworbenen Wissens stellte ich meine eigene Liste auf, gab sie in den Mac ein und fügte die Namen der Vermißten hinzu. Martin Backe wurde aus der Tabelle gelöscht. Es hätte mich aber nicht gewundert, wenn er bald wieder dazugehört hätte. Der Mann lebte schließlich gefährlich.

Name	Geboren	Zeitpunkt	Ort	mutmaßliche Todesursache
Johnny Jensen, Schüler	1974	01/12/93	Wohnung	unbekannt
Arve Holm, Journalist	1947	01/12/97	Wohnung	unbekannt
Jonas Hval, UFO-Experte Lehrer	1954	28/08/98	Wohnung	unbekannt
Sten Löwe, Arzt	1957	03/12/98	Wohnung	unbekannt
Erik Danielsen, Polizist	1951	12/12/98	Oslo, Hafen	Ertrinken

Insgesamt fünf Personen in einem Zeitraum, der sich über fünf Jahre erstreckte. Ein Fall pro Jahr wäre vielleicht nicht so auffallend. Aber die letzten vier auf dieser Todesliste waren innerhalb des letzten Jahres verschwunden.

Todesliste. Ich ließ mir das Wort auf der Zunge vergehen. Es war vielleicht ein wenig zu dramatisch. Der Fall Erik Danielsen wirkte an und für sich nicht sonderlich geheimnisvoll. Es gab allen Grund zu der Annahme, daß er sich ganz einfach ertränkt hatte. Aber bis auf weiteres gehörte er in dieselbe Kategorie wie die vier anderen. Keine sterblichen Überreste waren gefunden worden. Das konnte sich natürlich ändern. Schließlich waren seit seinem Verschwinden erst wenige Tage vergangen.

Das Telefon holte mich in die Wirklichkeit zurück. Es

war nicht mehr Nachmittag. Schon längst hatte sich die Dunkelheit des Dezembers wie ein schützender Vorhang vor die Fenster gelegt.

»Svend? Tut mir leid, daß ich nicht früher angerufen habe. Ich hatte so viele Patienten hier, und jetzt ist es ein bißchen spät, oder? Ich muß zu den Kindern nach Hause.«

Für mich ist es nicht zu spät, dachte ich. Auf mich wartet niemand. Es läßt sich einfach nicht verhindern. Vor Weihnachten werden wir fast alle sentimental.

»Sollen wir unser Gespräch aufschieben? Im Grunde habe ich nichts Neues zu erzählen.« Ich würde ihr nur die Schlußfolgerungen darlegen, die ich aus meinem Aufenthalt an der Sonnenküste gezogen hatte. Je weniger Leute davon wußten, desto besser.

»Hast du später am Abend Zeit? Dann könntest du bei mir vorbeikommen. Den Weg kennst du doch.«

Es fiel mir zunehmend schwer, Anna Löwes Signale zu deuten. Normalerweise hätte ich das hier für eine Einladung gehalten. Jetzt wußte ich nicht so recht.

»Ja, vielleicht. Aber dann wird es wirklich spät. Ich muß vorher noch etwas erledigen.«

Dabei beließen wir es vorerst. Ich würde kommen, wenn es sich so ergäbe. Sie war zu Hause. Ich hatte aber noch andere Pläne.

Zu denen gehörte auch ein Besuch bei Familie Hval, die mitten auf Føynland in einem alten Haus wohnte. Der Hofplatz war mit Schrott vollgestellt, Scheune und Stallgebäude verrieten, daß das Anwesen einst ein kleiner Bauernhof gewesen war. Bald würde alles einem Golfgelände weichen müssen. Die Bauern in dieser Gemeinde waren von diesem Sport sehr angetan. Ich konnte sie verstehen. Golf wird von wohlerzogenen, wohlhabenden

Menschen gespielt. Alles, was sie verlangen, sind grüner Rasen und gute Parkmöglichkeiten.

Ich hatte mich nicht angemeldet, ich klingelte einfach an der abgenutzten Haustür. Im Erdgeschoß brannte Licht. Erst nach längerer Zeit erfolgte eine Reaktion, aber ich konnte hören, daß jemand zu Hause war; deshalb klingelte ich noch einmal.

Der alte Mann, der endlich zur Tür gehumpelt kam, war längst nicht so rüstig wie der, mit dem ich früher an diesem Tag gesprochen hatte. Außerdem war er um einiges mißtrauischer. Er war klein, dünn und hatte einen sehr krummen Rücken. Sein runzliges Gesicht wies alte Bartstoppeln auf, sein weißes Hemd war zerknittert und verschmutzt. Er bot einen traurigen Anblick.

Ich stellte mich höflich vor. Hier war Vorsicht angesagt. »Ich würde gern mit Ihnen über Ihren Sohn sprechen, über Jonas Hval«, sagte ich.

»Sindse vonner Presse?« fiel er mir mit hoher Stimme ins Wort. Plötzlich sah er wütend aus. In seinem schmächtigen Körper steckte offenbar noch eine ganze Menge Energie. »Wir wolln mit euch nix mehr zu tun haben!« Er versuchte, mir die Tür vor der Nase zuzuknallen.

Ich schob den Fuß in den Türspalt. »Ich bin kein Journalist. Ich bin Rechtsanwalt. Es geht um einen anderen Vermißten.«

»Ach?« Sein Mißtrauen war immer noch nicht ausgeräumt.

»Jonas ist vor fast einem halben Jahr verschwunden, nicht wahr?«

»Wir ham nix von ihm gehört. Kein einziges Lebenszeichen. Und die Polizei rührt kein' Finger.« Er musterte mich mit trauriger Miene. »Wissen Sie irgendwas?« Er öffnete die Tür und ließ mich zögernd eintreten. »Die waren hier, von irgendeiner Illustrierten, ham gefragt und gebohrt. Was mit Jonas passiert ist, war denen egal, die ham sich bloß für diesen UFO-Kram intressiert. Als ob wir die Geschichten ernst genommen hätten!« Er schnaubte verächtlich. »Ja, meine Frau, die hat Jonas geglaubt. Aber die ist jetzt ganz schwach auffen Beinen. Meistens liegtse im Bett.« Er zeigte auf eine Tür hinten im Flur. »Aber sie weiß auch nix. Wir wissen nur, daß irgendein Verrückter ihn entführt haben muß. Er wär nie weggegangen, ohne uns Bescheid zu sagen.«

»Ich habe eigentlich keine Neuigkeiten«, sagte ich. »Aber ich würde Ihnen gern ein paar Fragen stellen.«

Der Alte musterte mich abwartend. »Na gut. Raus damit.« Er machte keine Anstalten, mich ins Wohnzimmer zu bitten.

»Wissen Sie, ob Ihr Sohn einen Jungen namens Johnny Jensen gekannt hat? Er ist vor fünf Jahren spurlos verschwunden. Möglicherweise hat Jonas ihn einmal unterrichtet.«

Der alte Herr Hval schüttelte den Kopf. »An die Geschichte kann ich mich noch gut erinnern. Wir haben drüber gesprochen. Jonas hätte ganz sicher gesagt, wenn er den Jungen gekannt hätte.«

Ich versuchte mein Glück mit den drei anderen, doch der Alte hatte weder von Holm noch von Löwe oder Danielsen gehört. Die UFO-Geschichte mochte ich gar nicht erst erwähnen. Was hätte ich dazu denn auch für Fragen stellen sollen?

Auch dieses Leitbild von einem Mann hatte keine Feinde gehabt, sondern war von allen geliebt worden.

»Jonas war immer ein lieber Junge. Nicht einen bösen Gedanken hatte er. Die Kinder in der Schule konnten noch soviel Krach machen, er war nie böse. Und alle mochten ihn gern.« Der Vater schüttelte den Kopf. »Eine Engelsgeduld hatte er.«

»Wieso war er eigentlich nicht verheiratet?« Ich hatte das Gefühl, daß wir es hier mit einem Schwulen zu tun hatten. So edel, hilfreich und gut konnte doch sonst kein Mensch sein.

Sein Vater musterte mich mit scharfem Blick. »Es ist nicht so, wie Sie glauben. Ja, die Polizei hats auch geglaubt.«

»Was denn?« fragte ich unschuldig.

»Daß Jonas Homo war.« Er spuckte dieses Wort geradezu aus. »Er hatte viele Freundinnen, Frauen, die ihn leiden mochten. Er hätte vom Fleck weg heiraten können. Aber das wollte er nicht. Er hatte so viele andere Interessen. Das ist ja wohl nicht verboten?« Zum Glück nicht. »Die Polizei hat mit allen seinen Bekannten geredet. Niemand hat irgendwas begriffen. Wir auch nicht.«

»Noch eine letzte Frage«, bat ich resigniert. »Hat er jemals an der Slottsfjellschule unterrichtet?«

»Ja, das hat er. Ein Jahr lang, glaub ich.« Hval kratzte sich zwischen den Bartstoppeln. »Mal nachdenken. Das muß dreiundneunzig gewesen sein. Aber da hats ihm nicht gefallen. Kleine Kinder waren ihm lieber.«

Zu der Zeit also, als Johnny Jensen dort Schüler gewesen war. Sie konnten einander begegnet sein, ohne daß der Vater davon wußte. Aus einem der Zimmer weiter hinten war eine Stimme zu hören.

»Tut mir leid, ich hab keine Zeit mehr. Sie braucht mich jetzt rund um die Uhr. Jonas ist übrigens als Kind selber auf diese Schule gegangen«, fügte er hinzu, während er über den Flur schlurfte. »Wir haben damals in Fjerdingen gewohnt.«

Ich verschonte Hval mit weiteren Fragen. Aber ich

konnte mir kaum vorstellen, daß dieser offenbar so friedliche und fürsorgliche Lehrer wirklich die Brutalität besessen haben konnte, seine alten Eltern einfach im Stich zu lassen. Oder lag hier nur ein ganz normaler Selbstmord vor, einer, für den es keine begreifliche Erklärung gab? Das Problem bei Selbstmördern ist ja, daß sie vor allem an sich selber denken.

Ich glaubte nicht, daß seine Eltern mir noch etwas Neues sagen konnten. Der einzige rote Faden, den ich hier gefunden hatte, war die Verbindung zur Slottsfjellschule. Erik Danielsen hatte diese Schule auch schon als Kind besucht. Er hatte während seiner ganzen Kindheit in ihrer Nähe gewohnt.

Ich setzte mich in den Jaguar und ließ den Motor an. Sein Schnurren beruhigte meine Nerven. Es war kalt und dunkel, am Himmel war nicht ein einziger Stern zu sehen. Ich hatte die Heizung voll aufgedreht, aber die Kälte, die ich jetzt spürte, kam von innen. Auch Hulda fühlte sich auf der Rückbank unwohl. Sie fiepte ungeduldig und wollte nach Hause.

Wieder hatte ich das unbehagliche Gefühl, daß ich beobachtet wurde. Aber ich konnte niemanden entdecken. Keinen einsamen Spaziergänger, keine wartenden Lieferwagen. Die Hvals wohnten abgelegen. Nur die Lichter auf der anderen Seite ihrer Felder erinnerten mich daran, daß ich mich trotz allem in einer der am dichtesten bevölkerten Gegenden des Landes aufhielt.

Ich zog Wilhelm Mørks Unterlagen aus der Schultertasche. Ich wollte an diesem Tag keine weiteren Hausbesuche mehr abstatten. Arve Holms Frau konnte ich auch telefonisch befragen.

Ragnhild Holm war, wie sich dann herausstellte, von ganz anderem Temperament als Jonas Hvals gebrochene

Eltern. Sie wollte sofort genauer wissen, warum ich ihr Fragen stellte; dann antwortete sie kurz und bündig und ließ durchblicken, daß sie die Hoffnung auf eine Lösung dieses Rätsels noch nicht aufgegeben hatte. Außerdem war sie wütend auf die Polizei.

»Die haben fast nichts unternommen. Nachdem sie festgestellt hatten, daß Arve nirgends verletzt am Straßenrand lag, gingen sie davon aus, daß er untergetaucht ist oder Selbstmord begangen hat. Eine Vermißtenmeldung und eine Aktennotiz bei der Polizei, das war alles.«

»Ich habe gehört, daß er Alkoholprobleme hatte«, sagte ich. »Wie groß waren die?« Sie hatte ja selber zur Offenheit aufgefordert.

»Ziemlich groß. Wie bei allen Alkoholikern.« Sie nahm kein Blatt vor den Mund. »Er war Quartalssäufer. Manchmal konnte er monatelang trocken bleiben. Zu dem Zeitpunkt, wo er verschwand, hatte er seit einem halben Jahr nichts mehr getrunken.« Sie hörte sich bitter an. »Sicher hat die Polizei sein Verschwinden deshalb nicht wichtig genommen. Sie haben mir Arves Alkoholkonsum vorgehalten, als ob das mit der Sache etwas zu tun hätte.« Sie redete jetzt laut und hektisch und war durchaus nicht mehr so ruhig und gefaßt, wie sie zunächst gewirkt hatte. »Ich weiß, daß er nicht einfach so gegangen wäre«, sagte sie. »Wohin hätte er auch gehen sollen? Allein hätte er doch nicht einen einzigen Tag überlebt.«

»Was ist mit seiner Visakarte?« warf ich ein. »Irgendwer hat doch in Kopenhagen versucht, damit Geld abzuheben. Und diese Person kannte ja die Geheimnummer.«

»Das hat der Polizei einen Grund geliefert, keine weiteren Ermittlungen anstellen zu müssen. Ich habe ihnen erklärt, daß Arve diese Nummer oft vergessen hat. Deshalb hatte er sie auf einem Zettel notiert, und der lag bestimmt in seiner Brieftasche.« Sie machte eine Pause. »Wir hatten eine gute Beziehung.« Jetzt klang ihre Stimme ein wenig traurig. »Er hätte nie im Leben Selbstmord begangen. Arve hatte schreckliche Angst vor dem Sterben. So sehr, daß er versucht hat, mit dem Trinken aufzuhören.«

»Ach«, sagte ich skeptisch. »Sind Sie sich da ganz sicher?«

»Wir waren fast dreißig Jahre verheiratet. Meinen Sie, ich kenne Arve nicht?«

Meinen ist das eine, dachte ich, wissen ist etwas ganz anderes. »Hatte er Feinde?« Ich rechnete mit der üblichen Antwort.

»Jede Menge. Sie machen sich in einer Kleinstadt wie Tønsberg keine Freunde, wenn Sie versuchen, in Ihrer Arbeit als Journalist gewissenhaft zu sein. Kritische Reportagen kommen nicht immer gut an. Auch nicht bei den Kollegen«, fügte sie hinzu.

»Und wäre jemand von ihnen imstande, ihm etwas anzutun?«

»Das kann ich mir einfach nicht vorstellen. Aber es wurde in der Redaktion über ihn getuschelt, Anzeigenkunden ärgerten sich, solche Dinge. Arve hat nicht darauf geachtet.«

»Wissen Sie, ob er die anderen kannte, die hier aus der Gegend vermißt werden?« Ich leierte meine übliche Liste herunter. Das wurde langsam zur Routine.

»Nein. Meines Wissens hatte er mit keinem von ihnen etwas zu tun. Arve interessierte sich für rätselhafte Fälle. Er war bei der Zeitung für die Kriminalberichterstattung zuständig. Sicher hat er von ihrem Verschwinden erfahren. Ich wußte übrigens nicht, daß auch Erik Danielsen vermißt wird. Seit wann ist das so?«

»Noch nicht lange. Er ist vermutlich ertrunken, aber sein Leichnam ist noch nicht gefunden worden. Haben Sie ihn gekannt?«

»Nur vom Hörensagen. Er war ja vor ein paar Jahren hier allgemein bekannt. Sicher hatte Arve beruflich mit ihm zu tun, aber mehr weiß ich auch nicht.«

»Was ist mit der Slottsfjellschule?« fragte ich resigniert. »Hatte ihr Mann zufällig etwas mit dieser Schule zu tun?«

»Woher haben Sie das gewußt?« Sie wartete meine Antwort nicht ab, sondern fügte gleich hinzu: »Er hat sich sehr für das Gebäude und dessen Geschichte interessiert. Er hat mehrere Reportagen darüber veröffentlicht.« Jetzt wurde sie ein wenig sentimental. »Arve wollte ein Jubiläumsbuch machen, aber er hatte nie die Zeit dafür.«

»Hat er selber diese Schule besucht?«

»Ja. Und dieses alte, schöne Gebäude hat ihm sehr gefallen. Als zu Beginn der achtziger Jahre einige Politiker den Abriß vorschlugen, hat Arne sich bei der Aktion *Rettet die Slottsfjellschule* engagiert. Sie konnten das Haus retten, der Schulbetrieb jedoch wurde eingestellt.«

Mehr konnte sie mir nicht sagen. Es ging schon auf zehn zu. Ich fragte mich, ob es schon zu spät für einen Besuch bei Anna Löwe war. Aber das ließ sich ja nur auf eine Weise feststellen.

Als ich von einer Nebenstraße auf die Hauptstraße nach Husøy abbog, merkte ich, daß mich ein Wagen verfolgte. Ich drosselte mein Tempo. Das Auto folgte meinem Beispiel. Das Fernlicht durchschnitt die kompakte Novemberdunkelheit und blendete mich im Rückspiegel. Ich hielt es nicht für einen normalen PKW. Die Scheinwerfer saßen hoch oben und schienen weit auseinanderzuliegen.

Ich näherte mich der Kreuzung. Rechts ging es nach Fjærholmen, links weiter nach Husøy. Ich bremste und blinkte nach rechts. Der Wagen hinter mir wurde ebenfalls langsamer.

Statt nach Fjærholmen abzubiegen, gab ich Gas und fuhr weiter geradeaus. Mein Puls begann zu hämmern, als mein Verfolger es mir gleichtat. Jetzt kam ich mir in dem scharfen Licht vor wie auf dem Präsentierteller. Ich machte mich auf dem Ledersitz des Jaguar ganz klein und jagte über die ebene, gerade Strecke vor der Brücke nach Husøy. Der Wagen hinter mir beschleunigte ebenfalls. Sonst war niemand zu sehen. Weder Autos noch Fußgänger. Ich fühlte mich zunehmend unwohl in meiner Haut.

Als ich gerade beschlossen hatte, kehrtzumachen und dichter bevölkerte und weniger gefährliche Gefilde anzupeilen, bog mein Verfolger in eine Stichstraße ab und verschwand. Ich hielt an und atmete erleichtert auf. Ich mußte mir ein Zigarillo anstecken, um mich zu beruhigen, dann fuhr ich den Jaguar langsam zum Strandvei. Meine Nerven waren offenbar nicht mehr die besten.

Es war noch immer menschenleer. An dieser Straße war Sten Löwe abends immer spazierengegangen, egal, wie Wind und Wetter auch ausfallen mochten. Er hatte offenbar keine Angst vor dem Dunkeln gehabt.

Wie beim letzten Mal öffnete Anna fast im selben Moment, in dem ich klingelte. Diesmal gab es eine einfache Erklärung. »Oh, hallo! Ich wollte gerade frische Luft schnappen gehen. Nur einen kleinen Spaziergang machen. Ich bin während der letzten Tage so gut wie gar nicht aus dem Haus gekommen.« Sie musterte meine dünne schwarze Lederjacke voller Skepsis. »Aber du bist dafür vielleicht nicht warm genug angezogen?«

»Doch, doch«, versicherte ich. »Das ist kein Problem.

Frische Luft macht den Kopf klar. Und das kann ich brauchen«, fügte ich hinzu. »Das Leben als Detektiv ist anstrengend. Zuviel Gedankenarbeit und zuwenig Ergebnisse.« Ihr Lachen gefiel mir. An Anna Löwe gefiel mir überhaupt sehr viel. Besonders klug war das nicht von mir.

»Wir warten lieber mit den Neuigkeiten«, schlug sie ruhig. »Ich sehe dir ja an, daß sie nicht sonderlich gut sind.«

Sie war wieder in ihre Ärztinnenrolle gefallen. Ich ging brav neben ihr her. Hulda sprang uns voraus, und wir marschierten schweigend die Straße entlang, vorbei an der alten Werft und dann weiter über den Uferweg. Es war noch immer kalt, aber die Wolkendecke riß langsam auf und ließ das Mondlicht durch. Der Wind hatte sich gelegt. Im Norden leuchtete der Slottsfjellturm wie ein Leuchtfeuer über Fjord und Stadt.

»Das ist schön, nicht wahr? Ich mag den Herbst«, sagte sie dann, ohne eine Antwort abzuwarten. »Die Dunkelheit gibt mir eine Art Sicherheit, ein Gefühl, daß niemand mich sehen kann.«

Ich konnte ihr da nicht so einfach zustimmen. Normalerweise fürchtete ich mich nicht im Dunkeln. Aber in letzter Zeit hatte es mir einige Male angst gemacht. Ich gab das nicht gern zu. Ich wußte nicht, was mir die ärgeren Probleme machte – der Lieferwagen oder die Geschichte von Jonas Hval und seinen UFO-Kameraden. Ich hatte ein wenig über ihre Theorien gelesen: systematische Überwachung von Krisengebieten auf der Erde, ihr besonderes Interesse an militärischen Installationen, wie die große Radaranlage der NATO auf Tjøme, die Nachrichtensperre, die die Behörden angeblich über Beobachtungen dieser Art verhängt hatten. Und nicht zuletzt hatte ich mich für die Berichte von Personen interessiert, die angeblich von solchen Wesen aus anderen Sonnensystemen entführt worden waren. Und als ich hier den schwarzen Horizont anstarrte, konnte ich diese Theorien einfach nicht verdrängen.

Ich drehte mich zu Anna Löwe um. »Allein in dieser Gegend haben fünf Menschen sich so gut versteckt, daß niemand sie finden kann. Wie zum Teufel sollen wir damit umgehen?« Ich fror jetzt wieder. Es war dieselbe Kälte, die nach meinem Besuch beim alten Herrn Hval in mir gesteckt hatte.

Sie packte meinen Arm und beugte sich zu mir hinüber. »Du zitterst ja. Wir müssen sehen, daß wir ins Warme kommen.« Wir machten kehrt und liefen zurück. Hulda trottete beleidigt hinterher. Sie hatte sich auf einen längeren Ausflug gefreut. »Ich habe eine Theorie«, sagte Anna plötzlich. »Und ich möchte deine Meinung darüber hören. Vielleicht ist sie ja total krank, aber egal.«

»Deine Theorien sind bestimmt nicht kränker als die Wirklichkeit. Ich habe auch ein paar Ideen. Mal sehen, ob wir dasselbe gedacht haben.« Meine unklaren Vorstellungen hatten die Bezeichnung Theorie nicht verdient. Tatsache war, daß ich jetzt ebenso verwirrt war wie zu Beginn meiner Ermittlungen.

Erst als Anna im Kamin ein Feuer gemacht und ich einen Becher dampfenden Tee geleert hatte, zog sich die Kälte aus meinem Körper zurück. Im ganzen Haus war es still.

»Die Kinder übernachten bei den Nachbarskindern. Wir versuchen, so normal wie möglich zu leben.« Ihre Stimme klang ruhig und gelassen. »Wir müssen uns wohl daran gewöhnen, daß Sten nicht mehr bei uns ist. Daß er vielleicht nie mehr zurückkommt, meine ich.« Sie verstummte. Wir saßen in tiefen Sesseln vor dem knisternden Kaminfeuer. Hulda drehte sich schnarchend auf dem

Teppich um. Das Haus strahlte Frieden und Wohlbehagen aus. »Was also hast du zu berichten?« fragte sie.

»Nicht viel«, bekannte ich. »Abgesehen von der Tatsache, daß Vibeke Lassens Exmann wieder aufgetaucht ist. Er hatte sich nur vor seinen Gläubigern verstecken wollen.« Ich lieferte ihr eine stark gekürzte Version der Ereignisse in Marbella. Ich mußte ihr ja schließlich erklären, wie der Charterflug nach Spanien auf meine Rechnung geraten war. »Ich glaube nicht, daß es zwischen diesem Schwindelunternehmen und deinem Mann eine Verbindung gibt«, endete ich. »Obwohl ich zugeben muß, daß ich ganz sicher war, daß dort der Schlüssel zu diesem Rätsel lag. Ich gehe wohl mit Recht davon aus, daß du noch immer nichts gehört hast?«

»Richtig. Nichts. Nicht von der Polizei und auch sonst nichts. Er ist ganz einfach verschwunden.«

»Da gibt es noch etwas. Wir haben einen weiteren Vermißten.« Ich erzählte von Erik Danielsen. »Hast du den gekannt?«

»Nein«, erwiderte sie mit tonloser Stimme. »Aber ich habe seinen Namen in der Zeitung gesehen.« Sie war jetzt unangenehm bleich geworden. »Ich glaube auch nicht, daß Sten ihn gekannt hat.« Anna musterte mich mit ernster Miene. »Das stärkt meine Theorie. Was ist, wenn er für dieses Massenverschwinden eine ganz andere Erklärung gibt?«

»Welche denn, zum Beispiel? Du denkst doch hoffentlich nicht an fliegende Untertassen?«

»Absolut nicht«, beteuerte sie. »Vergiß nicht, ich bin Naturwissenschaftlerin. Aber sieh es mal so.« Jetzt war sie eifrig geworden. »Es ist unwahrscheinlich, daß alle fünf Selbstmord begangen haben und daß ihre Leichen unauffindbar sind. Und es ist ebenso unwahrscheinlich, daß diese fünf untertauchen wollten und es auch geschafft haben, ohne eine einzige Spur zu hinterlassen. Kannst du mir so weit zustimmen?«

»Weiter.« Ich glaubte, zu wissen, worauf sie hinauswollte, und diese Vorstellung gefiel mir.

»Wenn wir alles Okkulte auslassen, dann bleibt nur eine Möglichkeit: Sie sind allesamt ermordet worden. Wir haben es mit einem Serienmörder zu tun.« Ich hatte plötzlich das Gefühl, daß es im Haus noch stiller geworden war. »Einem Mörder, der so raffiniert vorgeht, daß die Todesfälle nicht einmal als Morde erkannt worden sind. Einem Menschen, der aus uns unbekannten Gründen die Leute der Reihe nach umbringt. Und der damit durchkommt.«

»Und der es immer eiliger hat«, fügte ich hinzu. »Der jetzt nur noch Wochen oder Tage zwischen zwei Morden einlegt, nachdem er sich zuerst unendlich viel Zeit gelassen hat.«

Anna Löwe blickte mich erschrocken an. »Aber was ist, wenn er mit den fünfen noch nicht genug hat?«

Diese Frage gefiel mir nicht. »Ich muß zugeben, daß ich mir das alles auch schon überlegt habe. Aber diese Argumentation hat eine große Schwäche: Ich kann einfach zwischen den Vermißten keine Verbindung entdecken. Und ohne Motiv ist das doch alles pure Spekulation.«

»Auf jeden Fall sind das so meine Gedankengänge«, sagte sie, jetzt ruhiger. »Was machen wir daraus?«

»Ich kann natürlich versuchen, mit der Polizei über unsere Theorien zu reden. Aber wir können ja nichts beweisen.«

»Da hast du natürlich recht«, räumte sie nachdenklich ein. »Ich wollte bei der Polizei andeuten, daß hinter Stens Verschwinden ein Verbrechen stecken kann; aber da keine brauchbaren Indizien vorlagen, wurde ich höflich, aber bestimmt abgewiesen. Sie haben mir zu verstehen gegeben, daß Männer in diesem Alter relativ häufig verschwinden und daß die Polizei derzeit nicht über die Mittel verfügt, der Sache weiter nachzugehen.« Sie unterbrach sich. »Glaubst du, daß Serienmörder immer rationale Motive besitzen?«

»Vielleicht nicht. Aber ich bilde mir ein, daß nicht einmal knatschverrückte Mörder sich ihre Opfer willkürlich aus der Menge fischen. Es geht hier nicht um jemanden, der wild auf zufällige Passanten schießt.« Ich stand auf und legte im Kamin Holz nach. »Es gibt vielleicht trotzdem einen Zusammenhang«, sagte ich dann. »Die Slottsfjellschule in Tønsberg ist so ein möglicher gemeinsamer Nenner. Alle Vermißten haben sie besucht, haben dort gearbeitet oder hatten daran ein besonderes Interesse. Dein Mann ist nicht zufällig auch auf diese Schule gegangen?«

Sie runzelte die Stirn. »Doch, ein Jahr lang, glaube ich. Sein Vater hat vorübergehend hier am Krankenhaus gearbeitet. Sten wurde in Tønsberg eingeschult, aber dann sind sie wieder nach Oslo gezogen.«

Wir wechselten einen Blick. Es war einer der besonderen Augenblicke, in denen Worte überflüssig werden. Die Stimmung war elektrisch geladen. Das Zimmer strahlte eine Mischung aus Bedrohlichkeit und Erotik aus. Eine gefährliche Mischung. Langsam erhob ich mich. Es war schon sehr spät. Nicht für einen trägen Kleinstadtanwalt, der Nachtmensch ist, aber für eine pflichtbewußte Ärztin mit der Verantwortung für zwei Kinder. Sie brauchte Trost, ich brauchte etwas anderes. Oder umgekehrt.

Ohne zu wissen, wer die Initiative ergriffen hatte, klammerten wir uns plötzlich aneinander. Hulda knurrte irritiert und sprang auf das Sofa. Ich wollte etwas sagen, aber Anna legte mir einen Finger auf die Lippen. Wir rissen uns die Kleider vom Leibe. Sie hatte sich seit damals nicht sehr verändert. Ihre Formen hatten sich vielleicht etwas gerundet. Genau wie meine. Das gefiel mir. Mir gefiel alles, was wir während der folgenden Minuten unternahmen – oder wie lange immer das dauern mochte. Die Zeit war stehengeblieben.

Ich erwachte, weil ich fror. Es war stockdunkel, die Kerze war heruntergebrannt. Wir lagen vor dem Kamin, in dem das Feuer erloschen war. Wir wickelten uns in eine Decke und fanden den Weg ins Schlafzimmer. Die Vorstellung, daß ich in Sten Löwes Bett gelandet war, behagte mir nicht. Aber solche Animositäten sind ja leicht zu überwinden.

»Eins wüßte ich gern«, flüsterte ich ihrem warmen Körper zu, als sie sich an mich schmiegte. »Und das ist nicht gerade sonderlich romantisch. Wie kann jemand einfach so fünf Leichen verschwinden lassen? Ist es nicht fast unmöglich, eine Leiche loszuwerden, ohne Spuren zu hinterlassen?«

Anna schwieg zuerst. »Ich dachte, du wolltest mir etwas Nettes sagen«, meinte sie dann. »So ungefähr, daß du in all den Jahren auf mich gewartet und nie die Hoffnung aufgegeben hast.«

Ihr ironischer Unterton gefiel mir.

»Ich habe mir das auch schon überlegt«, räumte sie ein. »Eigentlich müßte das unmöglich sein.«

»Was ist mit einem Säurebad, zum Beispiel?«

»Ausgeschlossen. Das erfordert zu viele Chemikalien. Es würde auffallen. Und dabei verschwindet nicht alles. Hast du noch andere Vorschläge?«

»Sie ins Meer werfen?«

»Zu riskant. Mit moderner Technologie kannst du in hundert Metern Tiefe eine Schraube finden. Eine Leiche aufzuspüren ist ein Kinderspiel. Und denk doch nur an das Transportproblem.«

»Man könnte sie auch einfach begraben«, sagte ich. »Das wird doch dauernd gemacht.«

»Gräber sind leicht zu identifizieren. Und Graben ist harte Arbeit, die ihre Zeit braucht. Tiere können die Leiche anknabbern, jemand kann dich dabei beobachten. Es gibt viele Möglichkeiten, entdeckt zu werden. Ich würde mich auf diese Methode nicht verlassen.«

Ich staunte darüber, daß sie auf diese gefühllos anmutende Weise über dieses Thema sprechen konnte. Schließlich war hier die Rede von ihrem eigenen Ehemann. So ist das wohl in ihrem Beruf, diese Arbeit stumpft ab, dachte ich. Ich fragte mich, wie mein Beruf mich wohl prägen mochte.

»Da könnte ich es mir schon eher vorstellen, die Leichen in Häusern, Flughäfen, Brücken und anderen Bauten einzumauern.«

»Denkst du an etwas Konkretes?« fragte ich neugierig.

»Stellen wir uns vor, der Mörder hätte ungehinderten Zugang zu einer großen Baustelle, wo Mauern gegossen werden. Als der Flughafen Gardermoen angelegt wurde, war unter den Startbahnen Platz für eine ganze norwegische Kleinstadtbevölkerung.«

Ich war skeptisch. »Zu viele Menschen, Wächter und andere Störelemente. Du würdest es höchstens einmal schaffen, wenn du bereit wärst, ein Risiko einzugehen. Aber fünfmal? Nie im Leben.«

»Es gibt nur einen Ort, an dem Menschenkörper verschwinden«, sagte Anna nachdenklich. »Und das passiert dort jeden Tag.«

Ich wußte, woran sie dachte. »Das Krematorium. Aber das kann ich mir nicht vorstellen. Da gibt es doch sicher jede Menge Kontrollmechanismen. Es kann doch wohl nicht jeder die Öfen anwerfen und loslegen?«

»Nein, das glaube ich auch nicht. Außerdem bleiben auch dabei Reste. Knochenreste. Durch DNA-Tests können die Toten leicht identifiziert werden. Solche Reste kann man natürlich auf irgendeine Weise loswerden. Aber ein Krematorium zu verwenden würde eine ganze Verschwörung erfordern. Und das glaube ich in unserem Fall nicht.«

Nein, das wäre unmöglich. Es wären zu viele Leute in die Sache verwickelt: Bestattungsunternehmer, Geistliche, Krematoriumsangestellte. Ich hatte übrigens einmal gelesen, daß die Gangster in Chicago zwei Leichen in ein Grab gepackt hatten. Sicher in Zeiten, wo es nicht genug Zement gab. Auch Betonschuhe wurden oft benutzt, um mißliebige Zeitgenossen aus dem Weg zu schaffen. Aber Tønsberg war nicht Chicago, und die dreißiger Jahre waren schon lange her.

»Ich habe Angst«, flüsterte Anna. Plötzlich kam sie mir wieder verletzlich vor. »Wer steht wohl als nächstes auf der Liste?«

»Du brauchst keine Angst zu haben«, murmelte ich beruhigend. Aber ich war mir alles andere als sicher. Die Erinnerung an den dunklen Lieferwagen machte mir zu schaffen. »Dieser Mensch hat es offenbar nur auf Männer in meinem Alter abgesehen.« Wobei ich Johnny Jensen außer acht gelassen hatte, der aus jeglichem Muster herausfiel. »Aber du mußt ja nicht unbedingt so wie gestern abends allein hier auf Husøy herumlaufen. Ein bißchen Vorsicht kann wirklich nichts schaden.«

Weiter kamen wir bei diesem Thema nicht. Andere

Aktivitäten waren vorrangiger. Ich konnte einfach nicht begreifen, daß die Frau, mit der ich hier im Bett lag, seit Jahren kein Sexualleben mehr gehabt haben sollte. Ich kannte mich mit Frauen noch immer nicht aus. Was aber wohl kein unlösbares Problem darstellte. In einzelnen Bereichen paßten wir gut zueinander.

Irgendwann im Laufe dieser Nacht wachte ich auf. Draußen fuhr ein Auto an. Es war noch immer ganz dunkel. Ich stieg leise aus dem Bett, ging vorsichtig in die Küche und starrte aus dem Fenster auf die Straße hinunter. Ich konnte gerade noch die Rücklichter eines Autos sehen, das um die Kurve verschwand. Eines dunklen Autos. Es konnte sich um einen Lieferwagen handeln.

Danach lag ich noch lange wach. Annas gleichmäßiger Atem beruhigte mich. Im Haus war alles still. Sicherheitshalber stand ich noch einmal auf und vergewisserte mich, daß alle Türen und Fenster geschlossen waren. Endlich schlief ich dann ein, total erschöpft.

Einige Stunden später wurde ich von einem schrillen Wecker aus dem Schlaf gerissen. Anna sprang auf.

»Ich hatte ganz vergessen, daß die Kinder noch vorbeikommen, ehe sie zur Schule gehen. Und sie sollten dich lieber nicht hier finden. Das verstehst du doch, oder?« Sie bedachte mich mit einem Blick, den ich als zärtlich interpretierte. Aber ich hatte mich schon häufiger geirrt.

»Ich bin gleich weg«, sagte ich ruhig und versetzte Hulda, die inzwischen aufs Bett gesprungen war, einen Tritt. »Vergiß das opulente Frühstück und mach, daß du zu deinen Patienten kommst. Bis dann. Nächstes Mal planen wir das alles besser.«

Falls es ein nächstes Mal geben würde. Solange wir dringliche gemeinsame Interessen hatten, konnte es klappen. Die Lage würde dagegen um einiges unsicherer werden, wenn wir dieses Mysterium irgendwann geklärt hätten. *Persönliche Beziehungen zu Mandantinnen sollten vermieden werden.* Meine Erfahrung besagte, daß es da ganz auf die Mandantin ankam. Beim Großteil von meinen war allein schon die Vorstellung ganz und gar unmöglich. Aber in diesem Fall hier würde ich die Ethikkommission der Anwaltskammer nicht um Rat bitten.

10

Ich hätte die Gelegenheit nutzen können, meinen Kollegen durch frühes Erscheinen in der Kanzlei einen Schrecken einzujagen. Ich widerstand dieser Versuchung und gönnte mir statt dessen, wie andere Morgenvögel auch, im Torgcafé ein solides Frühstück. Omelett, Speck, schwarzen Kaffee und gutes Roggenbrot. Draußen eilten die Leute zur Arbeit. Die Uhr ging auf neun zu. Wenn ich bei der Polizeiinspektorin eine Audienz erwirken wollte, dann war das genau der richtige Zeitpunkt. Sie kam immer pünktlich zur Arbeit und verbrachte zumeist die erste halbe Stunde damit, sich auf die an diesem Tag anliegenden Fälle vorzubereiten. Das alles wußte ich von früheren Begegnungen mit Anne Rønningen her. Obwohl sie meine Visage nicht ausstehen konnte, führte kein Weg an ihr vorbei. Ich mußte zu ihr, wenn ich das Interesse der Polizei wecken wollte. Eine Bitte, die ich an eine weiter unten in der Hierarchie sitzende Person richtete, würde früher oder später doch nur auf Rønningens Schreibtisch enden. Ich kannte sie noch vom Studium her. Später war ich dumm genug gewesen, sie in einer nächtlichen, feuchten Stunde abzuweisen, und sie hatte sich eingeredet, ich fände sie nicht anziehend, was absolut nicht stimmte. Sie war eine sehr attraktive Frau. Für mich vielleicht ein wenig zu streng. Und außerdem verheiratet.

Ich wartete nur wenige Sekunden, nachdem ich geklopft hatte, dann öffnete ich die Tür. »Guten Morgen«, sagte ich und versuchte, einen freundlichen Eindruck zu machen. »Ich dachte, daß ich dich zu keinem anderen Zeitpunkt hier antreffen würde. Hast du ein paar Minuten Zeit für mich?«

Sie betrachtete mich von Kopf bis Fuß, sagte jedoch nichts.

»Wenn du darauf bestehst«, erwiderte sie kurz. »Das muß ja etwas Besonderes sein, da du damit zu mir kommst.«

Ahnte ich hier eine leise Tendenz zur Selbstironie? Optimistisch sagte ich: »Es geht um mehrere Personen aus dieser Gegend, die als vermißt gemeldet worden sind. Hier verschwinden die Leute am laufenden Band. Die Namen kennt ihr ja.«

Ich lieferte ihr eine Kurzfassung der ganzen Sache, ohne Martin Backes Eskapaden zu erwähnen. Wenn Rønningen jemals in Erfahrung brächte, was in Marbella passiert war, dann würde ich alt aussehen. »Ich gehe also von der Möglichkeit aus, daß wir es hier nicht mit einzelnen Selbstmorden oder Menschen zu tun haben, die aus irgendwelchen Gründen abgetaucht sind«, endete ich. »Was meinst du?«

Sie war nicht im geringsten überrascht. »Bei uns hier sind nicht nur Schwachsinnige angestellt. Frau Löwes Anwaltswahl ist uns durchaus bekannt.« Sie musterte mich streng. »Solange du dich auf deinen eigenen Arbeitsbereich beschränkst, ist uns das alles recht. Aber Ermittlungen solltest du der Polizei überlassen.«

Wenn sie diesen kalten Ton anschlug, gefiel sie mir überhaupt nicht.

»Wir haben die Möglichkeit, die du da andeutest, auch schon bedacht«, bekannte sie jetzt. »Nach Erik Danielsens tragischem Ende haben wir uns alles noch einmal angesehen. Aber es gibt keinerlei Hinweise auf irgendein

Verbrechen. Es gibt zwischen diesen Fällen keinen greifbaren Zusammenhang, und wir können auch kein Motiv entdecken.« Sie schaute mich weiterhin mit ernster Miene an. »Sämtliche Angehörigen sind ausgiebig vernommen worden. Du kannst dich auf uns verlassen. Es gibt keine Grundlage für neue Theorien. Allem Anschein nach haben wir es hier mit persönlichen Tragödien zu tun. Und irgendwann werden wir die Antworten erhalten. Geduld ist wohl nicht gerade deine starke Seite?«

Ich ignorierte diesen Sarkasmus. Besonders originell war er außerdem nicht. »Ist Danielsen noch immer nicht gefunden worden?« fragte ich unschuldig.

»Nein, aber wir haben uns bei Fachleuten nach den Strömungsverhältnissen erkundigt. Offenbar gibt es für alles eine natürliche Erklärung. Er kann von der Unterströmung aus dem Fjord hinausgetragen worden sein. Vermutlich wird sein Leichnam gefunden werden, wenn er in einigen Wochen an die Oberfläche steigt.« Sie musterte mich über den Rand ihrer eleganten Hornbrille hinweg. »Es wäre uns sehr lieb, wenn du seine Familie in Ruhe lassen könntest. Sie haben genug durchgemacht und nichts zu erzählen. Du kannst das als Befehl betrachten«, fügte sie mit scharfer Stimme hinzu.

»Was ist mit den anderen?« fragte ich und merkte, daß meine Gereiztheit zunahm. Dieses Gespräch würde ebenso enden wie unsere früheren Konfrontationen. »Johnny Jensen, zum Beispiel. Was ist aus dem geworden? Der hat sich ja wohl nicht einfach in Luft aufgelöst!«

Damit hatte ich einen wunden Punkt getroffen. In diesem Fall hatten sie offenbar miserable Arbeit geleistet. In Wirklichkeit hatten sie erst ernsthafte Ermittlungen eingeleitet, als die Zeitungen sich für den verschwundenen Jungen zu interessieren begannen. Doch da war es schon zu spät. Zeugen vergessen schnell. Und Spuren werden kalt.

»Du mußt mich entschuldigen. Ich habe wirklich Wichtigeres zu tun, als mich mit dir zu streiten«, sagte sie mit spitzer Stimme. »Falls du etwas Neues herausfindest, gut. Wir sind von Tips aus der Öffentlichkeit abhängig. In diesem Zusammenhang giltst du als Öffentlichkeit, nicht mehr und nicht weniger. Wenn du keine konkreten Informationen hast, können wir auf deine Phantasien verzichten. Und eins sage ich dir«, jetzt regte sie sich wirklich auf. »Wenn du uns noch einmal ins Handwerk pfuschst, dann wirst du Schwierigkeiten bekommen. Ernsthafte Schwierigkeiten.«

Ich zweifelte nicht daran, daß Frau Rønningen mich gern zum Laufburschen degradiert hätte. Ich seufzte und erhob mich. »Schade, daß du so mißtrauisch bist. Vielleicht ist das hormonell bedingt.« Ich ging rückwärts aus ihrem Büro, ehe sie mir etwas an den Kopf werfen konnte. Mein letzter vergleichbarer Konflikt mit Rønningen lag zwei Jahre zurück. Und die Zeit des Friedens hatte ich im Grunde zu schätzen gewußt.

Auf dem Weg zum Ausgang schaute ich noch bei Wilhelm Mørk vorbei. Er sah aufreizend morgenmunter aus. Ich fühlte mich schon erschöpft, und dabei war es noch keine zehn Uhr vormittags. Es würde ein kurzer Arbeitstag werden.

»Ich habe versucht, Rønningens Interesse zu wecken. Aber sie scheint von meinen Ideen nichts zu halten.« Ich schloß hinter mir die Tür. »Ich habe eine Art Theorie.« Ich faßte meine Gespräche mit den Angehörigen zusammen. Ich erwähnte jedoch nicht, daß eins davon im Ehebett stattgefunden hatte. In einem fremden Ehebett. »Vielleicht ist die Slottsfjellschule ja der rote Faden, den wir suchen«, fügte ich nachdenklich hinzu. »Oder wie siehst du das?«

»Tja. Solange wir nichts Besseres haben, solltest du diese Möglichkeit einmal näher betrachten. Aber sie klingt nicht gerade überzeugend.« Er schaufelte mir einen Platz frei. »Setz dich einen Moment. Dir fehlt das Wichtigste: das Motiv. Bei Verbrechen geht es normalerweise um eins von drei Dingen, das müßte ein Mann von deiner Erfahrung doch wissen: Sex, Geld und Macht. In dieser Reihenfolge.«

»Du hast etwas vergessen«, warf ich ein. »Rache. Und den puren Zufall. Nicht immer wird alles geplant.«

»Stimmt. Aber Rache ist das Resultat von etwas anderem. Und den Zufall kannst du vergessen. Hier kann es sich nur um genau geplantes Vorgehen handeln.« Er lockerte seinen Seidenschlips. »Also, mal sehen. Fällt dir irgend etwas auf, wenn du dir die Verschwundenen ansiehst?«

»Sicher. Mit einer Ausnahme sind es alles Männer in den Vierzigern. Sozial und finanziell gesehen gibt es ziemliche Unterschiede. Aber keiner hat einen kriminellen Hintergrund, zumindest unseres Wissens nach nicht. Keine besonderen Interessen, abgesehen von den UFOs. Aber die müssen doch als unschuldiger Zeitvertreib durchgehen. Hab ich etwas vergessen?«

»Dieser Lehrer, Jonas Hval. Kann der ein verkappter Schwuler gewesen sein?«

»Wäre nicht unmöglich. Aber seine Eltern streiten das ab.«

»Der Junge, der als erster verschwunden ist, könnte diese Veranlagung doch geteilt haben.«

Ich wußte, worauf er hinauswollte. »Meines Wissen trifft das auf die drei anderen aber nicht zu«, wandte ich nachdenklich ein. »Die scheinen doch ein normales Leben geführt zu haben.«

Was vielleicht nicht ganz stimmte. Sten Löwe hatte jahrelang eine platonische Beziehung zu seiner Frau unterhalten. Was aber nichts heißen mußte. Offenbar hatte er ja aushäusig ein erfülltes Sexualleben genossen. Und ich war gerade dabei, seinen Harem durchzutesten. Bei ihm hatte es sich wohl vor allem um gewöhnliche heterosexuelle Aktivitäten gedreht. Aber ich irrte mich ja dauernd.

»Sten Löwe war ein Frauenheld«, sagte ich und versuchte, meine Stimme normal klingen zu lassen. »Das wissen wir. Er hatte überall Freundinnen. Aber ich glaube nicht, daß er auch Freunde hatte.«

»Das kannst du nicht wissen. Erik Danielsen war auch so ein Typ, nur mehr macho«, dozierte Mørk weiter. »Körperfixierte Sportskanone. Jede Menge Frauen. Angeblich hatte er sich ausgefallene Vorlieben zugelegt.« Er ignorierte das Rauchverbot und steckte sich eine seiner stinkenden französischen Zigaretten an. »Es gibt allein hier in der Stadt schon allerlei Mannsbilder, die Danielsen gern durch die Mangel gedreht hätten. Er war ein echter Schürzenjäger.« Mørk musterte mich mit seinem scharfen Polizistenblick. Ich hätte mich fast getroffen gefühlt. »Nachdem er alles, was sich hier in der Gegend so bot, aufs Kreuz gelegt hatte, ist er offenbar auf den Geschmack von raffiniertem Sex gekommen; mehr weiß ich leider auch nicht. Und bestimmt ist er deshalb nach Oslo gezogen. Aber dort hat er dann seine jetzige Frau kennengelernt«, fügte er ironisch hinzu. »Nach so einer langen Phase in freier Wildbahn war es sicher schwer für ihn, ins Familienleben mit seinen begrenzten Möglichkeiten zurückzukehren, oder was meinst du?«

»Schau mich nicht an«, erwiderte ich genervt. »Darüber weiß ich nichts. Sprich für dich selber.« Auch Wilhelm Mørk war einmal verheiratet gewesen. Er wurde nicht gern daran erinnert. »Und was diesen Journalisten angeht, so kann ich da kaum ein Sexmotiv erkennen. Aber man weiß ja nie. Seine Frau scheint ziemlich dominierend zu sein. Und der Typ ist doch seit zwanzig Jahren mehr oder weniger in Alkohol eingelegt gewesen.« Keine gute Kombination.

»Ich werde jemanden von der Sitte darauf ansetzen«, sagte Mørk langsam. »Aber ich fürchte, das ist alles längst schon gründlich überprüft worden.«

Fredriksen, Frydenberg und Foyn bildeten unvermeidlicherweise an diesem Tag den nächsten Programmposten. Ich konnte Frau Svendsens Falkenblick gerade noch entgehen, als ich die Tür aufschloß. Mein Schreibtisch quoll über von Mitteilungen und Mahnungen. Vor allem die mit dem roten Rand interessierten mich nur mäßig. Ich seufzte und machte mich ans Aufräumen. Hier war Arbeit angesagt.

Eigentlich war es befreiend, den Kopf zur Lösung von vorhersagbaren juristischen Konflikten zu benutzen. In der Hoffnung, meine Versäumnisse weitgehend aufholen zu können, hatte ich Frau Svendsen gebeten, keine Anrufe zu mir durchzustellen. Dennoch blökte das Telefon wütend los. »Svend, da ist eine Dame, die unbedingt mit dir sprechen will.«

»Hast du nicht gesagt, daß ich beschäftigt bin?«

»Doch, aber sie läßt sich nicht abwimmeln.«

»Und wer ist es?« fragte ich resigniert.

»Sie hat sich nicht vorgestellt. Sie spricht Englisch. Aber ich glaube, es ist eine Deutsche.«

Das konnte ich natürlich nicht ignorieren. »Stell sie durch.«

»Svend Foyn? Hier ist Sabine.« Mehr sagte sie nicht, sondern überließ mir die Initiative. Das hatte mir gerade noch gefehlt. Nachdem ich von der Vergangenheit mehr als nur heftig eingeholt worden war, reichte es, daß ich mich mit Anna Löwe zurechtfinden mußte.

»Ich habe darauf gewartet, daß du dich meldest«, sagte sie schließlich. Ihre Stimme war genau wie in meiner Erinnerung. Tief und sinnlich. Für einen Moment saß ich wieder in ihrer großen, gemütlichen Wohnung in Berlin.

»D-d-du wolltest doch anrufen, oder nicht? Ich dachte, du hättest mich schon vergessen.«

Sie lachte. »Ich habe ein ausgezeichnetes Gedächtnis. Bald komme ich zu Besuch. Du weißt doch noch, daß du mich eingeladen hast?«

Ich hatte absolut nichts vergessen. »Du kannst es dir ja leichter machen als ich und einfach klingeln«, sagte ich. »Meine Adresse hast du ja.« Ich hätte gern gewußt, warum sie wirklich anrief.

»Ist Sten wieder aufgetaucht?« Das also hatte sie auf dem Herzen. Ich erlitt sofort einen Eifersuchtsanfall. »Nein, es g-g-gibt nichts Neues«, erwiderte ich und konnte meinen Ärger nicht ganz verbergen. »Du hast also auch nichts von ihm gehört?«

»Nein. Aber mir ist noch etwas eingefallen.« Sie legte eine Pause ein. »Es ist sicher nicht weiter wichtig. Aber ich wollte es dir trotzdem mitteilen.«

»Dann raus damit«, sagte ich erfreut. »Bisher hat Herr Löwe nicht die geringste Spur hinterlassen.«

Eigentlich vermißte ich den Burschen auch nicht. Sollte er in lebendigem Zustand wieder auftauchen, würde das für mich Probleme mit sich bringen. In meinem eigenen Interesse sollte ich die Suche bald einstellen. Irgendwo gab es auch für meine Menschenfreundlichkeit eine Grenze.

»Sten hat erzählt, daß er einmal das Gefühl hatte, beschattet zu werden, daß jemand ihm folgte. In Norwegen, meine ich«, fügte sie hinzu. »Wir hatten darüber gesprochen, ob man sich in Kreuzberg unbesorgt auf die Straße trauen kann. Und da hat Sten erwähnt, daß er ein paarmal jemanden hinter sich gesehen hat, wenn er abends seinen Spaziergang machte. Er hat darüber gelacht. Und ich habe es damals für einen Witz gehalten. Aber dann, nachdem du hiergewesen warst, habe ich noch mal darüber nachgedacht. Kann es etwas bedeuten, was meinst du?«

»Das ist durchaus nicht unmöglich. Hat er noch mehr erzählt? War es ein Mann oder eine Frau?«

»Das wußte er nicht. Es war ein Auto, es fuhr einfach langsam hinter ihm her. Er glaubte, dieses Auto mehrere Male gesehen zu haben. Mehr hat er nicht gesagt. Er hat es nicht ernst genommen. ›Warum sollte mich denn jemand verfolgen?‹ fragte er, und dann hat er gelacht.«

»Er hat nichts über Farbe oder Automarke gesagt?«

»Nein. Ich habe ihn auch nicht gefragt. Und jetzt ist es zu spät.« Sie hörte sich traurig an. War sie denn nicht stocksauer auf Sten Löwe gewesen? Aber ich mußte ja zugeben, daß der Mann möglicherweise außerstande war, mit ihr Kontakt aufzunehmen.

»Gut, daß du angerufen hast, Sabine«, sagte ich. »Ich meine, es war nett, mit dir zu reden.« Mein Deutsch ließ ein wenig zu wünschen übrig. »Du bist in T-t-tønsberg willkommen. Jederzeit.«

Wieder lachte sie. »Vielleicht komme ich früher, als du ahnst. Ich entscheide mich immer schnell. Und dann mache ich, was mir gerade in den Sinn kommt. Aber das weißt du sicher schon ... Tschüs also. Bis die Tage.«

Sie hatte aufgelegt, ehe ich noch mehr sagen konnte. Es war wirklich erstaunlich. Der düstere Dezembertag kam mir mit einem Schlag um einiges lichter vor. Wenn die Entwicklung in diesem Stil weiterging, dann würde ich früher oder später mit den abgelegten Damen des Oberarztes logistische Probleme bekommen. Vielleicht sollten sie sich zusammensetzen. Und dann müßte ich wohl Vibeke Lassen in die Gemeinschaft aufnehmen. Wenn ich das richtig verstanden hatte, hatte ihr Exmann die Verantwortung für den Versicherungsschwindel auf sich genommen. Wenn sie dem Staatsanwalt tief genug in die Augen schauen könnte, würde sie einer Verurteilung vielleicht entgehen.

Danach blätterte ich in Mørks Ordnern. Bei Johnny Jensens Familie hatte ich mich noch nicht gemeldet. Das mußte ich noch tun. Nur deprimierte es mich, Menschen zu begegnen, die schon so lange mit Sehnsucht und Unsicherheit leben mußten. Fünf Jahre ohne Spur oder ein Lebenszeichen von einem Kind. Daß so etwas wirklich passieren konnte, machte mir eine Höllenangst. Meine Tochter würde bald so alt sein, wie Johnny bei seinem Verschwinden gewesen war. Wie konnten Eltern so etwas überleben?

Am liebsten hätte ich auch mit Erik Danielsens junger Witwe gesprochen. Mich interessierte dieser Lieferwagen. Ich mußte über Mørk in Erfahrung bringen, ob Erik Danielsen oder jemand in seiner Familie einen solchen Wagen erwähnt hatte. Eine innere Stimme sagte mir, daß Rønningen es ernst mit ihrem Rat gemeint hatte, ich solle die Finger von weiteren Ermittlungen lassen. Es ist gefährlich, sich mit den Familien von Polizeiangehörigen anzulegen. Was jeder Gauner wußte. Und was auch ich mir zu Herzen nehmen sollte.

Ich teilte Frau Svendsen mit, daß ich zu wichtigen Terminen das Haus verlassen müsse, steckte die Alibidokumente ein, die ich immer mit mir herumschleppte, um mein Gewissen zu beruhigen, weckte Hulda und machte mich auf den Heimweg. Die alten Jensens wohnten in Tolvsrød, nur einige wenige Kilometer von der Tønsberger Innenstadt entfernt. Es war noch keine drei Uhr nachmittags, aber es wurde schon dunkel. Ich würde noch zwei Stunden auf dem Sofa einschieben können, ehe ich mich an die Besuchsrunde machte. Schließlich erforderte es die Höflichkeit, die Leute nach dem Essen erst einmal verdauen zu lassen.

Das Haus mußte zur ganz alten Bebauung von Tolvsrød gehören, einem Ort, der ansonsten von Neubausiedlungen geprägt war. Es lag für sich, am Ende einer Sackgasse, auf einem großen, schattigen Grundstück. Es war idyllisch gelegen, sehr nahe am Meer, nur wenige Autominuten zur Stadt. Aber das Haus sah traurig aus. Die Vorhänge waren geschlossen, und in den Fenstern standen keine Blumen. An das Wohnhaus war irgendwann eine Garage angebaut worden. Das Auto, das vor dem Haus stand, konnte fast schon als Oldtimer durchgehen. Ein glänzend sauberer Käfer, etwa Baujahr 1960. Ein Wagen mit Sammlerwert. Er dürfte eigentlich gar nicht unter freiem Himmel stehen. Solche Oldtimer müssen pfleglich behandelt werden. Ein hoher Maschendrahtzaun umgab das Grundstück. Das Tor war seltsamerweise nicht abgeschlossen. Ich registrierte das Schild mit der Mitteilung, daß weder Hausierer noch Prediger oder Politiker mit sonderlich freundlichem Empfang rechnen konnten. Neugierige Anwälte waren darauf nicht erwähnt. Hulda lief glücklich zwischen den Bäumen hin und her.

Ich klingelte. Lange. Keine Reaktion. Aber ich hatte das Gefühl, daß ich beobachtet wurde. Kleine Bewegungen hinter dem Vorhang deuteten an, daß das Haus nicht leer war. Als ich schon aufgeben wollte, um später noch einen Versuch zu machen, wurde die Haustür geöffnet. Der Mann, der oben auf der Steintreppe stand und mich musterte, strahlte Ruhe und die Stärke norwegischen Granits aus. Er war ein kräftiger, gutgebauter Mann, der die Sechzig schon um einiges überschritten hatte, das wußte ich. Er kam mir jünger vor. Er trug einen sauberen blauen Overall. Er sagte kein Wort, stand nur felsenfest dort und betrachtete mich mit ausdrucksloser Miene.

»Mein Name ist Foyn«, stellte ich mich vor. »Svend Foyn. Ich bin Rechtsanwalt.«

»Das weiß ich. Die Polizei hat mich schon gewarnt. Die sagten, daß Sie eine Art Untersuchung anstellen. Und ich sollte einen Bogen um Sie machen.« Sein Singsang wies darauf hin, daß seine Wiege irgendwo in Nordnorwegen gestanden hatte. Die Aussprache von Vestfold hatte sich nicht durchsetzen können.

»Was haben sie sonst noch gesagt?« fragte ich und merkte, wie sehr ich mich ärgerte. »Sie haben wohl nicht zufällig erwähnt, daß sie selber ziemliche Patzer gebaut haben?«

»Sie haben nur gesagt, ich sollte mir keine falschen Hoffnungen machen.« Er ballte die Faust. Ich konnte die Kraft seiner Hände ahnen. »Wegen Johnny, meine ich. Daß er wieder auftaucht.«

»Hören Sie«, sagte ich und bemühte mich, meine Aggressionen unter Kontrolle zu halten. Ich hätte nicht erwartet, daß Rønningen so weit gehen würde. »Gewissen Leuten bei der Polizei paßt es nicht, daß ich mich in etwas einmische, was mich ihrer Ansicht nach nichts eingeht. Aber ehrlich gesagt ist mir das egal. Ich versuche, meiner Kundschaft zu helfen. Eine Mandantin hat eben erst ihren Mann verloren. Er ist einfach verschwunden, so wie Ihr Sohn.« Ich machte einen Schritt auf die Treppe zu. »Darf ich ins Haus kommen? Ich würde Ihnen gern ein paar Fragen stellen. Es dauert nicht lange.« Er kam mir auf reservierte Weise sympathisch vor. Und seine Skepsis konnte ich verstehen.

»Ja, ja. Ich hab jede Menge Zeit.« Er öffnete die Tür und reichte mir die Hand. »Frank Jensen.«

»Freut mich, Sie kennenzulernen«, sagte ich und konnte ein Stöhnen gerade noch unterdrücken, als er meine Hand zusammenpreßte.

»Der Hund kann gern mit hereinkommen«, sage er überraschend freundlich. Seine riesigen Pranken wirkten fast zart, als er Hulda vorsichtig über den Kopf streichelte. »In diesem Haus ist immer schon Platz für Hunde gewesen.«

Frank Jensen führte mich in ein großes, üppig möbliertes Wohnzimmer. Familienbilder an den Wänden, Bücherwand, Sitzgruppe wie aus dem Versandhauskatalog, Eßecke. Fernseher aus Teak. Ein ganz normales Zuhause. Aber es wirkte nicht wohnlich. Ich schaute mich um. Die Blumen fehlten. Im ganzen Zimmer war nicht eine einzige Blume zu sehen.

»Möchten Sie einen Kaffee? Ich habe schon auf Sie gewartet«, sagte er leise. »Ich wußte, daß Sie kommen würden.« An der Wand, über seinem Kopf, hing ein großes Jesusbild. Ich fand, daß sie einander ähnlich sahen.

Die Kaffeekanne stand schon auf dem Couchtisch. Eine

Thermoskanne. Kleine hübsche Tassen, die in seiner Faust verschwanden.

»Milch und Zucker?«

»Nein, danke«, sagte ich. »Schwarz und pur.«

Wir tranken schweigend. Das einzige Geräusch im Zimmer stammte von einer großen Wanduhr, deren Pendel ein scharfes, rhythmisches Geräusch machte. Er folgte meinem Blick. »Die stammt von meinem Vater. Mein einziges Erbstück von ihm. Sonst kann ich Ihnen leider nichts anbieten«, fügte er hinzu und schaute mich mit überraschend wachem Blick an. »Seit Alfhild tot ist, sieht es damit nicht gut aus. Für Bewirtung war immer sie zuständig.«

Ich hatte sofort ein schlechtes Gewissen. Ich kam mir vor wie ein Eindringling. »Ihre Frau?« fragte ich. »Sie ist tot? Das wußte ich nicht. Es tut mir leid, das zu hören.«

»Sie hat mich im vergangenen Frühling verlassen.« Er verstummte wieder. »Sie hatte nichts mehr zu geben«, erklärte er dann unaufgefordert.

»Es tut mir wirklich sehr leid«, sagte ich. »Sie wissen, warum ich gekommen bin. Ich würde Ihnen gern einige Fragen stellen, wenn Ihnen das nicht zuviel ausmacht. Ist Ihnen das recht?«

»Sicher. Fragen Sie nur. Ich werde antworten, so gut ich kann.«

»Die anderen, die verschwunden sind«, begann ich. »Haben Sie von denen jemanden gekannt?« Wieder ging ich die Liste durch.

»Was heißt schon gekannt. Ich habe keine Ahnung, wer dieser Lehrer war. Dr. Löwe bin ich einmal begegnet. Er war Schularzt. Dieser Journalist«, er schüttelte den Kopf. »Ich habe seinen Namen in der Zeitung gelesen. Aber ich habe ihn nicht gekannt. Und dieser Polizist, Danielsen, den habe ich einmal bei der Polizei getroffen, gleich, nachdem Johnny verschwunden war.«

»Das ist wichtig«, sagte ich ernst. »Kann einer von denen irgend etwas mit Johnny zu tun gehabt haben?«

Er schüttelte schweigend den Kopf. »Nicht, daß ich wüßte.«

Diese Eiterbeule schien sich einfach nicht aufstechen zu lassen. Niemand wußte etwas. Etwas an Frank Jensen deprimierte mich. Ob Tragödien ansteckend wirken können?

»Sie kennen Erik Danielsens Vater, habe ich gehört. Über den Sport, oder?«

»Das stimmt. Allerdings nicht sehr gut. Aber ich weiß zumindest, wer er ist. Wir hatten im Verein ein bißchen miteinander zu tun. Doch das war früher. Das ist vorbei.«

»Ich würde gern hören, wie das war, als Johnny verschwunden ist«, sagte ich. »Und zwar von Ihnen, wenn es Ihnen nicht zuviel ausmacht, darüber zu reden. Ich habe natürlich die amtlichen Unterlagen über sein Verschwinden gelesen«, fügte ich hinzu.

»Da gibt es nicht viel zu sagen. Er ist wie immer morgens um acht zur Schule aufgebrochen. Das war ein Donnerstag. Es war Donnerstag, der erste Dezember 1993. Den Tag werde ich nie vergessen. Er ist mit dem Rad gefahren. Die Straße war eisfrei, und es war nicht besonders kalt. Alfhild war zu Hause, sie hatte in dieser Woche Spätdienst. Sie hat im Krankenhaus gearbeitet. Als Krankenschwester. In der Lungenabteilung. Sie war sehr tüchtig, meine Alfhild. Und alle im Krankenhaus hatten sie gern, wirklich.« Sein Gesicht war ganz und gar ausdruckslos. »Ich war schon zur Arbeit gegangen, als Johnny losfuhr. Damals haben wir ihn zum letzten Mal gesehen.«

»Erzählen Sie mir von Johnny«, bat ich. »Was war er für ein Junge?«

Ich schaute zu den Familienbildern an der Wand hoch. Johnny war gut vertreten: als Säugling, als kleiner Schuljunge, als ernster Konfirmand. Seine roten Locken, die Sommersprossen und die abstehenden Ohren sorgten dafür, daß er leicht zu erkennen war. Wegen seines schmächtigen Körpers hatte er keine große Ähnlichkeit mit seinem Vater.

Aber die roten Haare, die auffallenden Ohren und das Grübchen im Kinn hatten sie beide. Die Locken des Vaters waren etwas spärlicher. Aber er hatte eine seltsam glatte, fast faltenlose Haut.

»Johnny hatte es nicht immer leicht. Aber er war ein lieber Junge. Wirklich lieb, nicht nur uns gegenüber. Auch zu den Nachbarn, zu Kindern und vor allem zu Tieren. Er hat Tiere geliebt, unser Johnny.«

»Aber er hatte in der Schule Probleme, nicht wahr?«

Der Vater nickte düster. »Er hatte Probleme mit dem Lesen und dem Schreiben, und das lieben die Lehrer überhaupt nicht, das kann ich Ihnen sagen. Aber als er dann auf die Berufsschule kam, ging es besser. Er hat gern gezeichnet. Und das konnte er auch gut. Ich glaube, er hatte Talent.«

Frank Jensen zeigte auf einige gerahmte Kohlezeichnungen an der Wand. Schlichte, naive Skizzen. Aber mit gutem Strich. Der Vater hatte recht. Der Junge war ein begabter Zeichner gewesen.

»Er ist wohl spät eingeschult worden?« fragte ich. »Johnny war doch älter als die anderen in der Klasse?«

»Ja. Der Schulpsychologe meinte, er sollte noch ein Jahr warten. Aber das war kein guter Rat. Er verlor den Kontakt zu den anderen Kindern aus der Nachbarschaft, zu denen, die er kannte.« Er seufzte fast unhörbar. »Und die Schule war uns keine große Hilfe, nein.«

Wir tranken noch mehr Kaffee. In wenigen Worten hatte der Vater auf seltsam klare Weise Johnnys Tragödie dargestellt. Den schulischen Teufelskreis: schlechte Voraussetzungen, noch schlechtere Schulerfahrungen, negative Reaktionen von Lehrern und Schülern. Das Problem mit diesen Systemen ist, daß sie nur den Starken, Privilegierten die richtigen Reaktionen entlocken können. Johnny Jensen und seine Eltern gehörten nicht dazu. Und sie waren nicht die einzigen.

»Was ist mit Freunden?« fragte ich nach langem Schweigen. »Oder Freundinnen?«

Frank Jensen sah mich an. Wieder zeigte er diesen fernen, ausdruckslosen Blick, schien er sich in einer anderen Welt zu befinden, weit von meiner Wirklichkeit entfernt. »Er hatte niemanden. Er hatte nur uns hier zu Hause. Und seinen Hund. Soll ich Ihnen sagen, woher ich weiß, daß Johnny nicht einfach durchgebrannt ist?« Die Frage kam mit unerwarteter Intensität. Er redete weiter, ohne meine Antwort abzuwarten. »Er hätte niemals Dolly verlassen, seinen Boxer. Da bin ich mir sicher. Aber der Polizei ist so was egal. Die haben keinen Finger gerührt. Die haben nur mit diesen Fachleuten geredet.« Er schwieg lange, dann fügte er hinzu: »Und Dolly, die hat furchtbar gelitten. Wollte nichts essen, hat nur auf der Treppe gesessen und auf Johnny gewartet. Am Ende mußten wir sie zum Tierarzt bringen. Sie ist an ihrer Trauer gestorben, die Dolly.«

Die Botschaft war kristallklar. Nur, wer selber ein Tier hat, begreift, was die Beziehung zu einem Tier für einen Menschen bedeuten kann. Für mich klang das alles überzeugend. Aber ein Beweis war es nicht.

»Und was ist mit Ihrer Frau?« fragte ich. »Wie hat sie das aufgenommen?«

»Es hat sie kaputtgemacht. Sie hat fast vier Jahre durchgehalten. Und in dieser Zeit haben wir alle unsere Energie und unser Geld aufgebraucht, um nach Johnny zu suchen. Wir waren überall. In Oslo, Kopenhagen, London, Amsterdam. In allen Ferien sind wir losgefahren. Wir hatten nicht viel Geld, deshalb mußten wir im Auto übernachten. Wir haben Bilder und Zeichnungen gezeigt, haben gebohrt und gefragt.« Er schüttelte den Kopf. »Für ein solches Leben ist eine starke Gesundheit nötig. Und Alfhild war nicht so stark. Am Ende mußte sie die ganze Zeit Tabletten nehmen. Für sie war das alles zuviel.«

»Haben Sie nie irgendeine Spur von ihm gefunden?«

»Doch, wir haben mehrere Male geglaubt, wir hätten ihn gefunden. Und jede Enttäuschung war dann eine schlimmere Qual. Am Ende konnten wir nicht mehr. Wir haben alles zusammengekratzt, was wir noch hatten, und haben Privatdetektive beauftragt. Wir hatten nur noch das Haus. Aber wir wollten es nicht verkaufen, solange Alfhild noch lebte.« Wieder verstummte er. »Auch die Privatdetektive haben nichts gefunden. Haben nur einen Haufen Theorien aufgestellt.«

»Was glauben Sie selber?«

»Er muß entführt worden sein. Johnny war so vertrauensselig. Er kann auf jemanden hereingefallen sein, der um Hilfe gebeten hat. Ich habe keine andere Erklärung.« Der riesige Mann kam mir plötzlich hilflos und verletzlich vor. »Wir haben alles versucht.«

Jetzt kam das Schwierige. »Haben Sie ...« Es fiel mir schwer, diese Frage zu formulieren. »Wäre es möglich, daß Johnny homosexuell war, insgeheim, meine ich? Daß er homosexuelle Freunde gehabt haben kann?«

Sein Vater reagierte überraschend gelassen. Sicher war ihm diese Theorie nicht neu. »Wir haben uns auch das überlegt. Wir haben uns alles überlegt. Es hätte keine große Rolle für uns gespielt, wenn wir ihn nur hätten behalten dürfen. Aber so war er nicht. Er war ein ganz normaler Junge, er konnte nur nicht so gut lesen und schreiben. Aber das ist ja wohl kein Verbrechen?«

Ist es nicht. Es wird nur so behandelt. »Und Drogen? Könnte er an Drogen geraten sein?«

Der Vater starrte mich mit einem so durchbohrenden Blick an, daß ich zusammenzuckte. »Ich verstehe ja, daß Sie danach fragen«, antwortete er dann langsam und ruhig. »Das hat die Polizei auch getan. Aber Johnny war ein einfacher Junge. Er wußte kaum, was Drogen überhaupt sind.«

Das hörte ich nicht zum ersten Mal. Aber Frank Jensen kam mir vor wie ein Realist. Vielleicht hatte er recht. Niemand konnte schließlich die Wahrheit besser wissen als er.

»Sie wissen das sicher am besten«, sagte ich neutral.

Ich fragte mich, wieviel ich über meine Theorien erzählen sollte. Ich wollte keine falschen Hoffnungen wecken. Aber Frank Jensen hatte mehr als alle anderen eine klare Auskunft verdient. Außerdem war es doch möglich, daß er, ohne es zu wissen, über irgendeine Information verfügte, die mir weiterhelfen könnte.

»Ich glaube, die Erklärung für diese Tragödie könnte mit der Slottsfjellschule zu tun haben«, sagte ich dann langsam. »Alle Vermißten standen auf irgendeine Weise mit dieser Schule in Verbindung. Fällt Ihnen dazu etwas ein?«

Für einen Moment verzog sein verschlossenes Gesicht sich fragend. »Die Slottsfjellschule?« Dann schüttelte er den Kopf. »Nicht, daß ich wüßte. Aber daran hab ich noch nie gedacht. Was wollen Sie denn unternehmen?«

Gute Frage. »Ein bißchen rumschnüffeln«, antwortete ich vage. »Mich bei der Polizei erkundigen, mit Lehrern reden, die Schulprotokolle durchsehen, in Zeitungen stöbern.« In Wirklichkeit war das eine fast hoffnungslose Aufgabe. Ich hatte keine Ahnung, wonach ich Ausschau halten sollte.

»Ich kann Ihnen helfen«, sagte Frank Jensen plötzlich. »Egal, mit was. Ich habe Zeit. Wirklich. Ich habe Zeit genug. Jetzt suche ich schon seit fünf Jahren, da kann ich auch noch eine Weile weitermachen.«

Ich überlegte. Es fiel mir schwer, den Mann abzuweisen. Und ich konnte wirklich einen Assistenten brauchen, der nach meinen Anweisungen die Grobarbeiten ausführte. Außerdem hatte er die beste Motivation der Welt. Und die Polizei würde Frank Jensen keinen Ärger machen. Dazu war die Lage zu brisant. Ihr kläglicher Einsatz nach Johnnys Verschwinden war ein häßlicher Fleck auf ihrer weißen Weste. Nachdenklich musterte ich den Mann, der mir da gegenübersaß. Er sprach ruhig und kontrolliert, doch die Verzweiflung hatte seine Stimme geprägt. Er wußte zweifellos, was es für ein Gefühl ist, mit dem Kopf gegen Mauern anzurennen.

Er schien meine Gedanken gelesen zu haben. »Jeden Morgen«, sagte er leidenschaftslos, »wirst du wach und hoffst, daß der Alptraum ein Ende hat. Daß Johnny in seinem Bett liegt. Daß alles wie früher ist. Wenn jemand kommt oder das Telefon klingelt, wartest du auf Nachrichten. Auf gute oder schlechte.« Er verstummte. »Können Sie sich vorstellen, was das mit uns angerichtet hat?« Er rechnete nicht mit einer Antwort. »Alfhild ist daran gestorben.«

Es war unmöglich, sein Hilfsangebot abzulehnen. »Wenn Sie das wirklich wollen, dann bin ich Ihnen dankbar. Aber ich wollte Sie noch etwas fragen«, sagte ich und wechselte das Thema. »Angeblich ist im Zusammenhang mit Erik Danielsens mutmaßlichem Selbstmord ein Lieferwagen beobachtet worden. Ein verdächtiges Fahrzeug, das offenbar auch Sten Löwe vor seinem Verschwinden gesehen hat. Können Sie sich erinnern, ob auch bei Johnny damals solche Beobachtungen gemacht worden sind?«

»Nicht, daß ich wüßte. Natürlich kann ich mich nicht an alles erinnern. Ich glaube aber nicht, daß so etwas erwähnt worden ist.«

»Das muß nichts zu bedeuten haben«, sagte ich abwiegelnd. »Aber Sie könnten mir wirklich so bald wie möglich einen Gefallen tun«, fügte ich hinzu. »Sie könnten zum *Tønsbergs Blad* fahren und die letzten sechs Zeitungsjahrgänge durchgehen. Die sind alle auf Mikrofilm gespeichert. Ich brauche Kopien aller Artikel, die etwas mit der Slottsfjellschule zu tun haben. Nachrichten, Reportagen, Interviews, egal, was. Ich rufe dort an und sage denen, daß die Rechnungen für die Kopien an mich gehen sollen. Sagen Sie einfach Bescheid, wenn Sie so weit sind.«

Ich gab ihm meine Karte. Ich war froh darüber, daß ich diese Aufgabe delegieren konnte. Es war anstrengend genug, jeden Tag die aktuelle Zeitung zu lesen.

»Möglicherweise müssen wir noch weiter in der Zeit zurückgehen. Das werden wir dann ja sehen.«

Ich war froh, als ich das Haus verlassen konnte. Im Gegensatz zu Hulda. Die hatte sich inzwischen das ganze Anwesen erschnüffelt.

»Gibt es hier Katzen?« fragte ich Frank, als wir auf der

Treppe standen. »Der Hund ist ja total außer sich! Für Hulda gibt es nichts Schöneres als so eine richtige Katzenjagd.«

»Ich hab keine Tiere. Wir wollten keinen neuen Hund, nachdem wir Dolly einschläfern lassen mußten. Aber ich stell den streunenden Katzen Futter hin. Denen geht's hier gut.«

11

Langsam fuhr ich durch die Dezembernacht zurück in die Stadt. Unterwegs beschloß ich, einen gewöhnlichen, langweiligen Abend zu Hause anzupeilen. Mir fehlten meine Tochter, friedliche Schachfiguren und anstrengende Joggingrunden. Alles, was zu einem normalen Leben gehörte. Der Besuch bei Frank Jensen hatte meine depressiven Neigungen angeregt. Und als ich nach Hause kam, wurde meine Stimmung nicht besser. Der Essen schmeckte nach Pappe, mit dem Abwasch wurde ich nicht fertig, und auf dem Boden hatten die Wollmäuse die Herrschaft an sich gerissen. Die Post bestand aus neutralen Briefumschlägen mit roten Kanten, der Anrufbeantworter spuckte meine Exfrau aus. Und am folgenden Morgen hatte ich einen wichtigen Termin vor Gericht.

Ich buddelte ein paar alte Scheiben der Kinks hervor und machte es mir im Sessel bequem. Ray Davies formulierte die Tristesse des Tages: *Sunny Afternoon.* Ein warmer Nachmittag ohne andere Herausforderungen als die, die Zeit sorglos weiterwandern zu lassen. Weit weg von den unbegreiflichen Rätseln und sinnlosen Tragödien dieses Herbstes.

Ich saß noch lange an diesem Abend da, ohne etwas anderes zu unternehmen, als gute Zigarren zu rauchen, den warmen Cognac zu genießen und die Musik meine Sorgen vertreiben zu lassen. Die Schachfiguren rührte ich nicht an. Aber ich dachte an sie. Anna hatte sich nicht gemeldet. Sie hätte wirklich anrufen können. Schließlich hatte sie mich morgens um acht so mehr oder weniger aus ihrem Puppenhaus geworfen. Ich hatte nicht das Gefühl, mich aufgedrängt zu haben. Aber vielleicht irrte ich mich da.

Als die Uhr auf halb zwölf zuging, rechnete ich damit, daß der Abend ebenso ruhig und friedlich enden würde. Doch ich hatte mich verrechnet. Als es an der Haustür klingelte, wußte ich, daß es nur Wilhelm Mørk sein konnte. Nur er besuchte mich an einem normalen Werktag um diese Zeit. Doch bei genauerem Nachdenken mußte ich zugeben, daß auch Anna Löwe das schon getan hatte.

»Ach, trinkst du hier so ganz allein.« Er wartete nicht auf eine Einladung, er setzte sich sofort, nachdem ich ihn eingelassen hatte. »Ich trinke zur Gesellschaft gern ein Glas mit.« Ich seufzte und sah einen weiteren späten Abend vor mir.

»Du kommst von der Arbeit, sehe ich.«

Er hatte wohl wie üblich die ganze Zeit in seinem Büro gesessen. Ich konnte nie herausfinden, was er dort eigentlich machte. Um normale Polizeiarbeit konnte es sich nicht handeln. Aber niemand auf der Wache hatte die Bewegungen in der kleinkriminellen Szene der Stadt besser im Blick als er. Durch seine lange Dienstzeit bei der Kripo, als er noch nicht in die Kleinstadt versetzt worden war, hatte er sich ein einzigartiges Netzwerk erarbeitet. Als wir zuletzt in Schwierigkeiten geraten waren, hatten nur diese Beziehungen sowie der Einsatz der Presse ihn und mich vor einer gefährlichen Konfrontation mit dem Staatsanwalt retten können. Und damals hatte ich mir geschworen, mich nie wieder in Mørks jesuitische Aktivitäten hineinziehen zu lassen. Das Problem war nur, daß wir jetzt ein wichtiges gemeinsames

Interesse hatten: den altmodischen Wunsch nach einer Art Gerechtigkeit.

»Ich bin die Unterlagen noch einmal durchgegangen. Was Jonas Hval und Arve Holm angeht, meine ich.« Er betrachtete skeptisch sein Cognacglas. »Du stehst noch immer auf Bache Gabrielsen. Ich halte ihn für überschätzt. Und da spielt es keine Rolle, daß der Mann zufällig aus Holmestrand kam.«

»Komm zur Sache«, brummte ich gereizt. Ich wußte, daß er etwas gefunden hatte. »Laß mich raten. Weitere Lieferwagen beobachtet?«

»Ich habe mit den Leuten geredet, die für die Ermittlungen zuständig waren. An dem Abend, an dem Arve Holm verschwunden ist, wollte er vom Bjellandåsen zum Kiosk bei der Trabbahn gehen. Aber dort ist er nie angekommen.«

»Erzähl mir was Neues.«

»Ich habe auch mit dem Typen geredet, der an diesem Abend an der Tankstelle Dienst hatte.« Mørk redete ungerührt weiter. »Er war zufällig heute auch wieder da.«

»Na gut. Und konnte er etwas erzählen?«

»Ein junger, aufgeweckter Mann, höchstens achtzehn oder neunzehn. Solche Knaben langweilen sich an stillen Abenden. Außerdem sind sie scharfe Beobachter. Unsere Leute haben ihn interviewt. Sie haben ihn gefragt, ob dieser Journalist Holm im Laufe des Abends vorbeigegangen sei. Der Junge kannte Holm nämlich. Sie waren Nachbarn.«

»Aber er hat sich nicht blicken lassen.«

»Genau. Der junge Mann konnte indes berichten, daß direkt vor der Tankstelle lange ein dunkler Lieferwagen gestanden hatte. Und zwar aller Wahrscheinlichkeit nach ein Kastenwagen, vermutlich ein VW. Niemand ist aus dem Auto ausgestiegen. Deswegen ist er dem Jungen ja aufgefallen.« Mørk hielt das Cognacglas ins Licht. »Siehst du, dieser Stoff hat nicht die richtige Farbe. Sie erinnert an schnöden Branntwein. Du solltest die Marke wechseln.«

»Warum hat er das der Polizei nicht gesagt?« fragte ich verwundert. »Er muß doch begriffen haben, daß es wichtig sein könnte.«

»Es gibt einen Haken bei dieser Beobachtung: Sie ist zwei Tage vor Holms Verschwinden gemacht worden. Und die Kollegen vermochten da keinen Zusammenhang zu sehen.«

Ist ja auch kein Wunder. Aber das brauchte meine Theorie nicht zu schwächen. Im Gegenteil. Jemand hatte auf Arve Holm gewartet, jemand, der wußte, daß der Journalist oft einen Abendspaziergang machte. Zwei Tage darauf hatte der Betreffende zuschlagen können, ohne Wartezeit. So konnte es gewesen sein. Und, schlimmer noch, diese Person wartete jetzt vielleicht auf mich.

»Du verfolgst immer noch deine Verschwörungstheorien, wie ich sehe.« Mørk grinste zufrieden. »Zu deiner Orientierung, ich habe einen alten Kollegen in Oslo auf den Penner im Hafen angesetzt. Auf direkte Fragen hin fand der Kerl es durchaus denkbar, daß der Wagen, der dort stand, als Erik Danielsen sein letztes Bad genommen hat, ein dunkler Kastenwagen war. Aber was Jonas Hval angeht, haben wir keinen Treffer. Kein Lieferwagen hat sich sehen lassen. In seinem Fall sollten wir wohl lieber nach einem Raumschiff Ausschau halten.«

Diese Bemerkung überhörte ich. Jetzt brauchte ich mehr Cognac. »Sag mal, Wilhelm.« Etwas sehr Wichtiges in dieser Sache ergab keinen Sinn, etwas, das ich noch immer nicht begreifen konnte. »Angenommen, Holm und die vier anderen sind tatsächlich umgebracht worden. Wie in aller Welt hat jemand es fertiggebracht, die Leichen spurlos verschwinden zu lassen?«

»Du stellst die richtige Frage«, sagte Mørk vielsagend. »Es ist spät. Ich hoffe, ich habe dir die Nachtruhe nicht verdorben.« Er erhob sich. »Wenn du die Antwort findest, bist du bei der Lösung dieses Rätsels gleich ein gutes Stück weitergekommen. Ich arbeite selber auch daran. Bis dann.« Mehr vermochte ich nicht aus ihm herauszuholen.

Ich traf am nächsten Morgen rechtzeitig zum Gerichtstermin ein. Für den Rest des Tages konnte ich dann weiterhin eine akzeptable Effektivität aufrechterhalten. Deshalb legte ich mit gewisser Zufriedenheit die Füße auf den Tisch und stellte fest, daß ich wirklich einen ganzen Arbeitstag geschafft hatte. In der Kanzlei war alles still. Und ich hatte nicht ein einziges Mal an die Verschwundenen gedacht. Während ich noch so vor mich hin philosophierte, wurde leise an meine Tür geklopft. Normalerweise schloß Frau Svendsen die Kanzleitür ab. Sie ging zumeist als letzte. Heute war ich für die Tür verantwortlich und hatte sie natürlich vergessen.

»Herein«, sagte ich und hoffte auf Anna Löwe. Sabine Schenk wäre mir auch recht gewesen.

Aber ich war nicht enttäuscht, als Frank Jensen vorsichtig die Tür öffnete. Er trug einen grünen Parka, eine schwarze Wollmütze und hohe, robuste Stiefel. Er sah noch besser aus als am Vortag. Der Mann war wie eine wandelnde Scheunentür. Er strahlte eine Art innere Geborgenheit aus. Nichts schien ihn treffen zu können. Vermutlich wird man so, wenn man so viel durchgemacht und trotzdem überlebt hat.

Er trug eine alte braune Aktentasche in der Hand, von der Sorte, die Beamte und andere Privilegierte benutzt hatten, als man die Menschen noch auf einen Blick gesellschaftlich einordnen konnte.

»Ich hab alles durchgesehen, genau, wie Sie mir aufgetragen haben. Hier ist der Kram.« Er öffnete die Tasche und reichte mir einen dicken Stapel Kopien. Frank Jensen hatte offenbar den ganzen Tag in den Archiven des *Tønsbergs Blad* verbracht.

»So viel war das«, stellte ich überrascht fest.

Er nickte schweigend. »Ich hab es aber nicht gelesen.«

»Nein, nein«, sagte ich. »Das hab ich auch gar nicht erwartet. Ich werd alles durchgehen, so schnell ich kann. Wenn wir noch weiter zurückgehen müssen, dann melde ich mich.«

»Sagen Sie nur Bescheid. Ich bin jederzeit einsatzfähig.« Er machte kehrt und verließ das Zimmer mit erstaunlich federnden Schritten. Frank Jensen würde einen tüchtigen Assistenten abgeben. Wenn sein Eifer nur nicht überhandnähme.

Ich schaltete die Kaffeemaschine ein und setzte mich vor den Kopienstapel an den Schreibtisch. Ich ging in der Zeit zurück. Frank hatte pflichtbewußt auch die Zeitung des Vortages dazugenommen. Ich besaß jetzt eine Menge Material. In der Slottsfjellschule war allerhand los. Das meiste waren Dinge, wie sie nur in Lokalzeitungen erwähnt werden. Die Leute von Tønsberg redeten sich gern ein, daß sie nicht in einer normalen norwegischen Kleinstadt lebten. Und die Stadt war ja, was die Bevölkerungszahl anging, wirklich eher von begrenztem Umfang. Das konnten nicht einmal die glühendsten Lokalpatrioten leugnen. Eine große Kleinstadt mit internationalem Flair, so sah Tønsbergs Selbstbild aus. Den Reportagen nach konnten wir aber nach der Großstadtprägung lange Ausschau halten. Hier war vor allem die Rede von Flohmärkten, Schulabschlüssen und Reparaturarbeiten. Ich versuchte, alles mit kritischem Blick zu lesen, auf der Jagd nach einer anderen Wirklichkeit hinter den scheinbar belanglosen Artikeln.

Ich fand nichts. Bis ich zum Jahr 1993 kam. Das Jahr, in dem Johnny verschwunden war. Im Herbst 1993 hatten sich in der Slottsfjellschule zwei außergewöhnliche Dinge zugetragen. Das erste war eine traurige Geschichte. Am späten Abend des vierten November, eines Freitags, hatten einige vorübergehende Jugendliche auf dem Dach des Schulgebäudes eine Gestalt beobachtet. Es war ein dunkler, eiskalter Abend, es war fast Mitternacht, und die jungen Leute waren nicht gerade nüchtern. Daß sie trotz dieser benebelnden Umstände den Irren entdeckt hatten, lag daran, daß der sie angerufen hatte. Nach einigem Hin und Her war ihnen aufgegangen, daß der arme Tropf glaubte, fliegen zu können, und daß er nun hier zu seinem Jungfernflug über die Dächer der Stadt ansetzen wollte. Polizei und Feuerwehr waren in aller Stille angerückt. Aber sie waren nicht vorsichtig genug gewesen. Unmittelbar ehe ein Retter sich von hinten an den Selbstmordkandidaten hatte heranschleichen können, war der Junge in den Tod gesprungen und hatte sich auf dem schwarzen Asphalt verteilt. Die Feuerwehr hatte auf dem Parkplatz ein Segel ausgespannt. Das hatte er um einige armselige Zentimeter verpaßt. Der Junge besuchte den Grundkurs der Slottsfjellschule. Er war erst sechzehn und mit Drogen vollgeknallt gewesen.

Das alles war einen knappen Monat vor Johnnys Verschwinden gewesen. Und es hatte unter den Jugendlichen der Umgebung eine Selbstmordepidemie ausgelöst. In diesem Zusammenhang hatte Oberarzt Sten Löwe sich in der Presse über die Verantwortung der Eltern für die fehlende Verankerung der Jugendlichen in der Wirklichkeit ausgesprochen. Als ich noch ein wenig weiter zurückblätterte, fand ich den Namen des Jungen. Er sagte mir nichts. Aber der Teenager konnte Johnny gekannt haben, und Johnny konnte von dieser Tragödie inspiriert worden sein. Die Selbstmordtheorie durfte nicht ganz verworfen werden.

Die andere interessante Begebenheit hatte sich einige Wochen zuvor zugetragen. Durch einen anonymen Tip war in einer abgesperrten Abstellkammer der Schule ein Drogenlager entdeckt worden. Jemand hatte sich Zugang zu diesem abgeschlossenen Raum verschafft, um ihn als Arzneidepot zu verwenden. Durch diesen Hinweis hatte die Polizei mehrere Dealer fassen können. Die hätten ihre Hintermänner mit in die Sache hineingerissen, wenn nicht im letzten Moment alles schiefgegangen wäre. Ein Schlüsselzeuge hatte einen akuten Gedächtnisverlust erlitten. Einer der auf frischer Tat ertappten Typen hatte geschworen, den Denunzianten für dessen Tun bezahlen zu lassen. Soweit ich mich erinnern konnte, war er zu sieben Jahren Haft verurteilt worden. Das bedeutete, daß er jetzt wieder auf freiem Fuß sein müßte. Das Strafmaß wird schließlich immer brutto angegeben, der Rabatt von dreiunddreißig Prozent kommt danach automatisch zur Anwendung.

Das war alles. Sosehr ich auch versuchte, meine Phantasie in Gang zu bringen, ich fand einfach nichts Interessantes. Aber so könnte es gewesen sein. Johnny Jensen hatte vielleicht Dinge erfahren, von denen er besser nichts gewußt hätte. Sicher wäre er mit seinem Fund zur Polizei gegangen. Aber da er ein schüchterner Junge war, hatte er das wohl eher anonym erledigt. Solche Informationen gerieten leicht auf Abwege. Johnny konnte es jemandem erzählt haben, die Polizei oder auch die Verteidiger konnten den Schnabel zu weit aufgerissen haben. Es gab viele Möglichkeiten. Jemand konnte Johnny für diese gesellschaftsfreundliche Tat bestraft haben. Damals hatte man Drogen im Verkaufswert von zwei Millionen beschlagnahmt. Es waren schon für weitaus geringere Beträge Menschen aus dem Weg geräumt worden.

Fast instinktiv griff ich zum Telefon. »Wilhelm? Tust du mir einen Gefallen?«

»Habe ich jemals nein gesagt?« Da hatte er nicht unrecht. Wilhelm Mørk war ein Mensch, der gern ja sagte. Vor allem, wenn ihm die richtigen Fragen gestellt wurden.

»Diese Dealer, die vor ein paar Jahren bei der Sache in der Slottsfjellschule erwischt worden sind, hatten die auch Namen?«

Er brauchte nicht lange. »Du denkst an H. P.? Die anderen waren bloß Laufburschen. Sein bürgerlicher Name ist Hans Petter Andersen. Ein phantasievoller Gangster.«

Ich hatte mich damals gerade mit einem Stipendium für ein Semester in den USA aufgehalten. Deshalb wußte ich das alles nicht.

»Er ist vor einem Jahr entlassen worden«, sagte Mørk. »Die Hintermänner sind nie entlarvt worden. Wenn du ihn besuchen willst, dann solltest du deinen Hund mitnehmen. Der Mann ist gefährlich. Den Teil des Gehirns, in dem vernünftige Überlegungen angestellt werden, hat er schon längst abgefackelt: Kokain, Heroin, Amphetamine. Und er ist ziemlich launisch.«

»Ich möchte ihm nur ein paar Fragen stellen.« Das war vielleicht reichlich optimistisch. »Weißt du, wo er steckt?«

»Sicher. Wenn er nicht gerade sitzt, dann wohnt er bei seiner Mutter. Olga Andersen. Sie wohnt in Skoppum. Ihre Adresse steht bestimmt im Telefonbuch. Und noch etwas. Der Typ hat einen Bruder. Einen Zwillingsbruder vom selben Kaliber, nur etwas cleverer. Der wird selten erwischt. Die beiden laufen unter dem Spitznamen Max und Moritz. Und sie operieren oft als Team.«

Aha. Ich blieb an meinem Schreibtisch sitzen und grübelte; ich wägte das Für und Wider eines Anrufs bei Anna Löwe ab, suchte mir die Adresse von Frau Andersen heraus, spielte mit dem Gedanken an harmlose Unternehmungen wie Kino und Schach, erlag dann aber der Versuchung. Die Familie Andersen wohnte ganz in der Nähe des Bahnhofs von Skoppum. Und Hulda brauchte ohnehin frische Luft.

Es ging auf zehn Uhr abends zu, als ich zwischen rostigen Autowracks, schrottreifen Landmaschinen und ausrangierten Badewannen entlangtrottete. Vestfolds Hillbillygegend. Das Wohnhaus hatte seit dem Vietnamkrieg keinen frischen Anstrich mehr gesehen. Die Scheune hielt sich nur noch aus purem Trotz aufrecht. Hier ließ sich allerlei verstecken. Das einzig Moderne an diesem Anwesen waren die Satellitenschüsseln, die sich brüsteten wie eine ganze Radarstation. Hulda machte sich an die Verfolgung einer kompletten Katzenkolonie.

Ich fand die Haustür und klopfte vorsichtig an. Keine Reaktion. »Ist jemand zu Hause?« rief ich und klopfte energischer.

Der Kerl, der die Tür aufriß und mich überrascht anstarrte, hätte charmanter aussehen können. Er war groß und dick, hatte einen glattrasierten Schädel und trug eine schwarze Trainingshose und ein verdrecktes weißes T-Shirt. Sein Bierwanst ragte mir abschreckend entgegen.

Seine Unterarme strotzten vor Muskeln und Tätowierungen. An seinen Ohren baumelten zwei solide Goldringe.

»O verdammt«, kläffte er. »Ich hab nen anderen erwartet. Wer bist du?«

»Foyn«, sagte ich. »Sven Foyn.« Ich übersprang den Anwaltstitel lieber gleich. »Bist du Hans Petter Andersen?« fragte ich harmlos. Die ausbleibende Antwort nahm ich als Bestätigung. »Darf ich einen Moment reinkommen? Ich würde gern mit dir reden.« Ich ging davon aus, daß er mich erst abweisen würde, wenn er wußte, was ich von ihm wollte. Leute, die lange im Knast gesessen haben, entwickeln oft Paranoia. Und das nicht ohne Grund.

»Ja? Wieso denn?«

»Es geht um Verschwundene«, sagte ich. »Kennst du welche?«

Er blickte mich verwirrt an. »Ich hab keine Ahnung, was du da redest.« Die Neugier siegte über die Noia. »Komm doch rein. Aber nur fürn Moment. Ich krieg noch Besuch.«

Ich schaute mich um. Hulda war natürlich verschwunden. Ich fühlte mich plötzlich unsicher. Hier galt es, seine Worte sorgfältig zu wählen. Und das war noch nie meine Stärke gewesen.

Schöner Wohnen würde sicher niemals eine Reportage über H.P. Andersens Küche bringen. Aber das schien ihm nichts auszumachen, als er nun mit übereinandergeschlagenen Armen drohend vor mich hintrat. »Was willst du also?« Er musterte mich spannungsgeladen.

»Johnny Jensen«, sagte ich. »Der Junge, der verschwunden ist. Du weißt nicht zufällig etwas darüber, oder?«

Das war vielleicht keine sonderlich geschickte Frage. Aber die Reaktion war auf jeden Fall dramatisch. Er zuckte zusammen und schien plötzlich Angst zu haben.

»Was zum Teufel soll das? Ich hab doch gesagt, daß ich nix weiß! Wie oft soll ich das denn noch wiederholen?«

»Johnny hat gesungen und dich einfahren lassen, ja?« Ich redete ungerührt weiter. »Er hat wohl irgendwie euren Stoff entdeckt. Und die Rache war sicher süß. Dein Bruder hat Johnny erledigt, als du im Knast saßt, stell ich mir vor.« Das wäre die perfekte Erklärung. Ich war sehr stolz auf mich.

Der Schlag kam ganz plötzlich. Er ließ mich gegen die Küchenwand knallen. Und danach sah ich nur noch roten Nebel und Chaos. Während ich halb bewußtlos an der Wand hing und versuchte, die Lage zu durchschauen, ging die Tür auf. Ein Klon von H. P. kam aus dem Wohnzimmer und machte es mir noch schwerer, einen klaren Überblick zu behalten. Er war ein wenig besser angezogen, ansonsten schien er mit seinem Zwillingsbruder ganz und gar identisch zu sein.

»Wer zum Teufel ist das denn?« Er zeigte auf mich und dann auf H.P.

Ich hatte zweifellos das zweifelhafte Vergnügen, das Zwillingspaar Max und Moritz vor mir zu sehen. Und sie waren unverkennbar eineiig.

Ich konnte nur mit Mühe etwas sagen. Mein Kiefer tat weh. Ich versuchte, auf die Beine zu kommen. Der Klon versetzte mir einen Tritt, der mich am Hinterkopf traf und den roten Nebel vor meinen Augen noch dichter werden ließ. Drohend hob er die Fäuste. Ich begriff und ließ mich auf den Küchenboden gleiten.

»Hör mal, du Hirni.« Damit war eindeutig ich gemeint. »Wieso kommst du her und baust Scheiß? Wir hatten nix mit diesem Johnny am Hut. Ich dachte, das wär schon längst klar!« Er schaute seinen Bruder resigniert an. »Was zum Teufel sollen wir mit diesem Blödmann machen?« Wieder zeigte er auf mich. Ich begriff immer weniger, was hier ablief.

»Können wir den nicht ins Meer werfen?« schlug H. P. vor. »Dann sind wir ihn los.« Er schien ziemlich verzweifelt zu sein.

Sein Bruder schüttelte den Kopf. »Zu riskant. Seine Karre steht vor dem Haus. So ein verdammter Oldtimer.«

Ich hatte meinen Jaguar immer schon geliebt. Und die Liebe würde nach dieser Episode sicher nicht geringer werden.

»Was will er denn eigentlich?«

H. P. zuckte mit den Schultern. »Er wollte genau dasselbe wissen wie dieser Irre.« Er grinste. »Aber der Typ hier ist nicht so zäh wie der andere.«

»Schön für dich«, brummte sein Bruder. »Das ging damals ja auch nicht so gut ab.« Er kratzte sich nachdenklich am Kinn. »Faß mal mit an«, sagte er zu H. P. »Wir tragen ihn zum Auto und schieben ihn und die Karre in den Straßengraben. Auf die Weise hat er doch immerhin was gelernt.«

Sie zogen mich an den Armen über den Küchenboden, auf den Flur, die dunkle Treppe hinunter und weiter über den Hof, wo sie mich unsanft neben anderem Gerümpel ablegten. Dann überließen sie mich meinem Schicksal, während sie ins Haus zurückgingen, um ihre Autoschlüssel zu holen.

»Schmeiß ihn auf den Vordersitz und laß die verdammte Kiste an«, hörte ich den Klon grunzen, während ich in der Dunkelheit lag und versuchte, Kraft zu sammeln, auf die Beine zu kommen und auf eigene Faust abzuhauen.

Doch da kam Leben in die Szenerie. Ich konnte nur die Umrisse einer Gestalt erkennen, die aus der Dunkelheit hinter dem Haus auftauchte und einen präzisen Schlag auf H.P.s Stiernacken landete, als der gerade ins Haus gehen wollte. H.P. ging wie ein Stein zu Boden. Sein Bruder versuchte, sich in Sicherheit zu bringen, wurde aber eingeholt und durch einen einzigen wohlgezielten Tritt ins Zwerchfell umgeworfen. In der Dunkelheit sah das alles aus wie Schattenboxen. Aber es war durchaus wirklich. Die ganze Schlacht dauerte nur einige kurze Sekunden. Nur das Gurgeln der beiden störte die Stille.

Nach einer Weile kam ich unsicher auf die Knie. Der Fremde war schon längst verschwunden. In der Ferne hörte ich einen startenden Motor. Ich hinkte zur Treppe, um zu sehen, ob ich noch etwas unternehmen mußte, ehe ich den Rückzug antrat.

Irgendwer schaltete eine Lampe auf dem Hof an. Die Zwillinge auf der Treppe konnten die Aussicht nicht verschönern. Eine Frau von etwa Mitte Sechzig kam aus dem Haus geschlurft. Sie warf einen raschen Blick auf die Brüder, die sich jetzt wieder ein wenig bewegten, dann musterte sie mich mißtrauisch. Sie kam mir durchaus nicht überrascht vor.

»Mach, daß du wegkommst. Sie hatten das sicher verdient«, sagte sie, während sie ein Handtuch anfeuchtete und sich über das Brüderpaar beugte. »Die sind immer so. Und immer muß ich sie wieder auf die Beine bringen.« Es fiel mir nicht schwer, der hart geprüften Frau Andersen Mitleid entgegenzubringen.

Vorsichtig und mit kleinen Trippelschritten ging ich zum Jaguar. Als ich gerade meine Autoschlüssel gefunden hatte, tauchte Hulda freudig mit dem Schwanz wedelnd aus der Dunkelheit auf. Sie hatte schlechte Karten. Zum Glück schienen andere sich weitaus mehr für mein Wohlergehen zu interessieren. Ich hatte weder die Energie noch die Möglichkeit, darüber Spekulationen anzustellen, wer der Fremde gewesen sein mochte.

12

Es folgte eine unruhige Nacht mit wenig Schlaf. Auf dem Heimweg hatte ich sicherheitshalber beim Notarzt vorbeigeschaut, der sich meinen Kiefer und meinen inzwischen von einer kräftigen Beule verunstalteten Hinterkopf angesehen hatte. Er trug mir auf, Straßenschlägereien tunlichst zu vermeiden, und gab mir eine Schachtel mit hellroten Pillen mit. Nichts war ernsthaft beschädigt worden. Abgesehen von meinem Selbstvertrauen. Ich war dumm genug gewesen zu glauben, daß ein halbverrückter Gangster wie H.P. alles gestehen würde, wenn ich nur die richtige Frage stellte. Ich hatte dieses Handgemenge nicht nur mit Hilfe einer Portion Glück einigermaßen glimpflich überstanden. Irgendwer behielt mich im Auge, jemand, der aus irgendeinem Grund nicht wünschte, daß mir etwas passierte. Und diese Erkenntnis gefiel mir nicht.

Am nächsten Morgen war mein Kiefer blau und wund. Ansonsten fühlte ich mich fast normal. Ich suchte nach einer passenden Strafe für Hulda. Hunde sollen ihre Besitzer verteidigen und sie nicht aus Liebe zu räudigen Wildkatzen im Stich lassen. Das Problem ist nur, das diese Tiere ein ausgeprägt selektives Gedächtnis besitzen.

In der Kanzlei lieferte ich eine meiner Ansicht nach glaubwürdige Erklärung für die blauen Flecken in meinem Gesicht und mein leichtes Hinken. »Ich bin gestern abend vom Fahrrad gefallen.« Frau Svendsen war von Natur aus skeptisch, verkniff sich aber einen Kommentar.

Dann schlich ich mich in mein Büro und hoffte, daß die Welt mich in Ruhe lassen würde. Ich hatte einen neuen Plan. Und der bezog sich auf den Journalisten, auf Arve Holm. Seine Frau hatte doch gesagt, daß seine Reportagen nicht immer auf allgemeine Zustimmung gestoßen waren. Und er wäre nicht der erste Journalist, dem seine Texte Ärger eingebracht hätten.

Ein Anruf in der Chefredaktion lieferte kein greifbares Ergebnis. Aber ich erfuhr, daß die Zeitung ein Computersystem besaß, das den Zugang zum Archiv und den Texten der einzelnen Journalisten eröffnete.

Ich nutzte die Mittagspause, um zum Redaktionsgebäude zu fahren, das in der Nachbarschaft von Arve Holms Haus am Bjellandsåsen lag. Ich hatte das vage Gefühl, irgend etwas übersehen zu haben, etwas, das eine Verbindung zwischen den fünf Vermißten herstellen könnte. Vielleicht würden Holms Artikel mir einen Fingerzeig geben. Außerdem entkam ich auf diese Weise der Kanzlei.

Ich beschloß, mich direkt an den Chefredakteur zu wenden. Es war wohl eher unwahrscheinlich, daß sie einen Außenstehenden wie mich so einfach ins Innenleben der Zeitung eindringen lassen würden. Aber ich wurde angenehm überrascht.

Der Chefredakteur entpuppte sich als Redakteurin und konnte sich, ebenso wie Frau Holm, nicht vorstellen, daß Arve Holm Selbstmord begangen haben sollte. »Auch untertauchen halte ich für absolut undenkbar. Der Mann war doch vollständig abhängig von seiner Frau, und nach zwei Tagen ohne Artikel hätte er Entzugserscheinungen bekommen.«

»Ist Holm jemals bedroht worden?« fragte ich. »Er hat doch ziemlich kritische Reportagen verfaßt.«

Sie schüttelte zweiflerisch den Kopf. »Danach hat die Polizei mich auch schon gefragt. Aber mir fällt nichts ein. Ab und zu hat mal ein Politiker sauer reagiert, klar. Und im Laufe der Jahre hat es auch ein paar Querulanten gegeben. Aber meines Wissens war das alles nie wirklich ernst.«

Ich mußte Schweigen geloben, und dann wurde mir im Archiv ein Arbeitsplatz samt Computer und den nötigen Paßwörtern zugewiesen. Ich las die Texte, die Holm unmittelbar vor seinem Verschwinden produziert hatte, um mich dann in der Zeit zurückzuarbeiten. Seine Reportagen führten vor allem pure Tatsachen an, die unmöglich irgendwen provozieren konnten. Arve Holm war mir vorher als Journalist nie aufgefallen, aber jetzt sah ich, daß er schreiben konnte. »Kritischer Journalist« war jedoch keine passende Bezeichnung, seine rechtslastigen Sympathien wurden nämlich mehr als deutlich. An sich war das kein Wunder. Er arbeitete bei einer schwarzen Zeitung in einer tiefschwarzen Gegend. Wenn er überhaupt für etwas Partei ergriff, dann für das Bestehende. Für die Autoritäten: Armee, Polizei, Staatskirche. Alle, die die Gesellschaft gegen die vielen Auflösungstendenzen verteidigten, konnten auf Holms Unterstützung bauen. Er führte eine spitze Feder und schreckte nicht davor zurück, sie anzuwenden.

Schnell klickte ich mich rückwärts. Ich suchte nach Texten vom Herbst 1993.

Arve Holm war für die Lokalberichterstattung zuständig gewesen. Er hatte über den unglückseligen Luftsprung des Sechzehnjährigen und auch über die große Drogenaffäre berichtet, in die die Slottsfjellschule verwickelt gewesen war.

DROGENKONSUM BEI TØNSBERGER JUGENDLICHEN DRAMATISCH GESTIEGEN

Eltern übernehmen zu wenig Verantwortung

Das waren die Überschriften einer Reportage, die er zwei Tage nach dem tödlichen Unfall verfaßt hatte. Er kannte keine Gnade für die, die in den Drogenfall verwickelt waren, und deutete ziemlich unverhohlen an, daß sogenannte respektable lokale Interessenten dahintersteckten. Das Strafniveau müsse erhöht werden, um diese Entwicklung zu stoppen, fand Arve Holm. Souverän ignorierte er die Tatsache, daß wir in dieser Hinsicht bereits über Europas schärfste Gesetze verfügten. Mehr Mittel für die Polizei. Her mit Provokateuren und jeder Art von Überwachung. Ein bekanntes Rezept. Ich blätterte weiter. Die Selbstmordwelle unter den Jugendlichen war in jenem Herbst ein weiteres wichtiges Thema gewesen. Innerhalb weniger Wochen hatten sich im Bezirk Tønsberg fünf Jugendliche das Leben genommen. Vier Fälle waren klar beweisbar. Johnny Jensens war der fünfte.

JUGENDLICHE OHNE FESTEN BODEN UNTER DEN FÜSSEN

Eltern und Schule müssen gemeinsam mehr Verantwortung übernehmen

Er appellierte an alle guten Kräfte, sich der vorbeugenden Arbeit zu widmen, vor allem zu Hause und in der Schule. Keine schlechte Idee. Aber neu war sie nicht.

In einem Interview tauchte ein vertrauter Name auf. Der des gesellschaftlich engagierten Polizisten Erik Danielsen. Interviewt von Arve Holm. Es ging um die Bedeutung des Sports für die Präventivarbeit. Jugendliche, die sich in Sport und Vereinsleben betätigten, seien für Drogenkonsum und moralischen Verfall weniger anfällig. Die nichtorganisierten Jugendlichen dagegen lebten wild und gefährlich.

Ich wurde vor meinem Computer langsam etwas müde. Der Großteil des Stoffes war einfach unergiebig. Doch dann fuhr ich hoch. Arve Holm hatte viele Interessen gepflegt. Einige waren durchaus ungewöhnlich. Unter anderem hatte er auch über UFOs und damit verbundene Theorien geschrieben. Der Mann kannte sich mit der Materie gut aus.

Wieder überkam mich das unbehagliche Gefühl, ich hätte die Kontrolle verloren. Es war früher Nachmittag, aber es war schon dunkel. Ich saß in dem geschäftigen Redaktionshaus in Bjelland, inmitten vieler anderer Menschen. Trotzdem fühlte ich mich nicht sicher.

Ich war völlig fertig, als der Jaguar etwas später langsam den Bjellandsåsen hinunterrollte, auf der Straße, auf der in der schicksalhaften Nacht vor einigen kurzen Wochen auch Arve Holm unterwegs gewesen war. Ich war froh darüber, daß ich nicht zu Fuß gehen mußte. Eine innere Stimme sagte mir, daß an diesem Tag keinerlei Arbeiten in der Kanzlei mehr angesagt wären.

In meiner Wohnung wartete Mari auf mich. Ihre Mutter, die mit ihrem neuen Lebensgefährten ein Einkaufswochenende in Paris einlegen wollte, hatte sie zu mir abgeschoben.

»Warum hast du eine blaue Backe?« war Maris erste Frage. »Warst du betrunken?« fügte sie mit großer Unverblümtheit hinzu.

»Betrunken?« entgegnete ich irritiert. »Natürlich war ich nicht betrunken. Nur blöd. Ich dachte, man könnte Leute durch Worte zur Vernunft bringen.«

»Hattest du Hulda denn nicht dabei? Wenn Hulda bei mir ist, dann fürchte ich mich vor nichts.«

Ich seufzte. »Laß uns hoffen, daß sie auf dich besser aufpaßt.«

»Übrigens haben zwei Frauen angerufen und nach dir gefragt. Die erste hat sich streng angehört. Mit wem treibst du dich eigentlich herum?«

»Treibst du dich herum«, äffte ich sie nach. »Das war sicher eine Mandantin. Eine, die meine Rechnungen bezahlt, damit du und dieses Tier dahinten«, ich zeigte auf die unschuldig vor der Heizung schnarchende Hulda, »Futter und allen anderen Kram kriegt, wegen dem ihr dauernd rumquengelt.« Ich schaute Mari an. »Hat sie keinen Namen genannt?«

»Holme oder so. Ich weiß es nicht mehr genau.«

»Holm reicht«, sagte ich aufgeregt. »Ragnhild Holm, nicht wahr?«

»So ungefähr, ja.«

»Aber was war mit der anderen? Hat die sich nicht vorgestellt?«

»Jetzt nerv doch nicht so rum. Hat sie sicher, aber ich weiß das nicht mehr. Die klang irgendwie netter. Wollte wissen, wer ich bin, und so.«

Ich gab auf. Frau Holms Anruf machte mich nervös. Ich würde erst zur Ruhe kommen, wenn ich in Erfahrung gebracht hätte, was sie wollte. »Frau Holm? Hier spricht Rechtsanwalt Foyn.« Ich betonte den Titel. Die Dame schien Titel zu mögen. »Sie haben angerufen?«

»Ja, ich habe in Arves Papieren etwas gefunden. Es ist sicher nicht wichtig, aber ich dachte ...« Sie unterbrach sich.

»Na los«, sagte ich. »Alles kann wichtig sein.«

»Also, ich habe seine Terminkalender der letzten Jahre

durchgesehen.« Sie sagte das, als verrate sie Staatsgeheimnisse. »Und dabei habe ich etwas Seltsames gefunden.«

»Ja?«

»Er hat alle Termine und Besprechungen notiert und dahinter oft ein paar Stichwörter aufgeschrieben. Arve war sehr ordnungsliebend«, betonte sie. Aber meines Wissens waren nicht alle bereit, dieser Behauptung zuzustimmen. »In seinem Terminkalender für das Jahr 1993 hat er für den fünfzehnten Dezember eine Verabredung notiert. Um neunzehn Uhr im Eisenbahncafé von Tønsberg.«

Ich begriff, daß das noch nicht alles war; deshalb schwieg ich.

»›Wurde bedroht‹, hat er notiert. ›Eine unbehagliche Situation‹. Das stand daneben.«

»Keine Name?«

»Nein, nichts. Er hat es auch nicht erwähnt. Daran könnte ich mich erinnern. Sicherheitshalber habe ich die Chefredakteurin angerufen und gefragt, ob sie etwas über diese Drohungen wüßte. Aber niemand hatte etwas davon gehört, auch nicht Arves engste Arbeitskollegen.«

Ich hatte eben erst Arve Holms Reportagen gelesen. Holm hatte über die aktuellen Fälle geschrieben, die mit der Slottsfjellschule zu tun hatten, und dabei auch über Johnny Jensens ungewisses Schicksal.

»Ich werde mich darum kümmern«, sagte ich. »Und rufen Sie mich an, wenn Sie noch mehr finden.«

An diesem Abend waren Pizza und Video angesagt. Auch Hulda bekam ein paar Reste. Ich hatte meinen Plan, sie systematisch zu bestrafen, schon aufgegeben. Ich hoffte, daß Anna Löwe versucht hatte, Kontakt zu mir aufzunehmen. Den Versuch konnte sie gern wiederholen.

Am nächsten Morgen war ich in besserer Form. Mein Kiefer tat nicht mehr weh. Die blaue Farbe war in variiertere Nuancen übergegangen. Es war schon Freitag. Meine Laune steigerte sich noch, als während des Frühstücks das Telefon klingelte.

»Svend? Ich hab schon versucht, dich zu erreichen.«

Mari hörte genau zu. Sie machte ganz lange Ohren.

»Nett, daß du anrufst«, sagte ich mit neutraler Stimme. »Ich nehme an, du hast gestern mit Mari gesprochen. Und du scheinst vor ihrem strengen Urteil Gnade gefunden zu haben. Was ist mit dem Wochenende? Hast du dann Zeit?«

Sie zögerte. »Das ist nicht so leicht.«

»Nicht so leicht«, fragte ich. »Wieso denn nicht?«

»Die Kinder haben dich an dem Morgen gesehen. Und jetzt sind sie schrecklich traurig. Es war ziemlich schwierig, ihnen die Sache zu erklären.«

»O verdammt.« Ein geistreicherer Kommentar fiel mir nicht ein.

»Sie werden schon darüber hinwegkommen. Du mußt ihnen nur ein bißchen Zeit lassen.« Sie lachte.

Ich kapierte gar nichts mehr. »Was ist denn so komisch?«

»Sie haben nichts dagegen, daß du zu Besuch kommst. Aber ich soll dir sagen, daß nur Hulda bei uns übernachten darf.«

Ich war sprachlos.

»Sie lieben Hunde. Aber da Sten gegen Hunde allergisch ist, konnten wir uns nie einen zulegen. Und deine Hulda scheint genau ihren Geschmack getroffen zu haben.«

Ich sah das Tier an und spielte kurz mit dem Gedanken, es wegzugeben.

Mari hatte alles mit angehört. »Sei froh, daß du Hulda hast. Sonst hättest du nirgendwo eine Chance.«

Es tat fast gut, daß ich mich danach wieder an meinen Schreibtisch setzen konnte. Das unbehagliche Gefühl spukte noch immer durch mein Unterbewußtsein. Bei diesem Fall fiel es mir schwer, Wirklichkeit und Phantasie auseinanderzuhalten. Es ging auf halb zwölf zu. Während meiner Schulzeit hatten die Lehrer um diese Zeit große Pause gehabt. Ich brauchte Luft. Und Hulda sicher auch. Die Slottsfjellschule lag nur wenige Minuten entfernt. Das große Steingebäude ragte imposant vor dem Berghang auf. Über hundert Jahre lang hatte diese Schule für die Kinder des Stadtteils das Tor zum Wissen bedeutet. Hier waren viele Tränen geweint und viele Tadel ausgesprochen worden. Bei weitem nicht alle Sprößlinge aus der Umgebung waren kleine Genies gewesen. Und jetzt war das Haus von der Grundschule zu einer Nebenstelle der Berufsschule degradiert worden.

Ich band Hulda auf dem Schulhof an. Das Lehrerzimmer war leicht zu finden. Es sah aus, wie Lehrerzimmer eben aussehen: grau und abgenutzt, wie die Menschen, die sich dort aufhielten. Eine ganze Reihe von etwa Fünfzigjährigen, vor allem Frauen, beugte sich über ihre Pausenbrote. Niemand achtete auf mich, bis sich endlich eine sympathisch aussehende Frau mit warmem Lächeln meiner erbarmte.

»Kann ich Ihnen behilflich sein? Suchen Sie jemanden?« Sie hatte ein rundes, liebes Gesicht mit vielen Lachfältchen.

»Haben Sie einen Moment Zeit?« fragte ich und zog sie zur Seite. »Ich heiße Svend Foyn. Ich bin Rechtsanwalt.«

Sofort schien ihre Neugier geweckt zu sein. »Ist etwas passiert?«

Es klappt immer. Das ist wie bei Geistlichen. Anwälte und Geistliche kommen nur zu Besuch, wenn die Hölle los ist.

»Nicht doch«, sagte ich. »Ich brauche nur einige Auskünfte über die Schule, am besten von jemandem, der schon eine Weile hier arbeitet.«

Sie musterte mich, und das, was sie da sah, schien ihr zu gefallen. »Sie haben doch vor ein paar Jahren diesen Drogenfall betreut, oder?«

Ich nickte nur. Wenn ich etwas nicht erwähnen wollte, dann war das meine Rolle in dieser Geschichte. Ich hatte mit einem gewissen Erfolg versucht, die ganze Sache zu verdrängen. »Es geht um einen Fall, bei dem ein Junge verschwunden ist«, erklärte ich. »Vor fünf Jahren ist ein Schüler dieser Schule spurlos verschwunden. Johnny Jensen. Waren Sie damals schon hier?«

Sie wurde ernst. »Ja, ich arbeite hier schon seit vielen Jahren. Gibt es etwas Neues über ihn? Sind Sie deshalb gekommen?« Sie redete weiter, ohne auf eine Antwort zu warten. »Ich habe ihn selber nicht gekannt. Aber ich kann mich gut an alles erinnern.«

»Der Mann einer meiner Mandantinnen, der Oberarzt Sten Löwe, ist ebenfalls verschwunden. Er arbeitet am Bezirkskrankenhaus.«

»Der war hier Schularzt«, teilte sie daraufhin mit. »Ich habe die Vermißtenmeldung gesehen. Ist er noch immer nicht wieder aufgetaucht?«

»Nein. Haben Sie ihn gekannt?«

»Ich bin ihm einige Male begegnet. Ein sympathischer Mann und offenbar auch ein guter Arzt. Aber Sie sollten mit dem Schulverwalter sprechen. Der hat Herrn Löwe besser gekannt. Schulverwalter Svein Suse. Sein Büro ist ein Stockwerk höher.«

Ich musterte sie. Sie machte auf mich einen klugen Eindruck. »In jenem Herbst vor fünf Jahren ist hier oben sehr viel passiert«, sagte ich nachdenklich. »Ein Junge sprang vom Dach, ein anderer verschwand, im Schulgebäude wurden große Mengen Rauschgift gefunden. Kann zwischen allem vielleicht ein Zusammenhang bestehen?«

»Das alles war wirklich schrecklich. Aber es hatte doch nichts mit der Schule zu tun, oder? Es muß sich um ein zufälliges Zusammentreffen handeln.« Sie sah mich an, als ob ich das bestätigen könnte.

»Vielleicht. Sagen Sie«, ich wechselte das Thema, »wurde Johnny Jensen hier in der Schule schikaniert?«

Sie zögerte. »Er war ja nicht mein Schüler. Aber Gerüchte gab es schon. Der Verwalter weiß mehr darüber. Sie sollten mit ihm reden.« Mehr wollte sie nicht sagen.

»Sind Sie jemals Johnnys Eltern begegnet?«

»Sie haben mir so leid getan. Sie waren hier, zuerst beide. Später kam der Vater dann, um mit Herrn Suse zu sprechen. Mehrmals.« Sie seufzte. »Sie war so verzweifelt.«

»Wer denn?«

»Frau Jensen. Sie war wie zerbrochen, brachte fast kein Wort heraus. Nur der Mann hat geredet. Aber auch er hat nicht viel gesprochen.« Sie schaute mir in die Augen. »Sie waren nicht von der Sorte, die etwas verlangt. Und sie haben auch nichts bekommen«, fügte sie sarkastisch hinzu. »Bescheidenheit ist nicht immer eine Tugend, sondern kann dazu führen, daß man mit Füßen getreten wird.«

»Meinen Sie jetzt etwas Konkretes?«

»Sie konnten keine großen Mittel mobilisieren, wie andere das geschafft hätten. Sie kamen einfach nur her und baten auf ihre bescheidene Weise um Hilfe. Die Polizei hat sich keine große Mühe gegeben, um Johnny zu finden, wenn ich das richtig in Erinnerung habe. Alle glaubten, er hätte Selbstmord begangen.«

»Haben Sie das auch geglaubt?«

»Nein. Aber ich kann mich ja irren, nicht wahr?« Sie blickte mich traurig an.

»Danke für Ihre Hilfe«, sagte ich. »Bitte, melden Sie sich, wenn Ihnen noch etwas einfällt, das ich wissen sollte.« Ich reichte ihr meine Karte. »Und jetzt will ich mal mit diesem Herrn Suse ein Schwätzchen halten.«

Sie lachte. Ich habe ältere Frauen immer schon leiden mögen. Etwas an meiner Beziehung zu meiner Mutter ist wohl noch ungeklärt. Trotzdem lande ich immer wieder bei Frauen, die zu jung für mich sind.

Der Verwalter besaß ein standesgemäßes Büro. Er war ein schneidiger Mann von Mitte Vierzig. Dunkel, gutaussehend, schlank und athletisch. Es bestand kein Grund, ihn nicht für sympathisch zu halten. Aber sein schmaler Schnurrbart gab dann den Ausschlag. Warum keinen richtigen Bart? Ein dünner Schnurrbart. Der Mann sah aus wie die Hauptperson in einer blöden italienischen Operette, die ich einmal gesehen hatte, als ich unsterblich in eine Geigerin des Opernorchesters verliebt war.

»Svend Foyn, Rechtsanwalt.« Er musterte meine Karte, als ob es sich dabei um die Eintrittskarte zu den Valutareserven der Bank von Norwegen handelte. »Ist das nicht ein ungewöhnlicher Name?«

»Wir sind nicht miteinander verwandt«, antwortete ich und versuchte, meine aufsteigende Gereiztheit zu verbergen. Wie viele Pädagogen brillierte auch dieser in der Kunst, die wunden Punkte seines Gegenübers zu treffen.

»Bitte, nehmen Sie Platz.« Offenbar war ihm jetzt aufgegangen, daß er mich nicht wie einen Schüler behandeln konnte. »Wie kann ich Ihnen behilflich sein?«

Ich kam sofort zur Sache. »Johnny Jensen. Er war Schüler an dieser Schule, als er vor fünf Jahren verschwand. Und in seinem Fall sind neue Tatsachen aufgetaucht«, log ich. »Er ist hier an der Schule übel schikaniert worden, nicht wahr?«

Der Verwalter lächelte nicht mehr. Konnte ich in seinem Gesicht außer Unwillen noch etwas anderes lesen? Angst, vielleicht. »Woher wissen Sie das? Es ist nie bewiesen worden, daß es dazu gekommen ist.«

»Ich kann meine Quellen nicht nennen«, sagte ich kalt. »Aber ich habe allen Grund, sie für zuverlässig zu halten. Und Sie haben damals die pädagogische Verantwortung getragen«, fügte ich ein wenig aggressiv hinzu.

»Haben seine Eltern Ihnen das erzählt?« Resigniert schaute er mich über den Schreibtisch hinweg an. »Es war nicht leicht für sie. Dafür habe ich vollstes Verständnis. Es ist schrecklich, wenn ein junger Mensch sich zum Selbstmord entschließt.«

»Woher sind Sie so sicher, daß es Selbstmord war?« fiel ich ihm ins Wort. »Es gibt doch auch noch andere Möglichkeiten.«

»Ich halte mich an die Einschätzung der Polizei«, entgegnete er pikiert. »Die waren sich da sicher. Erik Danielsen, der unser Kontaktmann bei der Polizei war, hat das klar und deutlich gesagt.«

Erik Danielsen. »Haben Sie den näher gekannt?«

Er schüttelte den Kopf. »Nein, nur durch die Arbeit. Ich glaube, er ist vor einigen Jahren nach Oslo gezogen. Ich habe ihn schon lange nicht mehr gesehen.«

»Und wahrscheinlich wird sich auch nie wieder die Gelegenheit dazu bieten«, sagte ich langsam und weidete mich an seiner erstaunten Miene. »Danielsen wird vermißt, wahrscheinlich ist er ertrunken. Vermißt werden auch der Lehrer Jonas Hval, der Journalist Arve Holm und der Oberarzt Sten Löwe. Sie alle sind spurlos verschwunden. Alle hatten auf irgendeine Weise eine Verbindung zu dieser Institution. Seltsamer Zufall, was?«

Suse war unter seiner Solariumsbräune um einiges bleicher geworden. »Ich habe das natürlich gelesen, jedoch nicht an irgendeinen Zusammenhang gedacht. Aber vier Vermißte«, er holte Luft und musterte mich besorgt. »Was kann das bedeuten?«

»Das können Sie mir vielleicht besser erklären«, konterte ich. »Sind Sie selber bedroht worden?«

»Nein. Das nicht gerade ...« Er verstummte.

»Reden Sie weiter«, drängte ich. »Was nicht gerade?«

»Ich habe seit ein paar Wochen das Gefühl, daß ich verfolgt werde. Es ist sicher Einbildung«, fügte er abwehrend hinzu und versuchte, wieder die Oberhand zu gewinnen. »Ich habe das bisher niemandem gegenüber erwähnt.«

»Erzählen Sie mir lieber, was passiert ist«, sagte ich und versuchte, mich nicht allzu eifrig anzuhören.

»Ich jogge regelmäßig. An zwei oder drei Abenden pro Woche.« Das konnte ich mir vorstellen. Er sah überaus durchtrainiert aus. Und war schlanker als ich. »Zweimal ist mir ein Wagen aufgefallen, der langsam hinter mir herfuhr.« Er schaute mich an, als warte er auf eine Erklärung. »Ich fand das auffällig. Er hätte doch einfach an mir vorbeifahren können.«

»Und was haben Sie gemacht?«

»Beim ersten Mal bin ich in eine Seitenstraße eingebogen, und da ist der Wagen verschwunden. Zwei Tage später war er wieder da, an genau derselben Stelle.«

»Wo war das?«

»In Eik. Gleich beim Lehrerseminar.«

»Haben Sie gesehen, was das für ein Auto war?«

»Ich bin nicht sicher, aber es war ein dunkler, großer Wagen. Älteres Modell, glaube ich. Es hörte sich jedenfalls so an.« Unsicher unterbrach er sich. »Es war beide Male sehr finster, und in dieser Gegend gibt es keine Straßenlaternen. Ich wurde von den Scheinwerfern geblendet und konnte nichts sehen. Glauben Sie, das kann in irgendeinem Zusammenhang mit diesen Verschwundenen stehen?«

Ich blickte ihn mit ernster Miene an. »Ich an Ihrer Stelle würde mein Lauftraining an hellere und befahrenere Straßen verlegen«, riet ich ihm. »Oder am besten in ein Laufrad.«

»Meinen Sie, ich sollte mich an die Polizei wenden?« Ich hatte ihm offenbar einen gehörigen Schrecken eingejagt.

»Das müssen Sie selber entscheiden. Aber wenn ja, dann sollten Sie mich nicht erwähnen. Denn dann wird die Polizei garantiert keinen Finger rühren.« Ich stand auf. »Sind Sie sonst irgendwie bedroht worden? Denken Sie scharf nach.«

»Nein, absolut nicht. Warum sollte ich auch?«

»Fragen Sie mich nicht«, entgegnete ich trocken. »Vielleicht von einem früheren Schüler, der Ihnen eins auswischen möchte.«

»Ich hatte immer schon eine ausgezeichnete Beziehung zu meinen Schülern.« Er war offenbar gekränkt. Schulverwalter Suse nahm sich selber sehr ernst. »Bei uns gibt es nie irgendwelchen Ärger«, fügte er irritiert hinzu.

»Abgesehen vom Herbst 93«, gab ich zu bedenken. »Da war hier ja wohl der Bär los.«

»Dafür konnte die Schule nichts«, erklärte er wütend. »Das alles hatte nichts mit uns zu tun. Es war ein purer Zufall, daß die Schule da mit hineingerissen wurde.«

Er sagte dasselbe wie alle anderen. Ich wußte nicht, ob ich das glauben sollte. »Was ist mit Jonas Hval? Der hat doch hier gearbeitet. Sie waren schon Schulverwalter, als er verschwunden ist, nicht wahr?«

»Ja, wieso?« Jetzt war sein Mißtrauen geweckt. »Hval war sehr beliebt bei den Schülern. Ich habe ihn nicht besonders gut gekannt. Er war doch nur ein Jahr bei uns. Soviel ich weiß, ist er dann an die Grundschule zurückgegangen.«

»Wissen Sie, ob Hval Probleme mit irgendwem hier an der Schule hatte?«

»Das kann ich mir nicht vorstellen. Er war zwar ein wenig exzentrisch, aber ein tüchtiger Lehrer. Und ein ziemlicher Einzelgänger.«

»Exzentrisch?«

»Wegen seiner UFO-Theorien. Aber er war total harmlos.«

Ganz so harmlos konnte er nicht gewesen sein. Wenn meine Annahmen zutrafen, dann mußte es Leute geben, die den friedliebenden Jonas Hval ganz anders gesehen hatten.

Über Arve Holm wußte Suse nur, daß er dessen Artikel schätzte. Das überraschte mich nicht. Beide rochen nach guter, spießbürgerlicher Kleinstadtmoral.

»Lassen Sie von sich hören«, sagte ich im Gehen. »Wenn Ihnen noch etwas einfällt, meine ich.«

Ich hatte ein gespanntes Verhältnis zu dieser Art von Büro. Woran schlechte Erfahrungen schuld waren.

13

In dem Versuch, den pflichtbewußten Vater zu geben, hatte ich für Freitag einen Abend zu Hause geplant. Aber vierzehnjährige Mädchen haben von einem gelungenen Freitagabend andere Vorstellungen als ihre Väter. Wir schlossen einen Kompromiß: Frühes Abendessen bei mir, dann Besuch bei einer Freundin. Zu Hause um halb zwölf. Was für mich ebenfalls gelten sollte.

»Was machst du eigentlich gerade, Papa? Du siehst so müde aus.«

Ich musterte sie über die Nudeln hinweg. Ich zog Mari normalerweise nicht zu sehr in die unangenehmen Seiten des Anwaltsdaseins hinein. Sie würde schon früh genug erfahren, daß es keine Grenzen dafür gibt, was scheinbar vernünftige Menschen einander antun können.

»Es geht um diese vielen Leute, die vermißt werden«, sagte ich. Ich hatte Mari schon eine Kurzfassung der Geschichte geliefert. »Ich weiß nicht, wie sie so einfach von der Bildfläche verschwinden können. Sie scheinen sich in Luft aufgelöst zu haben. Und das macht mir zu schaffen.«

»Glaubst du, sie sind alle tot?«

»Ja, leider. Es sieht so ziemlich danach aus. Sonst hätten sie sicher von sich hören lassen.«

Sie dachte nach. »Ich glaube, ich weiß es. Wo sie sind, meine ich.«

»Ach. Dann erzähl mir das doch bitte. Dann brauche ich mir nicht länger den Kopf zu zerbrechen.«

»Im Krankenhaus. In Sozialkunde haben wir gelernt,

daß in Norwegen drei von vier Menschen im Krankenhaus sterben. Früher war das umgekehrt.«

»Im Krankenhaus? Aber da können sie doch nicht einfach verschwinden? Hast du dir das nicht überlegt?«

»Unser Lehrer hat uns von einer alten Dame in Stockholm erzählt, die sich in einem großen Krankenhaus verirrt hatte. Sie war in ein Kabuff geraten und kam nicht mehr heraus. Und da ist sie gestorben. Erst ein Jahr später ist sie dann gefunden worden.«

»Ich glaube, im Bezirkskrankenhaus geht es nicht so chaotisch zu, daß dort Tote in den Kammern liegen.« Ich lächelte. »Obwohl es da offenbar ziemlich unübersichtlich ist.«

Der gesamte riesenhafte Krankenhauskomplex wurde gerade umgebaut. Alles Alte sollte abgerissen werden, neue Bauten wurden errichtet. Das Bezirkskrankenhaus war Vestfolds größter Arbeitsplatz.

Als Mari gegangen war, rief ich bei Mørk an. Und er war wirklich zu Hause.

»Wilhelm? Ich würde gern mit dir sprechen. Hast du einen Moment Zeit?«

Diesmal trafen wir uns in der Feuchtabteilung des Håndverkeren. Dort wurde nur flüssige Nahrung serviert. Ich bestellte eine Flasche Rioja. Das war das Beste, was der erschöpfte Kellner zu bieten hatte. Zu diesem Zeitpunkt bestand die größte Herausforderung an die Kundschaft darin, daß sie die Bestellung »einen Halben« korrekt aussprechen mußte, um bedient zu werden.

Eine von Wilhelm Mørks starken Seiten war seine Anpassungsfähigkeit. Ich fragte mich, welche Pläne er wohl für diesen Freitagabend gehegt hatte. Aber die waren nun alle zunichte gemacht. Ob sich der Mann in seiner großen alten Villenwohnung in Teie wohl manchmal einsam fühlte?

Wir stießen an. Der Wein war kalt. Im Glas schwammen Korkstückchen.

»Irgend etwas macht dir Sorgen, das sehe ich dir an. Hängst du vielleicht fest?« Mørk kam mir unverschämt gutgelaunt vor.

Ich lieferte eine kurze Darstellung meiner jüngsten Ermittlungsversuche. »Vielleicht kannst du Rønningen dazu bewegen, sich für Schulverwalter Suses Sicherheit zu interessieren«, sagte ich abschließend. »Mir glaubt sie ja doch kein Wort.«

Mørk kratzte sich nachdenklich am Kinn. »Ich werde es weiterreichen. Aber garantieren kann ich für nichts.«

»Ich komme nicht weiter«, sagte ich mißmutig. »Es gibt nur vage Verbindungslinien zwischen den Vermißten, und ich kann einfach kein Motiv entdecken. Deshalb will ich es jetzt mit einer anderen Strategie versuchen.«

»Na gut. Laß hören.«

»Wie wird man fünf Leichen los, ohne Spuren zu hinterlassen und Verdacht zu erwecken?«

»Das ist bestimmt unmöglich.«

»Stell dir vor, daß du die Leichen irgendwo unterbringst, wo jeden Tag mit Toten umgegangen werden muß.«

»Bei einem Bestattungsunternehmen, meinst du? Oder im Krematorium?« Er schüttelte den Kopf. »Zu durchsichtige Szene, zu klein, zu viele Kontrollen.«

Ich nickte. »Richtig. Zweiter Versuch.«

»Du denkst an das Bezirkskrankenhaus, nicht wahr?«

»Das ist jedenfalls mehr als groß genug. Und da sterben die Leute am laufenden Band.« Ich verstummte. Weiter hatte ich meine Theorie noch nicht entwickelt.

Mørk hob sein Glas. »Viel Glück. In Ermangelung von

besseren Möglichkeiten kannst du dir das ja genauer ansehen. Solange deine Mandantin bezahlt. Da geht's ja wohl hoch her, wie ich gehört habe.«

Ich blickte ihn überrascht an. Der Mann verfügte über unglaublich viele Informationskanäle.

»Kann dir egal sein.« Er grinste freundlich. »Sie mag dich angeblich sehr.«

Ich schüttelte resigniert den Kopf.

»Du solltest dich vielleicht über die Krankenhausregeln informieren«, riet Mørk dann. »Vielleicht findest du da einen schwachen Punkt.«

»Ich kann doch nicht einfach da antanzen und nach Leichen fahnden.«

»Ich habe eine bessere Idee«, sagte er vergnügt. »Morgen abend hat das Krankenhaus sein Weihnachtsfest. Und da findest du Leute aus allen Abteilungen, die im Laufe des Abends sicher redselig werden. Es soll das pure Besäufnis sein.«

»Interessant«, sagte ich. »Aber das ist doch ein Betriebsfest. Wie soll ich mich da denn einschleichen, wie denkst du dir das?«

»Kein Problem.« Mørk zog einen kleinen Dienstausweis aus der Brieftasche und legte ihn zwischen uns auf den Tisch. Ich sah ihn mir an. Oberarzt Sam Beckett, VBK. Ein undeutliches, von einem Automaten aufgenommenes Bild konnte in der Dunkelheit zur Not durchgehen. »Das kannst du nehmen. Damit kannst du dir eine Eintrittskarte kaufen.«

Ich war sprachlos. »Woher zum Henker hast du das denn?«

»Hab ich nie erwähnt, daß ich im Krankenhaus eine Bekannte habe?«

Eine Bekannte? In einem offenherzigen Moment hatte

er einmal einen kleinen Flirt mit einer amerikanischen Ärztin angedeutet, die am VBK angestellt war. Das Problem war nur, daß sie verheiratet war. Noch dazu war ihr norwegischer Ehemann von der überaus eifersüchtigen Sorte. Außerdem war er Chirurg. Wilhelm Mørk liebte Herausforderungen.

»Diese Dame hat absolut Sinn für Humor. Und sie interessiert sich für Literatur. Vor zwei Wochen hat sie mir eine Einladung zu diesem Fest geschickt, und der Ausweis lag dabei. Du brauchst einen, um dir eine Karte zu kaufen.«

»Und du willst nicht selber hin?«

Er zuckte mit den Schultern. »Nicht, wenn das für dich wichtiger ist. Nutz die Gelegenheit und versuch, dir ein paar hilfreiche Kontakte aufzubauen. Du mußt ins System gelangen, wenn du weiterkommen willst. Alle im Krankenhaus decken sich gegenseitig. Das liegt in der Natur der Dinge. Wenn jemandem ein Patzer unterläuft, stellen sich die anderen voll hinter ihn. Denn beim nächsten Mal könntest du derjenige sein, der ihre Solidarität benötigt.« Er schenkte den restlichen Wein ein. »Wenn du die Finger von den vielen Krankenschwestern lassen kannst, natürlich. Die Geschlechterverteilung bei diesen Festen scheint ziemlich ungleich zu sein, habe ich gehört. Sollen wir noch eine Flasche köpfen?«

»Ich muß nach Hause«, sagte ich. »Und da sollte ich nüchtern sein.«

»Du brauchst einen guten Anzug«, rief er hinter mir her. »Da darfst du dich nicht in deiner alten Lederjacke sehen lassen.«

Im Laufe des Sonntags überlegte ich mir die Sache mehrere Male anders. Doch um sieben Uhr abends stand ich mit einer lärmenden Bande von Krankenhausangestellten vor dem Bankettsaal des Hotels. Mari hatte ihre Freundinnen zu mir nach Hause eingeladen, und ich hatte ihr den strengen Befehl erteilt, die Wohnung bis Mitternacht wieder zu leeren. Da ich noch keine Eintrittskarte hatte, mußte ich erst mal Schlange stehen. Die Frau hinter dem Schalter würdigte mich keines Blickes. »Dreihundert, bitte.« Ich fragte mich zweifelnd, ob ich für dieses Geld einen Gegenwert erhalten würde.

Zuerst gab es einen Aperitif. Ich hatte den Verdacht, daß der Barmann Krankenhausalkohol hineingemixt hatte. Denn schon ehe das Essen serviert wurde, war das Promilleniveau bedrohlich gestiegen. Was auch für den Geräuschpegel galt. Es gab Schweinebraten mit Kümmelkohl, als Dessert Karamelpudding. Stark geschminkte Damen, die ihre erste und zweite Jugend bereits hinter sich hatten. Mannsbilder mit Geheimratsecken und wachsenden Wohlstandsbäuchen. Hier waren nur wenige unter fünfunddreißig. Solche Veranstaltungen wirken vor allem auf die anziehend, die gern darüber reden, wie viel besser alles früher war. Die anderen haben noch immer Alternativen.

Das Fest fand in einem riesigen Saal statt, in dem ansonsten Theatervorstellungen gegeben wurden. Als besonders intim konnte die Umgebung nicht gerade bezeichnet werden. An dem mir zugewiesenen Tisch saßen acht Frauen und zwei Männer. Der andere Mann war lang und dünn und ein wenig älter als ich. Ein imponierender Hängeschnurrbart ließ ihn leicht melancholisch wirken. Er sah aus wie ein englischer Lord. Noch vor dem Dessert hatte er die meisten Damen am Tisch damit provoziert, daß er eine Zote nach der anderen riß. Das Problem war nicht, daß sie zu grob waren. Das wäre noch durchgegangen. Aber ehe er zur Pointe kam, hatte er sie immer schon vergessen. Ich sah einen anstrengenden Abend vor mir.

»Du bist neu hier?« Eine dunkle, üppige Frau sprach mich quer über den Tisch hinweg an. Sie erinnerte mich an meine Mutter. »Ich heiße Alice.« Ich hoffte, daß sie keine Amerikanerin war.

»Alice in Wonderland«, warf der Schnurrbart dazwischen. »Läßt du mich ein, Alice?« Sie waren offenbar alte Bekannte.

»Ich arbeite mit dem da zusammen. Ich bin Krankenschwester.« Sie zeigte freundlich auf den Lord. »Laß dir von ihm keine Angst einjagen. Er ist nicht so blau, wie es scheint. Eigentlich hat er keine Zeit zum Trinken. Er arbeitet immer nur.« Sie lächelte. »Wer bist du?«

»Beckett«, sagte ich peinlich berührt. Ich wollte diesen Spaß nicht zu weit treiben. »Sam Beckett. Ich bin für einige Wochen ans VBK ausgeliehen worden. An die Verwaltung. Organisationsentwicklung.« Das war die vageste Angabe, die mir auf die Schnelle einfiel. Der Schnurrbart hörte zum Glück nicht zu.

»Wie interessant«, sagte Alice. Ich rutschte unruhig auf meinem Stuhl hin und her und verfluchte Wilhelm Mørk, der mich wie üblich in eine ärgerliche Situation gebracht hatte.

»Und was machst du genau?« fragte sie dann. Zum Glück war sie Norwegerin.

»Logistik«, rutschte es aus mir heraus. »Verlegung und Transport von Patienten.« Das hörte sich beeindruckend an.

»Wie spannend.«

Aber das sagte sie offenbar nur aus purer Nettigkeit. Außerdem herrschte in diesem Lokal ein quälender Männermangel. Dennoch gefiel es mir, daß sie so freundlich war.

»Du bist Arzt, nicht? So siehst du nämlich aus«, sagte sie. Zum Glück erwartete sie keine Antwort. »Tanzt du?«

Die Band spielte alte Instrumentalschnulzen. Derzeit wurde Fleetwood Macs »Albatross« geschändet.

Wir preßten uns auf der überfüllten Tanzfläche aneinander. Nach zwei Tänzen fühlte ich mich besser. Ich spielte mit dem Gedanken, Wilhelm Mørk zu verzeihen.

In der nächsten Pause setzten wir uns an die Bar. »Sag mal, Alice«, raunte ich über den Drinks. »Wenn ich Informationen über interne Routinen und Regeln für den Umgang mit Toten brauche, an wen wende ich mich da? Ganz inoffiziell«, fügte ich hinzu. »Es sind nämlich Klagen von Angehörigen eingegangen«, erklärte ich und legte mein Gesicht in betrübte Falten. Ich staunte über meine Frechheit.

Sie blickte mich einen Moment lang skeptisch an. »Mors, meinst du?«

Ich hatte mich offenbar laienhaft ausgedrückt. Ich nickte bestätigend.

»Da hast du wirklich Glück«, sagte sie und zeigte auf den Spaßvogel. Er hing noch immer an unserem Tisch herum. »Frag den Oberarzt. Der weiß alles darüber. Er führt hier die meisten Obduktionen durch. Fredrik Riis heißt er. Er arbeitet in der Pathologie.« Wieder lächelte sie. Sie hatte wirklich ein reizendes Lächeln. »Du solltest die Gelegenheit nutzen, ehe er zuviel in sich reinschütten kann.« Sie zeigte auf unsere Gläser. »Ich habe genug. Ich muß morgen zum Frühdienst.« Sie winkte dem Oberarzt, der augenblicklich auf sie zusteuerte. »Ich werde euch bekannt machen. Herr Riis ist manchmal etwas eigen, wenn er getrunken hat.«

Wir machten am Tresen Platz für ihn. »Das ist Sam«, sagte meine Wohltäterin. »Du mußt dich um ihn kümmern, ich muß nämlich los.« Sie bedachte uns mit einem raschen Lächeln. »Amüsiert euch.« Damit war sie verschwunden.

Wir schüttelten einander die Hände. »Sam, ja? Amerikaner?«

»Durch und durch Norweger«, korrigierte ich und faßte einen unerwarteten Entschluß. »Das ist ein falscher Name, fürchte ich. Ich mußte ein bißchen tricksen, um hier eingelassen zu werden.« Ich ging nicht näher auf diese Trickserei ein.

»Ich heiße Foyn, Svend Foyn. Und bin Rechtsanwalt.« Ich musterte Fredrik Riis. Er kam mir sympathisch vor. Ein wenig verrückt und gerade ausgeflippt genug. Seine Augen funkelten auf die richtige Weise. Er schien meinen leichtfertigen Umgang mit Identitäten ganz gelassen hinzunehmen.

»Ich bin aus einem etwas speziellen Grund hier«, sagte ich langsam. »Und vielleicht kannst du mir ja helfen.« Sein Glas war schon wieder leer. »Ich geb einen aus.«

Der Oberarzt zuckte mit den Schultern. »Tu das. Aber ich kann nichts versprechen. Falls du nicht etwas Spannendes zu bieten hast.«

Wir tranken schweigend weiter. Keiner von uns hatte es eilig. Ich wußte nicht so recht, wo ich anfangen sollte. »Hast du den Oberarzt Sten Löwe gekannt?«

»Ob ich ihn gekannt habe?« Er schaute in sein Glas. »Sagen wir mal so: Niemand in diesem Krankenhaus konnte die Bekanntschaft mit Sten Löwe vermeiden. Ich wäre gern davon verschont geblieben.« Riis schien nicht zu Löwes Fanclub zu gehören. »Es ist mir natürlich zu Ohren gekommen, daß er verschwunden ist. Das wissen alle. Sicher hat irgendwer ihn abgemurkst. Was hast du mit Löwe zu tun?«

»Seine Frau«, erklärte ich, »hat mich angeheuert, um herauszufinden, was passiert ist.« Ich musterte Riis aufmerksam. »Wieso glaubst du, daß er umgebracht worden ist?«

»Ich glaube gar nichts. Ich wende die Eliminierungsmethode an.«

»Und wie lautet die?«

»Leute, die sich selber so toll finden, begehen keinen Selbstmord. Und das Ego dieses Typen war phänomenal. Er war geradezu selbstverliebt.«

Ich wußte Fredrik Riis' Urteilsvermögen inzwischen schon sehr zu schätzen.

»Und warum hätte er sich aus dem Staub machen sollen? Er hatte doch alles«, fuhr er fort. »Und da bleibt nur eine Möglichkeit. Falls nicht übernatürliche Kräfte mit im Spiel sind«, fügte er hinzu. Ich wußte nicht so recht, ob das ein Witz sein sollte.

»Du hast nicht zufällig auch noch einen Vorschlag, wer der Täter sein könnte?« fragte ich. »Dann können wir das Rätsel hier und jetzt lösen.«

»Such unter den Leuten, denen er auf die Füße getreten ist«, erwiderte Riis kryptisch. »Dann wirst du schon jemanden finden. Streber mit spitzen Ellbogen hinterlassen ihre Spuren.«

»Das habe ich versucht«, erwiderte ich. »Ergebnislos. Sei doch etwas konkreter.«

»Ich hätte es auch sein können«, bekannte er. »Wenn ich nicht anderweitig beschäftigt gewesen wäre. Ich konnte meine kostbare Zeit nicht damit verschwenden.«

Wir leerten noch ein Glas. »Das ist noch nicht alles«, eröffnete ich dann. »Während der letzten Jahre sind noch vier weitere Personen auf vergleichbare Weise verschwunden.« Ich ging noch einmal meine Liste durch. »Was sagst du dazu?« Ich merkte, daß ich einen Zuhörer brauchte.

Er stieß einen interessierten Pfiff aus. »Das klingt ja seltsam. Alles Männer, hast du dir das schon mal überlegt? Vielleicht haben wir es mit einer feministischen Rächerinnengruppe zu tun. Ich meine, hier heute abend bereits besorgniserregende Tendenzen beobachtet zu haben.« Er grinste traurig unter seinem Schnurrbart. »Wir müssen im Kampf zusammenhalten. Wie kann ich dir helfen?«

Ich steckte mir ein Zigarillo an. »Ich möchte wissen, wie ihr hier im Krankenhaus mit Leichen umgeht. Was passiert mit den Toten? Wo werden sie gelagert? Das alles. Du bist doch Experte.«

Fredrik Riis schaute auf die Uhr. Es war noch keine zwölf. »Hier passiert ohnehin nichts mehr. Und die Bar wird auch gleich geschlossen. Hier ist unseres Bleibens nicht mehr. Bist du soweit?«

Das war ich.

Wir gingen. Das Krankenhaus war nur zehn Minuten entfernt. »Her mit deinem Ausweis. Der Personaleingang ist um diese Zeit geschlossen.« Der Oberarzt fischte mit sicherem Griff seinen eigenen Ausweis hervor. Sein Gang war da schon unsicherer. »Wir müssen uns zusammenreißen«, sagte er und straffte die Schultern, als wir uns dem Haupteingang und der Notstation näherten. »Diese Wachleute sind manchmal verdammt genau.«

Aber die Wachleute waren mit der üblichen Samstagskundschaft der Notstation vollauf ausgelastet. Wir kamen in unseren Mänteln und dunklen Anzügen glatt durch. Angezogen wie zu einer Beerdigung, so kam ich mir vor. Ich hatte Mørks Rat befolgt und mich entsprechend gewandet.

»Wir gehen zuerst zu mir.« Fredrik Riis führte mich mit unfehlbarem Kurs durch eine Unmenge von Gängen, Fluren, Türen und Kontrollstellen. Er besaß einen Codeschlüssel, der offenbar alle Wege öffnete.

Sein Büro in der Pathologie im sechsten Stock war groß, aber dennoch überfüllt, wenn auch zum Glück nur mit Papieren. Die lagen überall stapelweise.

»Hau dich hin, ich hole Gläser.« Er wandelte von dannen und kehrte einige Minuten später mit einer Flasche voll 96prozentigem Alkohol zurück. »Nur mit der Ruhe«, sagte der Oberarzt munter angesichts meiner Reaktion. »Das wird natürlich verdünnt.«

Der Wahrheitsfindung zuliebe nahm ich das Glas, das er mir reichte. Und beging Verrat an Bache Gabrielsen.

»Also, schieß los«, ermunterte er mich dann und leerte sein halbes Glas auf einen Zug. »Was willst du wissen?«

»Wenn du obduzierst, woher kommen dann die Leichen?«

»Normalerweise direkt von den Stationen, auf denen sie gelegen haben. Manchmal müssen sie erst noch warten, und dann liegen sie entweder im Kühlraum der Station oder im zentralen Lager im Keller. Dort werden alle Mors gesammelt, ehe sie das Haus verlassen.«

»Und wer holt sie dann ab?«

»Die Bestattungsunternehmen holen sie und erledigen dann den Rest in ihren eigenen Räumlichkeiten. Sie sind hier gut bekannt. Und über alles wird sorgfältig Buch geführt.«

»Es wäre also unmöglich, eine zusätzliche Leiche ins Lager zu schmuggeln?«

Riis kratzte sich im Hängeschnurrbart. »Für jemanden, der sich gut auskennt, wäre es sicher nicht unmöglich. Aber danach würde es Probleme geben. Die Leiche könnte dort nicht über längere Zeit liegenbleiben. Das ist schließlich kein Gefrierlager.«

Er hatte natürlich recht. »Aber wäre es möglich, einem Bestattungsunternehmen die falsche Leiche unterzujubeln?«

Er grinste und nickte. »Da sagst du was Wahres. Das ist wirklich schon vorgekommen. Aber in deinem Fall wäre das Problem ja, daß du dann eine andere überzählige Leiche hättest. Und was würdest du damit machen?«

Ich hatte keine Ahnung. »Wie viele Leichen habt ihr denn normalerweise so im Keller?« fragte ich.

»Nicht sehr viele, glaube ich. Vielleicht fünf oder zehn. Ich weiß es ehrlich gesagt nicht. Und du kannst es nur auf eine Weise herausfinden.«

Gehorsam folgte ich ihm zum Fahrstuhl. Diese Unterredung wurde für meinen Geschmack ein wenig zu morbide.

Im dritten Untergeschoß hielten wir vor der Tür zu Zimmer 017. »Hier haben wir den Kühlraum.« Der Oberarzt zeigte auf eine solide Metalltür mit einem Schloß. Keine Geheimnummer. »Die Kapelle liegt gleich daneben. Dort können die Angehörigen Abschied nehmen. Es ist still hier, nicht?« Fredrik Riis schien sich von der Umgebung nicht beeinflussen zu lassen. »Von hier aus können sie diskret und ungesehen zur Laderampe geschoben werden.«

Er griff zu seinem Universalschlüssel. »Schauen wir mal nach. Du kannst sie zählen.«

Zwischen Tür und Rahmen klaffte ein Spalt von mindestens einem Zentimeter. Fredrik Riis folgte meinem Blick. »Alle Türen hier unten haben sich bei den Umbauarbeiten im Sommer verschoben. Und bisher hat niemand sich die Mühe gemacht, sie zu reparieren.«

Es wäre kein großes Problem, diese Tür ohne Schlüssel zu öffnen. Zwei spitze Schraubenzieher würden sich leicht in den Schloßzylinder pressen lassen. Und der Zylinder schien zerkratzt zu sein.

Riis öffnete. Wir gingen hinein. »Tür zu«, befahl der Oberarzt. »Wir dürfen die Kälte nicht hinauslassen.«

Der Raum war steril und weiß. An der einen Wand war ein Metallgestell angebracht, das wie mehrere Etagenbetten wirkte. Ungefähr die Hälfte der Ablagen war mit etwas bedeckt, das offenbar in weiße Laken gehüllte Menschenkörper waren. Ich fühlte mich nicht ganz wohl in meiner Haut. Der viele Schnaps machte es mir nicht leichter, meine Gemütsruhe zu bewahren. Ich wich zur Tür zurück, während Riis unbeschwert zu dem Gestell ging. Ich hatte schon genug gesehen.

»Hier unten ist weniger Platz, als ich erwartet hatte. Mehr als fünfzehn oder zwanzig können unmöglich untergebracht werden.«

Er hatte den Satz gerade erst beendet, als jählings und ohne Vorwarnung das Licht erlosch. Im Raum war es jetzt stockfinster.

Es war nicht nur, daß ich das Gefühl hatte, mein Herz sei stehengeblieben. Es schien noch dazu zwei Salti mortali einzulegen, um dann endlich an seinen normalen Platz zurückzukehren und seine Pumparbeit wiederaufzunehmen. Auch Oberarzt Riis klang nicht gerade locker, als er brüllte: »Mach sofort dieses verdammte Licht wieder an!«

Er hatte recht. Ich hatte mich so dicht an die Wand gepreßt, daß ich den Lichtschalter berührt hatte.

Ich hatte genug gesehen. In ziemlichem Tempo verließen wir den Raum, schlossen die Tür ab und zogen uns auf den Flur zurück, in die beruhigende Nähe des Fahrstuhls. Kälte und Schock steckten mir noch immer in den Knochen, als wir uns wieder in Riis' Büro niederließen. Diesmal kam es mir dort fast anheimelnd vor. Die Mischung, die er jetzt für uns mixte, war das reine Anästhesieangebot.

»Anstrengenden Job hast du da«, sagte der Oberarzt im Plauderton. »Du mußt bestimmt dauernd irgendwelchen Leuten unangenehme Fragen stellen. Meine Kundschaft ist immer still und ruhig. Und das ist mir auch lieber so. Hat dieser Besuch dich nun weitergebracht?« Er musterte mich neugierig.

»Eigentlich schon. Obwohl wir nichts gefunden haben. Meine Theorie taugt also nichts. Ich bezweifle, daß das Krankenhaus in die Sache verwickelt sein kann.«

»Menschliche Leichname sind zu groß«, dozierte der Oberarzt. »Es ist fast unmöglich, eine Leiche loszuwerden. Ich glaube kaum, daß es geht, ohne Spuren zu hinterlassen.«

Eine niederschmetternde Konklusion. Aber jetzt hatte der starke Schnaps mich so weit zugedröhnt, daß ich nicht mehr logisch denken konnte. Der Oberarzt Fredrik Riis konnte offenbar ungeheuer viel vertragen.

Was danach passierte, kann ich nur noch vage erahnen. Tatsache aber ist, daß ich erst am nächsten Morgen zu Hause in meinem eigenen Bett wieder zu mir kam, in meinem Festanzug, inklusive der schwarzen Schuhe. Den Mantel hatte ich aus unerfindlichen Gründen ausgezogen und ordentlich an die Garderobe gehängt. Ich hatte den Eindruck, daß wir im Laufe der Nacht den Obduktionssaal besichtigt hatten. Ich konnte nur hoffen, daß wir niemanden obduziert hatten.

Als ich die Augen öffnete, schaute ich in zwei Gesichter, die mich betrachteten. Das eine war besorgt und übersät von Sommersprossen. Es gehörte meiner etwas resignierten Tochter. Das andere war behaart und gab eine leichte Sabberdusche von sich. Es war unangenehm, aber nicht gefährlich.

»Papa! Du hast dich ja nicht ausgezogen!« Die Stimme klang ein wenig ängstlich. »Diesmal mußt du aber besoffen gewesen sein.«

Es hatte keinen Zweck, eine dermaßen unumstößliche Tatsache leugnen zu wollen. »Gestern ist es spät geworden«, erklärte ich. »Und ich habe etwas bekommen, das ich nicht vertragen habe. Ich habe deinen Rat befolgt und im Krankenhaus ein paar Untersuchungen angestellt.«

Ich wußte, daß ich im Laufe der Nacht etwas Wichtiges festgestellt hatte. Nicht nur, wie alles gewesen sein konnte, sondern auch, wo vielleicht die Lösung lag. Nur konnte ich mich im Moment einfach nicht daran erinnern. Aber es war Sonntag, und ich hatte genug Zeit zum Nachdenken.

14

Einen Großteil des Tages brachte ich mit Erklärungen zu. Ich machte den ernsthaften Versuch, Mari verstehen zu geben, warum ihr Vater am Vorabend darauf verzichtet hatte, vor dem Einschlafen seinen guten Anzug abzulegen oder diesen gar aufzuhängen. Ich glaube, daß sie das schließlich verstand. Sie freute sich auf jeden Fall darüber, daß ich ihren Vorschlag ernstgenommen hatte. Noch immer konnte ich mich nicht daran erinnern, was in einem lichten Moment während der Nacht so klar gewesen zu sein schien. Etwas Wichtiges, das Dr. Riis mir gesagt hatte.

Anna Löwe würde sich in absehbarer Zeit wohl nicht mehr bei mir melden. Es war natürlich blödsinnig, auf eine Hündin eifersüchtig zu sein. Aber es war auch nicht viel besser, mit einer verglichen zu werden. Ich beschloß, mich zu zieren, und den Anruf, den ich so gern tätigen wollte, weiterhin aufzuschieben.

Wir nutzten die Tatsache, daß die Läden jetzt auch sonntags geöffnet hatten, um Weihnachtsgeschenke zu kaufen und andere nötige Weihnachtsvorbereitungen zu treffen. Das Leben in der Kleinstadt schien normal zu verlaufen. Im Moment fand ich die Vorstellung vollkommen abstrus, daß sich hinter diesen Fassaden ein Serienmörder verbergen sollte. Ein anonymer Mörder mit unbekanntem Motiv und ebenso unbekannter Methode, um sich der Leichen zu entledigen.

Noch etwas anderes machte mir zu schaffen, etwas,

worum ich mich noch nicht gekümmert hatte. Vielleicht hatte ich das einfach nicht gewollt. Der UFO-Lehrer Jonas Hval war ein aktives Mitglied der Organisation UFO-Norwegen gewesen. Ich hatte noch mit niemandem aus dieser Szene gesprochen.

Später an diesem Nachmittag rief ich den alten Hval an. »Hier ist noch einmal Rechtsanwalt Foyn. Es geht um Ihren Sohn.« Er war ganz Ohr. »Ich brauche die Namen einiger wichtiger Mitglieder des UFO-Vereins«, sagte ich und kam mir ein bißchen blöd dabei vor. »Von solchen, die Jonas gekannt haben. Ich muß ihnen ein paar Fragen stellen.« Ich ging nicht näher auf diese Fragen ein. »Wenn ich das richtig verstanden habe, dann wohnt der Vereinsvorsitzende hier in der Gegend.«

»Ja, sicher, hier liegt irgendwo eine Liste«, antwortete Herr Hval eifrig. »Warten Sie einen Moment, dann hol ich sie.« Er wühlte einen Namen und zwei Telefonnummern hervor. »Der Vorsitzende heißt Jonathan Stein. Er wohnt in Horten.«

»Sonst gibt es leider nichts Neues«, sagte ich in einem Tonfall des Bedauerns. »Wenn etwas passiert, dann gebe ich sofort Bescheid.«

Er seufzte tief. »Wir können diese Unsicherheit nicht mehr lange aushalten, weder meine Frau noch ich. Die bringt uns um. Wir wollen doch nur eine Erklärung, mehr nicht.«

Ein Ausflug nach Horten an einem ruhigen Adventssonntag. Ich glitt langsam mit meinem Jaguar durch die stille Landschaft von Vestfold. Die Dezembersonne verschwand gerade als rote Kugel hinter dem Horizont, als ich durch Åsgårdsstrand kam. Hier hatte Munch einige seiner Meisterwerke gemalt. Es war klares, schönes Wetter, am Himmel war nicht eine einzige Wolke zu sehen.

Ideale Beobachtungsverhältnisse für UFO-Enthusiasten. Ich hatte vorher mit dem Vorsitzenden telefoniert. Er war mir überraschend kooperativ vorgekommen.

Wir hatten uns im Kroa verabredet. Eine mehr zugeräucherte Kneipe gibt es in ganz Ostnorwegen nicht. Nicht ich hatte dieses Lokal vorgeschlagen, sondern der Vorsitzende selber. Dieser Jonathan Stein hörte sich ziemlich speziell an. Am Telefon hatte er sich gebildet und kultiviert ausgedrückt. Wie ein typischer Akademiker. Dem Telefonbuch nach war der Mann Dipl.-Ing. Es gab sehr vieles, womit ich mich nicht auskannte.

Die Kundschaft im Kroa an diesem Sonntag war vielleicht nicht ganz die übliche, schließlich war es kurz vor Weihnachten, gutes Wetter und großes Gedränge in der Stadt. In Tønsberg wäre eine solche Kneipe von mehr oder weniger dubiosen Personen bevölkert worden, deren größtes Problem es wäre, ob der Kellner ihnen noch ein Glas bringen würde; aber dieses Lokal wimmelte nur so von Menschen, die absolut respektabel aussahen. Ältere Ehepaare mit eben erstandenen Weihnachtsgeschenken; hier und dort ein einsamer Mann mittleren Alters mit einem zähen Halben und einer Tageszeitung; ein verliebtes Teeniepaar. Ich schaute mich im Lokal um und versuchte, zu erraten, welcher der Männer wohl Jonathan Stein war. Und tippte völlig daneben. Ein kleiner, gutangezogener Mann in den Fünfzigern kam auf mich zu.

»Rechtsanwalt Svend Foyn?« Danach nannte er seinen Namen und Titel. »Setzen Sie sich. Ich habe in der Ecke einen Tisch ergattern können.« Er führte mich hin. »Hier können wir uns ungestört unterhalten. Was darf ich für Sie bestellen?«

»Kaffee, bitte«, sagte ich leicht verwirrt, während ich Platz nahm. Hulda hatte ich im Wagen gelassen.

Verstohlen musterte ich mein Gegenüber an diesem abgenutzten Kneipentisch. Der Mann hätte Steuerprüfer sein können, zur Not auch noch ein bei der Gemeinde angestellter Ingenieur mit Wasser- und Abflußsystemen als Zuständigkeitsbereich, so durchschnittlich wirkte er. Höflich war er auch, mein Erstaunen schien ihn absolut nicht zu treffen.

»Was möchten Sie wissen?« erkundigte er sich freundlich. »Lassen Sie mich raten. Sie fragen sich, wie angeblich vernünftige, erwachsene Menschen ihre Freizeit damit zubringen können, daß sie nach fliegenden Unterassen voller grüner Männchen Ausschau halten.«

»So ungefähr, ja«, räumte ich ein. »Vielleicht könnten Sie mir das erklären? Ich bin ein wenig schwer von Begriff.« Der in der vergangenen Nacht konsumierte Alkohol steckte mir noch immer in den Knochen. Jetzt mußte ich mich in acht nehmen; ich wollte den Mann schließlich nicht beleidigen, noch ehe wir richtig ins Gespräch gekommen waren.

»UFO-Norwegen ist eine Organisation, die sich Phänomenen, für die wir noch keine überzeugende Erklärung haben, auf streng wissenschaftlicher Basis zu nähern versucht. Verstehen Sie?«

Ich nickte interessiert.

»Wir gehören einer internationalen Dachorganisation an. Sie arbeitet mit denselben Grundlagen wie wir. Es ist ein fachlich durchaus hochkarätiges Gremium«, fügte er hinzu. »Ich will nicht verhehlen, daß es unter unseren Mitgliedern auch Leute mit weniger wissenschaftlichen Ansichten über die Fragen geben kann, mit denen wir uns beschäftigen. Aber die sind die Ausnahme. Bis zu einem gewissen Grad arbeiten wir auch mit den Behörden zusammen, national und international.«

Sieh an. »Aber wie gehen Sie eigentlich vor?« fragte ich, jetzt neugieriger geworden. »Ich meine, was machen Sie genau?«

»Hauptsächlich registrieren und untersuchen wir alle anfallenden Meldungen über Beobachtungen im Luftraum, für die es keine natürliche Erklärung zu geben scheint. Wir gehen diesen Beobachtungen nach, sprechen mit Zeugen, nehmen Kontakt zu den Luftfahrtbehörden auf und ziehen am Ende unsere Schlüsse.«

Ich hatte das Gefühl, daß sein scharfer Blick mich voll durchschaute.

»In neun von zehn Fällen finden wir ziemlich schnell akzeptable Erklärungen. Im zehnten Fall verstärken wir unsere Untersuchungen, womöglich zusammen mit Experten aus unserem internationalen Netzwerk. Manchmal sitzen wir danach vor einem Phänomen, das wir, ausgehend von unserer derzeitigen Kompetenz, nicht erklären können.«

»Und hier kommen dann die Untertassentheorien zum Tragen?«

Er schüttelte resigniert den Kopf. »Anders als die Dogmatiker sind wir skeptisch. Wir verwerfen keine Möglichkeit, solange wir den Fall nicht gründlich untersucht haben. Wenn wir dann noch immer keine Lösung haben, sind für offen für andere Verständnisformen als die, die heute unseren kleinen Erdball beherrschen.« Er schaute mich mit ernster Miene an. Für einen kurzen Moment glaubte ich, in seinem Blick Fanatismus zu erkennen. »Die Geschichte wird uns recht geben.«

Er zog ein Dokument aus einer abgegriffenen Ledertasche. »Ich habe als Beispiel einen Bericht mitgebracht, den wir ausgearbeitet haben, nachdem ein Fischer, der über dem Oslofjord ein unidentifizierbares Flugobjekt gesehen zu haben glaubte, sich bei uns gemeldet hatte. Und ich habe es nicht zufällig ausgewählt. Der Fischer hat seine Beobachtung an dem Abend gemacht, an dem Jonas Hval verschwunden ist.«

Die Dezemberdunkelheit hatte sich über die Stadt gesenkt. Das Lokal dagegen war hell und geschäftig. Ich hatte keinerlei Grund, mich unsicher zu fühlen.

»Und zu welchen Schlüssen sind Sie in diesem Fall gelangt?«

»Wir haben keine natürliche Erklärung gefunden. Das heißt nicht, daß es keine gibt. Unsere Untersuchungen sind noch nicht abgeschlossen.«

»Reden wir über Jonas Hval. Wie würden Sie ihn charakterisieren?«

»Ich habe ihn nicht besonders gut gekannt. Aber er war zweifellos ein tüchtiger und kenntnisreicher Mann. Soviel ich weiß, war er auch ein ausgezeichneter Lehrer. Hval gehörte zu unseren aktivsten Mitgliedern.«

Ich ahnte hinter seinen neutralen Formulierungen eine andere Aussage. »Wie würden Sie ihn im Verhältnis zu Ihren wissenschaftlichen Ansprüchen sehen?«

Jonathan Stein trommelte vorsichtig mit den Fingern auf der Tischplatte herum. Das war der erste Hinweis auf einen Bruch in seiner Beherrschung, der mir bisher aufgefallen war. »Jonas Hval hatte einzelne ausgefallene Vorstellungen. Unter anderem interessierte er sich sehr für Berichte über angebliche Kontakte zwischen unbekannten Wesen und Erdbewohnern. Von solchen Berichten gibt es eine ganze Reihe«, setzte er hinzu, wie um Entschuldigung zu bitten. »Einige wenige sind sehr gründlich dokumentiert. Aber Hval ging meiner Ansicht nach ein wenig zu weit.«

»Wie meinen Sie das? Denken Sie an etwas Konkretes?«

Er rutschte auf seinem Stuhl hin und her. »Ich möchte nur ungern Gerüchte über jemanden in Umlauf bringen, der sich nicht verteidigen kann. Das hier muß unter uns bleiben.«

»Kein Problem.« Und das war es wirklich nicht. Solche Geschichten glaubt ohnehin kein Mensch. Schon gar nicht die Polizei.

»Jonas Hval hat angeblich behauptet, er stehe in Kontakt zu Wesen aus dem All. Wie oder auf welche Weise, das weiß ich nicht.« Stein musterte mich traurig. »Das ist alles sehr tragisch. Ich selber glaube, daß Hval einen psychischen Zusammenbruch erlitten und Selbstmord begangen hat.«

»Hat er den Eindruck gemacht, als habe er alles satt, als sei er lebensmüde?«

Stein schüttelte den Kopf. »Nein, meines Wissens nicht. Er war eigentlich immer guter Dinge.«

»Wissen Sie, ob er Feinde hatte oder irgendwie bedroht wurde?«

»Das kann ich mir nicht vorstellen. Jonas Hval war zwar ein ziemlicher Sonderling. Aber er war freundlich und allgemein beliebt.«

Ich ging die Liste der Vermißten durch. »Sehen Sie hier irgendeinen Zusammenhang?« fragte ich vorsichtig. »Kann Jonas Hval mit den anderen Verschwundenen zu tun gehabt haben?«

»Nicht, daß ich wüßte.« Ich merkte, daß er jetzt Grund zum Nachdenken hatte. Das freute mich. Da waren wir schon zwei.

Der Vorsitzende mußte gehen, und ich blieb allein sitzen und zerbrach mir den Kopf über den UFO-Bericht. Er bestätigte das, was ich ohnehin schon wußte. Die Beobachtungen waren von nüchternen, mit dem Meer vertrauten Menschen gemacht worden. Der Zeitpunkt konnte mit den Annahmen des alten Hval übereinstimmen. Der Kurs des Gegenstandes machte Fjærholmen auf Føynland zu einem wahrscheinlichen Ziel. Die Luftwaffe konnte nur ziemlich vage Vermutungen über einen möglichen Wetterballon liefern.

Ich seufzte enttäuscht und erhob mich. Ich hatte die leise Hoffnung gehabt, hier eine Verbindung zwischen Jonas Hval und den anderen Verschwundenen zu finden. Außerdem mußte ich widerwillig zugeben, daß Jonathan Stein mir nicht wie ein halbverrückter Phantast erschienen war.

Als ich Tønsberg erreichte, war es noch immer ziemlich früh am Abend. Mari war jetzt wieder bei ihrer Mutter, die ihr sicher die Wahrheit über mein Gastspiel in der Krankenhausszene entlocken würde. Und mit absoluter Sicherheit würde das ihren üppigen Vorurteilen über meine väterliche Verantwortungslosigkeit neue Nahrung geben.

Für den Rest des Abends widmete ich mich den Schachfiguren und einer guten Zigarre. Ausnahmsweise einmal war sogar Hulda in milder Laune. Kein nervender Anruf störte den Frieden. Ich hatte Zeit, um die Einzelheiten meines Falles zu durchdenken. Und wieder meldete sich der quälende Gedanke, den ich bisher hatte verdrängen können.

Ich hatte nämlich etwas vergessen. Mein neuer Assistent Frank Jensen hatte erwähnt, daß er und seine Frau erfolglos Privatdetektive auf die Suche nach Johnny geschickt hatten. Und es mußte einen Bericht über das Vorgehen der Detektive geben, den ich noch nicht gesehen hatte. Ehe ich den Abend für beendet erklärte, rief ich deshalb Frank Jensen an. Er meldete sich sofort. Vermutlich hatte er sich in den fünf Jahren des Wartens auf den

Anruf, der endlich eine Erklärung liefern würde, diese Gewohnheit zugelegt.

»Frank Jensen? Hier ist Foyn.«

»Gibt's was Neues?« Seine Stimme klang ruhig.

»Nein«, sagte ich gedehnt. »Eigentlich nicht. Ich habe nur eine Frage. Sie hatten doch einen Privatdetektiv angeheuert, stimmt das nicht?«

»Ja.« Er zögerte einen Moment. »Øhrn Safety in Oslo. Die waren teuer und haben nichts gefunden.«

»Aber Sie hatten doch sicher einen Bericht bekommen?« fragte ich. »Den würde ich gern einmal sehen. Ist Ihnen das recht?«

»Ja, ja.« Er war das Wohlwollen in Person. »Wenn Sie wollen, kann ich ihn sofort vorbeibringen.«

Ich schaute auf die Uhr. »So eilig ist das nicht.« Ich dachte kurz nach. »Hören Sie. Ich habe einen Vorschlag. Wenn Sie mir den Bericht morgen ins Büro bringen, können wir zusammen Mittag essen. Geht das?«

»Ja, gern. Ich hab Zeit genug. Und morgen vormittag muß ich nicht zur Arbeit.«

Der Montagmorgen war wie alle Montagmorgen, nur ein bißchen schlimmer. Um diese Jahreszeit ist alles eilig. Alles muß vor dem Jahresende erledigt werden. Vor allem müssen Ausgaben und Einnahmen auf der richtigen Seite des Jahreswechsels verbucht werden. Ich hatte den Eindruck, daß die pulsierende Wirtschaft der Gegend einen Großteil ihrer angeblichen Kreativität anwandte, um ihre Steuern zu senken, und nicht, um ihre Produktion zu steigern. Aber ich war ja weder Volkswirtschaftler noch Politiker.

Ich hatte meine Verabredung restlos vergessen, als Frau Svendsen anrief. »Svend, du hast einen Termin. Frank Jensen ist hier.«

»Schick ihn einfach rein.«

»Ich hol schnell ein paar Brötchen.« Sie war die heißeste Konkurrentin meiner Mutter im Ringen um den weiblichen Ehrenplatz in meinem Herzen. Unglücklicherweise teilte sie den Erziehungstrieb meiner Mutter.

Frank Jensen stand in der Tür. Der kräftige Mann bewegte sich geschmeidig wie eine Katze. Er hielt seine Mütze in der Hand. Und unter dem Arm hatte er einen kleinen Ordner mit dem Aufdruck »Øhrn Safety«.

»Setzen Sie sich«, sagte ich. »Kaffee kommt gleich. Wir haben hier im Moment sehr viel zu tun«, fügte ich hinzu. »Und deshalb schaffe ich nicht alles.« Meine Einführung in die Krankenhauswelt überging ich, dagegen schilderte ich mein Gespräch mit dem UFO-Chef. »Auch in der Szene konnte ich keine Verbindung zu den anderen Vermißten entdecken«, fügte ich hinzu.

»Aha«, sage er tonlos und legte den Ordner vor mich auf den Tisch. »Das ist der Bericht, den wir damals bekommen haben. Viel Neues stand nicht drin.« Er sah mich mit seinem seltsamen, abwesenden Blick an. »Diese Untersuchung hatte alles verschlungen, was wir noch besaßen. Wir mußten sogar Alfhilds Elternhaus oben im Norden verkaufen, um bezahlen zu können. Wir sind sonst in allen Ferien hingefahren«, fügte er ohne Bitterkeit hinzu; er schien nur die Tatsachen anzuführen. »Kann ich Ihnen sonst noch irgendwie helfen?«

»Erst mal nicht«, sagte ich. »Aber ich habe noch nicht aufgegeben«, versicherte ich, optimistischer, als mir zumute war.

Wir aßen schweigend. Frank Jensen war ein wortkarger Mann. Ich mußte ihm die Worte wirklich aus der Nase ziehen. »Was machen Sie jetzt eigentlich?« fragte ich nach einer längeren Pause. »Arbeiten Sie noch immer als Fahrer?«

»Ich bin seit letztem Jahr auf halber Rente. Ich könnte ja auch ganz in Rente gehen, aber wie sollte ich dann die Zeit rumkriegen?« Eine gute Frage. »Ich fahre noch immer für die Bakelitfabrik, wo ich seit vielen Jahren bin. Die haben mich immer gut behandelt. Ich kann fast nach Lust und Laune kommen und gehen. Und ich fahre nur hier in der Gegend. Ich muß los«, sagte er dann. »Ich muß zur Schicht. Danke für den Kaffee. Ich trink jetzt nur noch selten zusammen mit anderen Kaffee.«

Später an diesem Nachmittag vertiefte ich mich in den Bericht der Detektei Øhrn. Die hatten gründliche Arbeit geleistet. Alle Zeugen, die die Polizei aufgelistet hatte, waren noch einmal verhört worden. Dazu hatten sie aber auch neue ausfindig gemacht, die gesehen haben wollten, daß Johnny in ein Auto eingestiegen sei. Andere glaubten, ihn im Zug nach Oslo gesehen zu haben. Das Problem war, daß schon zuviel Zeit verstrichen war, als diese Gespräche geführt wurden. Wenn gleich am ersten Tag eine richtige Fahndung angeordnet worden wäre, hätte das Ergebnis ganz anders ausfallen können. Als wahrscheinliche Lösung wurde Selbstmord durch Ertrinken angeführt; es ließ sich aber auch nicht ausschließen, daß er durchgebrannt oder ermordet worden war. So ein kurzer Bericht konnte nicht alles anführen. Zumeist besteht er aus puren Tatsachen. Doch aus irgendeinem Grund hatte ich das Gefühl, daß der Verfasser noch mehr auf dem Herzen gehabt hatte.

Bei Øhrn Safety war sofort jemand am Apparat. »Hier spricht Rechtsanwalt Foyn«, begann ich. »Knut Øhrn. Ist der zu sprechen?«

»Worum geht es?« wollte eine blasierte Frauenstimme wissen.

»Um wichtige Dinge«, sagte ich. »Er will bestimmt gern mit mir sprechen. Ist er im Haus?«

Der Chef war entgegenkommender als die Sekretärin. »Svend Foyn, ja. Ich habe schon auf Ihren Anruf gewartet.«

»Was?« fragte ich überrascht. »Wie ist d-d-denn das möglich?«

»Wir haben vermutlich bei der Polizei einen gemeinsamen Freund. Ich weiß über Ihr Problem Bescheid.« Mehr brauchte er nicht zu sagen. Wie immer war Wilhelm Mørk mir um einen Schritt voraus. »Ich kann mich an den Fall Johnny Jensen noch gut erinnern«, setzte Øhrn dann hinzu. »Das war der erste von der Sorte, den wir hier hatten.«

»Ich würde gern mehr über einzelne Aspekte Ihrer Untersuchungen erfahren«, sagte ich vage. Es war wie verhext. Wieder war ich dabei, die Initiative zu verlieren. »Es ist nicht leicht, das p-p-per Telefon zu machen. Haben Sie heute abend zufällig Zeit?«

Er hatte. »Um sechs Uhr, hier bei mir.«

Irgendwie brachte ich den Rest des Tages herum. Mehrmals hätte ich fast Mørk angerufen. Ich hätte gern gewußt, was er gerade unternahm. Es hätte mich absolut nicht gewundert, wenn er mit seiner eigenen parallelen Ermittlung beschäftigt gewesen wäre. Und die Vorstellung, hier seinen nützlichen Idioten zu spielen, gefiel mir überhaupt nicht.

Die Räumlichkeiten der Detektei Øhrn Safety lagen in Vika, im teuersten Bürobezirk der Stadt. Meine Vorstellungen über Privatdetektive hatten mich etwas weniger Extravagantes erwarten lassen. Das hier war offenbar eine Wachstumsbranche.

Knut Øhrn erwartete mich in der Eingangshalle. Er war ein kleiner, gutgebauter Mann mit hübschen Gesichtszügen und einem einladenden Lächeln. Er sah ein wenig aus wie der junge Robert Redford. Ich hätte gern gewußt, ob sein Gebiß echt war. Seine Detektei hatte sicher viele zufriedene Kundinnen. Sein Büro war groß, aber nicht protzig. Schlichtes, teures Design, genau aufeinander abgestimmte Farben. Der Mann war zweifellos tüchtig. Und er besaß Geld und Geschmack. Eine eher ungewöhnliche Kombination in dem Teil der pulsierenden Wirtschaft, mit dem ich sonst zu tun hatte.

Er vergeudete keine Zeit, sondern kam sofort zur Sache. »Schießen Sie los. Ich muß Sie aber darauf aufmerksam machen, daß ich erst meinen damaligen Auftraggeber um Erlaubnis fragen muß, wenn Sie brisante Informationen verlangen.«

»Betrachten wir doch diese Besprechung als ganz und gar inoffiziell«, schlug ich vor. »Was Sie mir hier erzählen, bleibt unter uns. Außerdem ist Frank Jensen sozusagen mein Mandant. Nur kann er sich das Honorar nicht leisten«, fügte ich hinzu.

Das hätte ich mir sparen können. Øhrns Wangen hatten sich gerötet, als er erwiderte: »An diesen Untersuchungen haben wir nicht viel verdient, das kann ich Ihnen versichern. Aber wir können ja nicht gratis arbeiten.«

Wenn ich mir die Umgebung so ansah, dann mußte ich ihm recht geben. Das einzig Billige in diesem Büro war der Trick mit dem Schreibtisch: hoher Chefsessel, niedriger Besuchersitz.

Rasch wechselte ich das Thema. »Als ich den Bericht gelesen habe, wurde mir klar, daß Sie anfangs von Selbstmord ausgegangen sind«, sagte ich. »Haben Sie während der Ermittlungen Ihre Meinung geändert?«

Er zögerte. »Sie haben richtig gelesen.« Dann musterte er mich mit ungewöhnlich blauen offenen Augen. »Wir müssen uns sehr behutsam ausdrücken, damit wir die Angehörigen nicht unnötig verletzen. Außerdem dürfen wir keine falschen Hoffnungen wecken. Das ist ein schwieriger Balanceakt.« Er trommelte mit den Fingern auf seinen Mahagoni-Schreibtisch. »Als der Junge nicht wieder auftauchte, wies alles auf Selbstmord hin. Das meinte auch die Polizei.« Er runzelte seine hohe Stirn. »Das Problem war nur, daß die Einschätzung der Eltern in diesem Fall ungewöhnlich glaubhaft wirkte. Denken Sie zum Beispiel an die Sache mit seinem Hund. Er war von dem Tier nicht einen einzigen Tag getrennt gewesen. Die beiden waren immer zusammen.« Er schüttelte den Kopf. »Die Sache gefiel mir nicht. Etwas ergab keinen Sinn. Aber wir konnten den Fall nie klären.«

»Sie haben also nichts gefunden, was auf ein Verbrechen hingewiesen hätte?«

»Nichts Stichhaltiges. Damals ließ sich nichts dergleichen feststellen. Das ist erst später passiert.«

Ich zuckte zusammen. »Wie m-m-meinen Sie das?«

Jetzt war die Überraschung auf seiner Seite. »Ich dachte, Sie seien deshalb gekommen.« Er musterte mich skeptisch. »Soll das heißen, daß diese Information Ihnen fehlt?«

Ich kam mir ziemlich dumm vor. Was langsam zur Gewohnheit wurde. »Welche Information?«

Er ließ sich im Sessel zurücksinken. »Vor etwas über einem halben Jahr sind ganz neue Informationen aufgetaucht. Aufgrund der besonderen Umstände wurden sie streng geheimgehalten. Nur wenige von den mit den Ermittlungen Betrauten wissen von dieser neuen Spur. Die Medien haben zum Glück bisher noch keine Ahnung.« Er schien meine Unwissenheit zu genießen. »Nur meine

Beziehung zu Johnny Jensens Eltern hat mir den Zugang zu dieser Information eröffnet.« Ich ließ ihm die Zeit, die er brauchte. Innerlich aber kochte ich. »Ich nehme an, Sie haben von Svante Håkansson gehört, dem Schweden, der sich als den größten Massenmörder des Jahrhunderts ausgegeben hat?«

Ich war ja kein Idiot. Ein Jahr zuvor hatten die Medien ausführlich über die Morde berichtet, die dieser Mann, unter anderem in Norwegen, begangen haben wollte. Beweise waren nicht gefunden worden, weder die Vermißten noch deren sterbliche Überreste. Håkansson hatte behauptet, eine Reihe von Menschen getötet und zerlegt zu haben. Er hatte sich auf Personen berufen, die tatsächlich vermißt wurden. Natürlich konnte er seine Geschichten in Zeitungen gefunden haben. Die hinzugezogenen Psychiater hatten allesamt seine Behauptungen als Phantasieprodukte abgetan, als Folgen einer Art Bekenntnissyndroms, inspiriert von den Schlagzeilen, die der Serienmörder Thomas Quick gemacht hatte. Und schließlich war es um den Mann wieder still geworden.

»Håkansson hat in den Gesprächen mit seinem Therapeuten dann schließlich Auskünfte über Johnny Jensen geliefert, Auskünfte, die aller Wahrscheinlichkeit auf eigenen Erfahrungen beruhen.«

»Welche zum Beispiel?« fragte ich skeptisch.

»Beschreibungen von Muttermalen, Narben, Kosenamen, die Johnny für seine Eltern hatte. Die Beschreibung von Johnnys Hund. Alles stimmte. Aber ganz sicher kann man natürlich nicht sein. Einige dieser Auskünfte wurden auch in den Medien erwähnt, nur eben nicht so detailliert.«

O verdammt. »Aber wieso ist dann nichts passiert? Mit dieser Grundlage hätte doch eine neue Ermittlung in die Wege geleitet werden müssen.«

»Svante Håkansson hat kurz danach Selbstmord begangen und keine Details mehr geliefert, die es ermöglicht hätten, seine Geschichte zu überprüfen.« Er verstummte. Ich ließ seine Mitteilungen erst einmal sinken. Noch immer gab es vieles, was ich nicht begriff. »Håkansson hat Johnny angeblich in sein Auto gelockt«, sagte Øhrn dann. »In einen amerikanischen Minibus. Dann ist er direkt nach Schweden gefahren, wo er Zugang zu mehreren Wohnungen und Ferienhäusern hatte.«

»Soll das heißen, daß er Johnny gefangengehalten hat?«

»Ja, und das offenbar monatelang. Deshalb die ausführlichen Beschreibungen.« Øhrn schüttelte resigniert den Kopf. Seine elegante Frisur lag noch immer perfekt. »Am Ende wurde er auf bestialische Weise umgebracht. Behauptet Håkansson. Er will die Leiche daraufhin in kleine Teile zerlegt und in ganz Südschweden auf die Abfallcontainer verteilt haben. Eine grauenhafte Geschichte.«

»Und die Polizei hat wirklich alles geheimhalten können?«

»Tja, es gab ja doch allerlei Unsicherheiten. Håkansson waren schon eine Reihe von anderen Lügen und verrückten Phantastereien nachgewiesen worden. Nichts ließ sich belegen. Und es gab keine Leiche. Deshalb wurde die Sache heruntergespielt. Außer Johnnys Vater hat niemand etwas erfahren. Seine Frau ist kurz darauf gestorben. Für sie war das sicher zuviel.«

Ich brauchte Zeit, um dieses neue Wissen zu verdauen. Frank hatte nichts davon gesagt, und das gefiel mir nicht. Aber er hatte sicher seine Gründe. »Sie wissen vielleicht von meinen Untersuchungen im Auftrag der Familie einer verschwundenen Person aus Tønsberg«, sagte ich vorsichtig. »Ich gehe von der Hypothese aus, daß Johnnys Verschwinden möglicherweise mit vier neueren Fällen zu tun hat, alle aus dem Bezirk Tønsberg.«

Er nickte. »Das weiß ich, ja. Ich fürchte, Sie können diese Theorie an den Nagel hängen. Ermittlungen dieser Art sollten Sie den Profis überlassen«, fügte er hinzu. »Amateurarbeit richtet oft mehr Schaden an, als sie einbringt.« Er warf einen raschen Blick auf seine Rolex. »Ich muß jetzt leider los. Ich habe noch einen Termin.«

Daran zweifelte ich nicht eine Sekunde.

Er erhob sich und führte mich resolut zum Ausgang. »Sagen Sie Bescheid, wenn ich Ihnen noch irgendwie helfen kann.« Dann schüttelte er mir freundlich die Hand. »Viel Glück.« Der Mann war ganz einfach perfekt.

Ich ließ mir auf der Heimfahrt nach Tønsberg Zeit. Immer wieder sah ich unterwegs dunkle Lieferwagen. Keiner schien irgendein Interesse an mir zu haben. In Sande hielt ich bei der Raststätte an und trank eine Tasse Kaffee, dann ließ ich die Stereoanlage den Wagen mit Garbareks melancholischen Klängen füllen und versuchte ohne sonderlichen Erfolg, meine Gedanken zu ordnen. Nach und nach wurden sie ziemlich düster.

Als ich durch den Holmestrandtunnel fuhr, fiel mir etwas ein, was ich nach meinen samstäglichen Eskapaden mit dem Oberarzt Fredrik Riis vergessen hatte. Eine Bemerkung, die im Obduktionssaal gefallen war. *Ganze Leichen kann man unmöglich verschwinden lassen.*

15

Zu Hause ließ ich mich in den Sessel fallen, nachdem ich eine ungeduldige Hulda gefüttert hatte, und schon klingelte das Telefon. Es war schon spät, und ich war ziemlich erschöpft. Doch die träge Oberschichtsstimme am anderen Ende der Leitung riß mich sofort aus meinem Tran.

»Foyn, ja, nehme ich an. Du warst heute nicht zu Hause.« Bei Fredrik Riis hörte sich das an wie ein ernster Tadel. Sicher kam das von seiner ärztlichen Autorität. Er brauchte auch gar nicht seinen Namen zu nennen.

»Nett, daß du anrufst«, sagte ich kleinlaut. »Ich hatte zu tun. In Oslo. Und ich hätte dich auch noch angerufen.«

»Das trifft sich ja gut«, erwiderte der Oberarzt gelassen. »Ich bin in meinem Arbeitszimmer. Ich muß dir etwas zeigen.« Ich schaute auf die Uhr. Fast zehn. Der Mann hatte offenbar keine Ahnung von normalen Arbeitszeiten.

Nach einer Viertelstunde stand ich vor dem Haupteingang des Krankenhauses. Riis mußte persönlich erscheinen und mich an zwei strengen Wachen vorbeilotsen. Diesmal versuchte ich mein Glück nicht mit einem gefälschten Ausweis. Ich begriff auch nicht, wie ich es zwei Tage zuvor geschafft hatte, mich hier einzuschleichen.

»Du weißt doch noch, daß wir die Möglichkeit des Zerlegens ins Auge gefaßt haben«, sagte Riis. Wir saßen in seinem überfüllten Arbeitszimmer, das mir noch unübersichtlicher vorkam als beim ersten Mal.

Ich nickte und tat so, als wüßte ich genau Bescheid. »Die Frage ist nun folgende«, dozierte der Oberarzt. »Angenommen, jemand hat ausreichend Nerven, Geräte und Kenntnisse, um einen Leichnam zu zerlegen. Wie wird der Betreffende dann die Leichenteile los? Es wäre zu riskant, solche Abfälle in den normalen Müll zu geben. Sie stinken, sie können entdeckt werden. Komm mit.« Er schritt aus dem Zimmer und danach über einen langen Gang, der zum Obduktionssaal führte. »Schau her.« Er öffnete die unverschlossene Metalltür eines Lagerraums und machte Licht. »Das hier ist ein Kühlraum.« Er zeigte auf die Regale an der Wand. »In diesen Eimern lagern wir organische Abfälle.«

Ich sah genauer hin. Die Eimer waren zylindrisch geformt, sie bestanden aus grauem Kunststoff und waren in zwei Größen vertreten. Die Deckel waren mit kräftigem grauem Klebeband befestigt, die sie festhielten und die Eimer zugleich abdichteten. Auf dem Klebeband war bei jedem Eimer eine Quittung angebracht, auf der jemand mit unleserlicher Unterschrift ein Datum angebracht hatte. Eine Art Siegel.

»Wieviel enthält so ein Eimer?« fragte ich.

»Zwölfeinhalb Liter. In die größere Ausgabe muß ein Kopf passen.« Er musterte mich forschend. »Von normaler Größe, meine ich«, fügte er hinzu. »Es wäre kein Problem, dich mit Hilfe von fünf oder sechs dieser Behälter verschwinden zu lassen.« Er machte ein betrübtes Gesicht. »Aber es würde viel Dreck machen.«

Ich wußte nicht so recht, ob dieser ärztliche Humor mir zusagte.

»Und das ist noch nicht alles«, sagte Riis dann. Er schien sich köstlich zu amüsieren. »Die hier«, er zeigte auf die Metalltür, »die wird so gut wie nie abgeschlossen.

Und wenn es doch einmal passiert, dann liegt der Schlüssel für alle griffbereit im Stationszimmer. Er ist sogar gekennzeichnet.«

Das klang ja einfach. »Wer liefert diese Eimer?« fragte ich. »Und wie werden sie abgeholt?«

»Sie werden vom Personal verschiedener Stationen gebracht und nach Bedarf von unseren Fahrern weggeschafft. Ein bis zweimal die Woche. Danach werden sie zusammen mit anderem Abfall hier im VBK in größere Container gepackt und mit unseren Wagen nach Fredrikstad gebracht.«

»Nach Fredrikstad? Wieso denn das?«

»Da gibt es eine zentrale Verbrennungsanlage, die auch solche Problemabfälle beseitigt. Sie bedient Østfold und Vestfold gleichermaßen.«

»Die Türen hier auf der Station sind sicher immer abgeschlossen?«

»Im Prinzip brauchst du einen Schlüssel, um reinzukommen. Es ist aber auch möglich, dich an die Rockzipfel von Leuten zu klammern, die wirklich hier zu tun haben. Wir sollen eigentlich immer unsere Ausweise bei uns tragen. Doch es wimmelt hier nur so von Leuten, die keine besitzen: Handwerker, Lieferanten, Besucher. Dieses Krankenhaus ist ein Riesenunternehmen. Ich habe keine Ahnung, was hier für Menschen herumlaufen.«

»Ich muß das ganz genau wissen«, sagte ich langsam. »Heißt das wirklich, daß alle Welt hereinkommen und in diesem Kühlraum Behälter abstellen kann?«

»Das heißt es wohl, leider. Wenn du die Routinen kennst und unverschämt genug bist. Und dann gibt es noch etwas, was du dir klarmachen solltest«, fügte der Oberarzt hinzu. »Wenn die Behälter erst einmal versiegelt sind, dann werden sie nicht wieder geöffnet. In Fredrikstad kommen sie dann sofort in den Verbrennungsofen. Und ich kann dir sagen, dort geht alles in Gasform über, egal, um welches Material es sich handelt. Es bleiben keine Reste übrig, rein gar nichts. Das wäre doch etwas für dich, nicht?« Riis musterte mich zufrieden. »Jetzt hast du Stoff zum Nachdenken. Aber keine Sorge, ein wenig Grübeln tut dem Gehirn nur gut. Und jetzt entschuldige mich bitte. Ich muß noch arbeiten. Nur um diese Tageszeit habe ich die nötige Ruhe. Und das Internet ist nicht so überfüllt«, er grinste. »Schließlich muß ich da schnell meine Kontakte erreichen können.«

Rein theoretisch konnte es so gewesen sein. Die Frage war noch immer, warum. Und wer. Außerdem gab es noch ein Problem: das Zerlegen. Ich schauderte. Diese Geschichte nahm immer bizarrere Formen an. Es war fast elf an diesem dunklen Montagabend im Dezember. Ich fühlte mich einsam, als ich langsam nach Hause ging. Zum Glück wurde ich nicht verfolgt. Das glaubte ich zumindest.

Ich hatte das nicht geplant, aber plötzlich saß ich in meinem Jaguar und war unterwegs nach Husøy. Ich hatte einfach beschlossen, eine Runde zu fahren. Es kam mir vor, als seien Jahre vergangen, seit ich zum ersten Mal das Haus der Familie Löwe im Strandvei gefunden hatte. Diesmal hielt ich draußen auf der Straße. Dann schlich ich mich vorsichtig in den Garten. Vom Rasen her konnte ich in das gemütliche Wohnzimmer blicken. Ein schönes Zuhause. Alles war still. Vor dem Kamin flackerten die Kerzen. Am Fenster stand eine Gestalt. Sie kehrte mir den Rücken zu. Ihre kurzgeschnittenen rotgetönten Haare und der lange Nacken waren leicht zu erkennen. Ich fragte mich, wieviel ich eigentlich über Anna Löwe wußte. Ich hatte mir eingebildet, sie zu kennen. Jetzt war ich mir da nicht mehr sicher. Vielleicht führte sie ein geheimes Leben.

Sie war Ärztin. Anatomie war ihr Fach. Eine beherrschte, selbstbewußte Person. An der Oberfläche. Darunter verbarg sich die Leidenschaft. Das wußte ich immerhin. Aber verbarg sich noch mehr?

Ich faßte einen raschen Entschluß und ging zur Tür. Ich hatte keinen Plan. Diesmal dauerte es lange, bis geöffnet wurde.

»Svend?« fragte sie und musterte mich überrascht.

Sie sah nicht sonderlich erfreut aus. Aber auch nicht sauer. Nur kühl und neutral. Ich bereute schon, daß ich gekommen war.

»Ist etwas passiert?« fragte sie.

»Nicht doch«, sagte ich. »Doch, meine ich. Etwas ist sicher passiert. Aber nichts Dramatisches. Ich habe keine Lösung gefunden.« Konnte ich in ihren dunklen Augen eine leise Erleichterung erkennen? Ich fragte mich, ob sie mich wohl ins Haus bitten würde. Ich fühlte mich überhaupt nicht wohl in meiner Haut. Aber ich war ja selber an allem schuld.

Sie hatte meine Gedanken gelesen. »Komm rein. Ich wollte gerade ins Bett gehen.«

Da möchte ich dich wirklich nicht aufhalten, dachte ich. Wir können uns doch zusammen hinlegen. Aber ich sagte nichts.

»Möchtest du einen Tee?«

»Ja, gerne.« Ich setzte mich in den tiefen Sessel vor dem Kamin und merkte, wie der Streß nachließ. Und auch der Verfolgungswahn lockerte seinen Zugriff jetzt glücklicherweise.

»Zucker?« rief sie aus der Küche.

»Nein, danke.« Ich wußte nicht so recht, wie ich dieses Gespräch anfangen sollte.

Wir schwiegen eine Weile und blickten ins Kaminfeuer. Sie drängte mich nicht. »Ich habe eine mögliche Erklärung gefunden«, sagte ich endlich. »Eine Methode, mit der die Vermißten entfernt worden sein können. Und auch dein Mann.« Das rutschte mir einfach heraus. »Weißt du, wie Menschen zerlegt werden?«

Diese Frage schien sie nicht zu schockieren. Vielleicht, weil sie Ärztin war. Oder vielleicht, weil sie keinen Grund zur Überraschung hatte. »Ich habe natürlich viele Obduktionen und Amputationen mitgemacht«, erwiderte sie nachdenklich. »Aber eine Expertin bin ich deshalb noch lange nicht. Warum fragst du?« Ich ahnte in ihrer Stimme einen unsicheren Unterton.

Ich gab keine direkte Antwort. »Fredrik Riis, der Oberarzt. Kennst du den?«

»Den Pathologen? Nicht gerade gut. Aber ich weiß natürlich, wer er ist.«

»Er hat mir eine mögliche Erklärung geliefert«, sagte ich langsam. »Jemand zerlegt die Leichen, packt die Teile in Plastikbehälter, versiegelt diese und liefert sie in der Pathologie ab. Dort werden sie gelagert, bis sie zur Verbrennungsanlage geschafft werden. Jemand, der das System kennt, braucht eine Entdeckung eigentlich nicht zu fürchten.«

Anna Löwe blickte mich lange an. Ihr Blick gefiel mir nicht. Er schien mich zu durchbohren. »Dieses Gespräch entwickelt sich in eine seltsame Richtung, Svend.« Sie sprang auf. »Hast du mich in Verdacht?«

Ich wand mich in meinem Sessel. »Nein, wirklich nicht. Ich v-v-verdächtige im Grunde niemanden.« Was nicht ganz stimmte. »Das ist ja gerade das Problem. Dieser Fall geht mir auf die Nerven.« Fieberhaft redete ich weiter. »Ich weiß schon gar nicht mehr, was ich glauben soll.«

»Svend, vielleicht solltest du die Nachforschungen einstellen. Wir kommen doch nicht weiter. Du kannst dein altes Leben wieder aufnehmen. Und ich sollte versuchen, mein altes hinter mir zu lassen. Wie könnte ich sonst weitermachen?«

Sie bedachte mich mit einem vorsichtigen Lächeln, das mich noch mehr verwirrte. Im Moment wollte ich mit meinem alten Leben gar nicht fortfahren. Das wäre auch nicht möglich. Ich mußte eine Lösung finden.

»Du hast sicher recht«, bekannte ich. »Aber das ist nun einmal nicht so leicht. Eine letzte Frage, dann ist Schluß für heute abend. Welche Sorte Mensch wäre imstande, einen Leichnam zu zerlegen?«

»Ein Arzt oder eine Ärztin natürlich. Aber wenn sie müßten, würden es wohl die meisten Leute schaffen. Vor allem, wenn sie wirklich motiviert sind. Wenn sie schon häufiger Fleisch zerlegt haben. Ein Schlachter, zum Beispiel. Rein körperlich ist es keine große Herausforderung, wenn du das richtige Werkzeug hast. Säge, scharfe Messer, du weißt schon. Aber man muß psychisch stark sein, um die ganze Sauerei zu ertragen. Und nach kurzer Zeit wird der Gestank zum Problem.«

Ein erbauliches Gespräch. Ich hätte andere Themen wirklich vorgezogen. Aber die Möglichkeiten dazu schienen begrenzt zu sein. »Überschlafen wir die Sache«, sagte ich und griff zu meiner Lederjacke. »Die Vorstellung, jetzt aufzuhören, gefällt mir nicht. Wir werden mit dem Ganzen nie fertig, wenn wir keine Antwort finden. Bis dann.« Rasch verließ ich das Zimmer.

Anna trat hinter mir auf die Treppe, nahm meinen

Arm und drückte ihn zärtlich. »Meine Reaktion von vorhin tut mir leid. Aber ich bin einfach fertig. Arbeit, Haus und Kinder. Alles türmt sich auf. Wir müssen uns Zeit nehmen. Und miteinander reden.«

Sie hatte sicher recht. Aber ich brauchte mehr als nur Konversation. Davon bekam ich im Alltag mehr als genug.

Zu Hause verlangte Hulda einen Abendspaziergang. Zum Glück waren keine dunklen Lieferwagen zu sehen. Es war weit nach ein Uhr, als ich endlich ins Wasserbett sinken konnte, während die Spekulationen mir noch immer durch den Kopf wirbelten. Mein Unterbewußtsein suchte Lösungen. Am Ende schlief ich ein.

Nach, wie mir schien, einigen Minuten Schlaf wurde ich langsam aus einem Traum gezogen. Aus der Ferne rief eine Frauenstimme meinen Namen. Sie gehörte Anna Löwe. Ich kämpfte wie besessen, um mich von der Mauer aus weißen Gesichtern loszureißen. Neben mir stand ein Junge, der Todesangst litt. Es war Johnny Jensen. Draußen, in der bedrohlichen Dunkelheit, waren sie alle vier: Jonas Hval, Arve Holm, Sten Löwe, Erik Danielsen. Hinter der Mauer aus Gesichtern erkannte ich außerdem das Gesicht des Verwalters der Slottsfjellschule, Svein Suse.

Das Telefon rettete mich. Es klingelte lange und unheilverkündend. Ich fuhr aus dem Alptraum hoch und war hellwach. Die Leuchtzeiger meines Weckers standen auf halb drei. Ich machte mich auf alles gefaßt und griff zum Hörer. Um diese Zeit erwartete ich vom Telefon nur schlechte Nachrichten.

»Hast du geschlafen?« Meine Antwort wartete er gar nicht ab. »Ich habe die Lösung.« Langsam ging mir auf, wem diese Stimme gehörte. Dem Oberarzt Fredrik Riis.

Ich kannte nur einen weiteren Menschen, der dazu fähig war, ganz gelassen um diese Nachtzeit andere Leute mit Anrufen zu erschrecken. Wilhelm Mørk war diesmal unschuldig.

»Die Lösung?« So ganz klar im Kopf war ich wohl doch noch nicht.

»Sicher. Wie man leicht und ohne Sauerei Leichen zerlegen kann. Erste Lektion: Leg dir eine gute, kräftige Stichsäge zu. Ich empfehle das Spitzenmodell von Black & Decker. Dann: Besorg dir eine große Gefriertruhe, sie muß mindestens zwei Meter lang sein. Und dann brauchst du nur noch zwei Tage zu warten.« Er hörte sich fast glücklich an. »Was sagst du? Mir hätte das schon längst aufgehen müssen. Aus purem Jux habe ich mit zwei überzähligen Extremitäten ein paar Versuche gestartet. Sie stammten von einem Schwein«, fügte er zu meiner Beruhigung hinzu. »Es hat wunderbar geklappt.«

Jetzt war ich wirklich hellwach. »Du meinst, man kann einen Leichnam einfach einfrieren und dann zerlegen?«

»Genau.«

»Mal sehen, ob ich das richtig begriffen habe. Keine Blutflecken. Kein Gestank. Die Operation kann über einen längeren Zeitraum gestreckt werden. Heute ein Bein, morgen ein Arm. Und der Kopf irgendwann, wenn es sich gerade so ergibt.«

»Findest du, daß ich mich unklar ausgedrückt habe?« fragte er verärgert. »Ich versuche nur nach besten Kräften, dir behilflich zu sein.«

»Tut mir leid«, sagte ich. »Schläfst du eigentlich nie?«

»Ich bin jetzt auf dem Heimweg. Ich dachte, es wäre dringend.« Er war noch immer pikiert, als er auflegte.

Ich konnte noch lange nicht wieder einschlafen. So

konnte es natürlich gewesen sein. Rein theoretisch besaß ich jetzt eine Lösung. Mir fehlten nur noch Motiv und Täter.

Ich war schon erschöpft, noch ehe ich mich am nächsten Morgen in die Kanzlei geschleppt hatte. Dort erwarteten mich so große Mengen von aufgehäufter Zwangsarbeit, daß nur mein Unterbewußtsein sich weiter den Verschwundenen widmen konnte. Und ich hatte dieses ekelhafte Gefühl, daß die Lösung dicht vor meiner Nase lag, daß ich sie aber nicht sehen konnte. Ich brauchte einen Sparringspartner, und ich wußte auch, wer diese Rolle übernehmen konnte.

Wir verabredeten uns zum Mittagessen im Håndverkeren. An diesem Dienstag war es in der Stadt überraschenderweise ziemlich ruhig. Sicher hielt das Dreckswetter die Leute zu Hause. Beißend kalter, waagerechter Dezemberregen. Das westnorwegische Küstenklima schien nach Osten gewandert zu sein.

Wir waren allein im Lokal, als wir unseren Stammplatz am Fenster einnahmen.

»Da das dein Vorschlag war, gibst du wohl einen aus?« Wilhelm Mørk war bester Stimmung. »Du kannst ja eine deiner wohlhabenden Mandantinnen dafür blechen lassen.« Ich hatte keinen Nerv zum Widerspruch.

»Ich habe eine mögliche Lösung gefunden«, sagte ich dann. Das war optimistisch formuliert. »Das heißt, ich glaube, ich weiß, wie die Verschwundenen so vollständig verschwunden sein können.« Ich betonte das *können*. »Diese Theorie hat nur die Schwäche, daß sie eine ganze Mordserie voraussetzt. Aber noch immer sind ja auch andere Erklärungen denkbar.« Dann faßte ich zusammen, was Dr. Riis mir erzählt hatte.

Mørk stieß einen leisen Pfiff aus. »Nicht schlecht. Möglich wäre es. Aber war es auch so? Das weißt du nicht.«

Er hatte recht, wie üblich. »Ich habe noch eine Frage, Wilhelm. Die Sache mit dem Ausweis. Wie leicht ist es, sich einen zu besorgen?«

»Das kann ich feststellen. Gib mir mal dein Telefon. Ich sehe, du hast ein neues.«

Das stimmte. Dieses Modell hatte alles. Fax, E-Mail, eingebauten Lautsprecher. Es war ein kleiner Computer. Ich fand diesen modernen Schnickschnack wunderbar. Meine Exfrau hatte spöttisch geschnaubt, als ich mir vor vielen Jahren mein erstes Mobiltelefon zugelegt hatte. Jetzt mochte sie kaum einen Meter ohne so ein Ding zurücklegen.

Mørk ging mit dem Telefon nach draußen und blieb für einige Minuten weg. »Nach Aussage meiner Quelle sind im Krankenhaussystem nicht ausgefüllte Ausweise auf Abwege geraten«, berichtete er zufrieden, als er zurückkam. »So eine Karte, wie ich sie dir gegeben hatte, ist billig zu haben, wenn du weißt, wen du danach fragen kannst. Es ist eine simple Fälschung, die bei einer genaueren Untersuchung keine Chance hätte. Aber in schlichten Zusammenhängen tut sie doch ihren Dienst, nicht wahr?« Er blickte mich neckend an. »Die Junkies in der Stadt versuchen, damit ins Krankenhaus zu gelangen.«

Ich wollte meine Erlebnisse im Krankenhaus nicht detailliert schildern. »Angenommen, Johnny Jensens Verschwinden steht in keinem Zusammenhang mit den vier Vermißten«, sagte ich deshalb und faßte zusammen, was Knut Øhrn mir erzählt hatte. »Angenommen, die hatten allesamt nichts miteinander zu tun. Und wir sind deshalb auf die falsche Fährte geraten.«

»Ich glaube, da irrst du dich«, sagte Mørk nachdenklich. »Auf irgendeine Weise hängt das bestimmt alles zusammen. Dir fehlt nur noch der Schlüssel zu dem Rätsel.«

Ich war mir überhaupt nicht mehr sicher. »War dir die Theorie über diesen schwedischen Serienmörder eigentlich auch nicht bekannt?«

»Bekannt wäre zuviel gesagt«, erwiderte Mørk. »Ich hatte Gerüchte gehört. Irgendwer hat sich in dieser Sache ungewöhnlich wenig in die Karten schauen lassen.«

»Sie hatten bestimmt ein schlechtes Gewissen«, meinte ich. »Beim letzten Mal haben sie ja keine große Rücksicht auf die Interessen der Familie Jensen genommen.«

Die Serviererin brachte zwei hohe und schwere Adventsbutterbrote.

»Wie siehst du die Spuren der Vermißten, Wilhelm?«

»Die können leicht gestreut werden. Vielleicht waren sie ja echt, aber das müssen sie nicht sein.«

Auf diesen Gedanken war ich auch schon gekommen. Eine Person, die Unsicherheit über das Schicksal der Vermißten erzeugen wollte, konnte die Spuren arrangiert haben, so, wie Martin Backe auf der Bastøyfähre seinen Mantel hinterlassen hatte. Einen Hinweis auf Beobachtungen in Kopenhagen, die Benutzung einer Plastikkarte.

»Was ist mit Frank Jensen?« fragte ich jetzt. »Er hat mir nichts über diese Serienmördersache erzählt. Findest du das nicht seltsam?«

»Vielleicht. Aber versetz dich mal in seine Lage. Er hat am Ende die allerschlimmste von allen möglichen Erklärungen erhalten. Ein unschuldiger Junge wird von einem total verrückten Psychopathen gefangengehalten. Und die Polizei rührt keinen Finger, um den Jungen zu finden.« Mørk steckte sich eine seiner stinkenden französischen Zigaretten an und ließ sich in seinem Sessel zurücksinken; dann sagte er: »Aber wir wissen ja auch nicht, ob diese Geschichte stimmt. Sie kann Håkanssons krankem Gehirn entsprungen sein. Der Vater klammert sich sicher noch immer an die Hoffnung an, daß sein Sohn trotz allem irgendwo am Leben ist. Was wissen denn wir? Außerdem ist er nicht dein Mandant. Er ist dir gegenüber zu nichts verpflichtet.« Mørk musterte mich vielsagend. »Du kannst ihn doch selber fragen.«

In der Kanzlei gab ich mir dann alle Mühe, um Frau Svendsens vielen Forderungen nachzukommen, und ich merkte kaum, wie der Tag verstrich.

Um fünf Uhr nachmittags war ich als einziger noch im Büro. An diesem Tag fühlte ich mich wirklich allein. Ich war nur selten ohne Hund hier. Hulda hatte sich am Morgen ein wenig seltsam verhalten. Sie hatte nicht mit mir in die Kanzlei gehen wollen, und das war schon ungewöhnlich. Deshalb hatte ich Mari angerufen und sie gebeten, bis zum nächsten Tag zu mir zu kommen. Jemand mußte sich doch in meiner Abwesenheit um das Tier kümmern. Für Mari war Hulda wie eine Schwester.

Ich fuhr hoch, als leise an die Bürotür geklopft wurde. Ich hatte vorher keine Schritte gelöst, aber die Haustür unten stand offen. Ich kann verschlossene Türen nicht leiden.

»Herein«, sagte ich.

Die Besucherin, die nun vorsichtig mein Büro betrat, hatte ich wirklich nicht erwartet. Ich hatte nicht damit gerechnet, daß ich sie jemals wiedersehen würde. Außer im Fernsehen. Vibeke Lassen sah an diesem Tag anders aus. Normaler. Wenig Make-up, normale Kleidung. Keine Diva-Allüren mehr.

Ich erhob mich überrascht und bot ihr einen Stuhl an. »Setzen Sie sich«, sagte ich. »Was kann ich für Sie tun?«

Sie ließ sich an der äußersten Stuhlkante nieder. Sie schien sich nicht wohl in ihrer Haut zu fühlen. Was ich verstehen konnte.

»Ich wollte mich bedanken«, erklärte sie hastig. »Ich meine, Martin und ich wissen beide, daß Sie sehr viel für uns getan haben und daß es dafür nie eine Gegenleistung gegeben hat.«

Ich staunte. Sie schien das wirklich ernst zu meinen. »Denken Sie nicht mehr daran«, sagte ich großzügig. »Das hätte doch jeder getan.«

»Das glaube ich nicht«, entgegnete sie voller Überzeugung.

Ich suchte ein angenehmeres Thema. »Wie steht es denn mit Ihrem Fall?« fragte ich in dem Versuch, höflich zu sein. Im Grunde interessierte mich das nicht weiter.

»Martin steht kurz vor einer Einigung mit den Gläubigern.«

Hoffen ist schließlich immer erlaubt. Aber die einzige Art von Einigung, die diese Typen zufriedenstellen würde, wäre volle Rückzahlung.

»Die Versicherungsgesellschaft hat uns angezeigt«, berichtete meine Besucherin. »Aber wir hoffen, daß wir glimpflich davonkommen werden.«

Das war optimistisch. Meine Erfahrungen besagten, daß nur eine einzige Institution raffgieriger ist als illegale Inkasso-Unternehmen – nämlich Versicherungsgesellschaften. Aber auf diesen Kommentar verzichtete ich.

»Ich hoffe, daß alles in Ordnung kommt«, bemerkte ich freundlich.

Sie zögerte kurz. »Ich würde gern noch über eine Sache sprechen. Sicher ist sie nicht weiter wichtig.«

»Das ist doch egal. Erzählen Sie.«

»Na ja, Sie haben doch gefragt, ob Sten irgendein besonderes Erlebnis erwähnt hätte, vor seinem Verschwinden, meine ich.«

»Ja, richtig«, stimmte ich eifrig zu. »Alles kann wichtig sein. Lassen Sie mich das entscheiden.«

»Er hat einmal erzählt, daß er sich Sorgen machte, weil von seiner Station irgendwelche Medikamente verschwunden waren. Und das war unerklärlich. Sie waren in einem verschlossenen Schrank aufbewahrt worden. An sich hätte die Krankenhausleitung darüber informiert werden müssen, aber das hatte Sten nicht getan.«

»Was waren das für Medikamente?«

»Ich kann mich an die Namen nicht erinnern. Ja, ich weiß nicht einmal mehr, ob er die überhaupt erwähnt hat. Aber einige davon waren sehr gefährlich. Sie wurden als Betäubungsmittel verwendet. Das andere, was verschwunden ist, war ein stimulierendes Mittel, so eins, worauf Rauschgiftsüchtige wild sind.«

»Wann ist das passiert, wissen Sie das noch?«

»Sten war sich nicht sicher. Sie haben diese Medikamente wohl nur selten benutzt. Aber er machte sich deshalb Sorgen. Sten war ein sehr pflichtbewußter Arzt.«

Und ein Streber, dachte ich. Er wollte in seinen Papieren keine Anmerkung wegen gefährlicher Schlamperei haben.

»Gut, daß Sie mir das erzählt haben«, sagte ich. »Ich weiß nicht, ob es wichtig sein kann. Aber ich werde mich darüber informieren. Und ich lasse Sie aus allem heraus.«

Sie erhob sich, sichtlich erleichtert. Ich sah ihr hinterher, als sie zur Tür ging. »Viel Glück bei Ihrem Prozeß«, rief ich ihr leise zu. Und das kam mir von Herzen.

Als ich zu Hause anrief, um mich nach Hulda zu erkundigen, kamen beruhigende Mitteilungen. »Es geht ihr etwas besser, Papa. Aber sie hat schrecklichen Durst.«

Ich atmete erleichtert auf. »Ich komme heute ein bißchen später«, sagte ich. »Ich muß vorher noch etwas erledigen. Mach dir selber etwas zu essen. Und ruf mich an, wenn Huldas Zustand sich verändert. Du kannst mich jetzt erst mal per Mobiltelefon erreichen.«

16

Ich hatte noch keinen fertigen Plan, als ich mich hinter das Lenkrad des Jaguars setzte. Der Duft der Ledersitze wirkte beruhigend auf mich. Der Motor schnurrte sanft, als ich vorsichtig das Zentrum in Richtung Tolvsrød verließ. Draußen war es stockfinster, und es herrschte noch immer das pure Dreckswetter. Auf dem ganzen Weg sah ich kaum einen Menschen. Kein Wagen folgte mir. Die Stadt wirkte wie ausgestorben. Frank Jensen schuldete mir eine Erklärung.

Die Sackgasse, die zu seinem Haus führte, kam mir noch verlassener vor als bei meinem letzten Besuch. Langsam fuhr ich zum Tor weiter. Heute war es mit einem riesigen Hängeschloß abgesperrt. Im Haus brannte kaum ein Licht. Niemand schien zu Hause zu sein. Der alte blaue Käfer war nirgendwo zu sehen. Er konnte natürlich in der Garage stehen, wie sich das für Oldtimer gehört. Ich stellte meinen Wagen auf dem Weg ab, drückte hart und lange auf den Klingelknopf und wartete auf eine Reaktion. Die blieb aus. Ich fand es seltsam, daß Frank nicht zu Hause war. Er konnte natürlich bei der Arbeit sein; in der Bakelitfabrik wurde schichtweise gearbeitet, soviel ich wußte.

Ich musterte den Zaun, der das Grundstück umgab. Er war hoch und solide. Im Auto hatte ich eine bleistiftdünne Maglite-Taschenlampe. So eine, wie alle Technofreaks sie lieben. Mit ihrer Hilfe ging ich am Zaun entlang. Die einzige Möglichkeit, aufs Grundstück zu gelangen, bestand darin, daß ich auf einen der großen Bäume vor dem Zaun kletterte und mich von dort herunterließ. Ich war auf solche Expeditionen nicht vorbereitet und schon ziemlich naß. Aber alles ging gut. Bis zum Sprung. Dabei verknackste ich mir den einen Fuß. Ich humpelte zum Haus hinüber und ahnte, daß der Fuß sich nicht über Nacht erholen würde.

Die Haustür war abgeschlossen. Alles war still. Ich stand vor einem ernsthaften Dilemma. Meine Vernunft kämpfte einen raschen und hoffnungslosen Kampf gegen meine Neugier. Ich fischte mein Taschenmesser hervor. Eine rote Schweizer Perle. Auch ein Leckerbissen für Technojünger. Die Schlösser sahen alt, aber solide aus. Es war aber dann doch leicht, obwohl ich zwei Schlösser knacken mußte. Ich konnte die dünne Messerklinge zwischen Tür und Rahmen schieben und den Zylinder herauspressen. Das andere Schloß vermochte ich mit dem Dietrich des Messers einfach herumzudrehen. So leicht wie mit einem Schlüssel.

Ein Mandant hatte mir einmal einen Gratis-Einführungskurs erteilt, von der Sorte, die nicht als Bildungsurlaub von der Steuer abgesetzt werden kann. Mit meiner Hilfe waren dem Mann die achtzehn Monate, die er wahrlich verdient hätte, erspart geblieben.

Ich ließ den Lichtstrahl durch die Garage fegen. Kein Käfer. Die Garage war ordentlich und in gutem Zustand. Werkzeug, Fahrräder, Sportgeräte. Vieles davon hatte sicher Johnny gehört. Alles hatte seinen Platz. Meine Exfrau wäre von diesem Anblick entzückt gewesen. Ein Durchgang führte von der Garage ins Wohnhaus. Waren und Werkzeug konnten auf diese Weise trockenen Fußes hin und hertransportiert werden. Ein abgeschlossener Metallkasten trug die Aufschrift »Dynamit«. Außerdem entdeckte ich einen vollen Benzinkanister. Was garantiert gegen die Vorschriften zur Aufbewahrung von Sprengstoff verstieß.

Ich dachte schon längst nicht mehr rational, sondern machte mich sofort über die Tür zum Wohnhaus her. Die widersetzte sich. Mit Hilfe eines kräftigen Brecheisens ruinierte ich das ganze Schloß und brach die Tür auf. Jetzt führte kein Weg mehr zurück. Einbruch und Vandalismus waren die offiziellen Bezeichnungen für das, was ich hier trieb.

Dann stand ich im Hausflur. Dort war es fast ganz dunkel. Eine kleine Lampe an der Wand war die einzige Lichtquelle. Ich war geistesgegenwärtig genug, um mich an den dünnen Lichtstrahl der Maglite zu halten. Ich fing in der Küche an und nahm mir ein Zimmer nach dem anderen vor.

Ich fand nichts von dem, wovor ich mich gefürchtet hatte. Ich sah nur zahlreiche Beweise für Frank Jensens Liebe zu seinem Sohn Johnny und seiner Frau Alfhild. Johnnys Zimmer sah aus, als habe der Junge es gerade erst verlassen. Überall sah ich die Spuren eines kindlichen Neunzehnjährigen: Bücher, Plakate, Stereoanlage, Kleidungsstücke, Hundeleine. Alles sah ganz normal aus. Johnny machte nur kurz einen Spaziergang. Oder war im Kino. Oder bei einem Freund. Im Schlafzimmer von Frank und Alfhild war das Doppelbett aufgeschlagen. Familienbilder an der Wand. Familie Jensen in den Ferien, in Alfhilds Elternhaus auf den Lofoten, auf Campingtour an der Südküste, im Tivoli in Kopenhagen.

Ich fand es unangenehm, in die privaten Räume eines so hartgeprüften Menschen einzudringen, aber ich unterdrückte dieses Gefühl und öffnete die Schreibtischschubladen, um Ordner und Papiere durchzusehen. Übersicht über Frank Jensens beruflichen Werdegang. Volksschulabschluß mit guten Noten. Eine kurze Seemannskarriere bei der Troms Fylkes Dampskibsselskab AS. Danach viele Jahre als Busfahrer, ehe er nach Vestfold gezogen war, um in der Bakelitfabrik anzufangen. Überall gute Zeugnisse. Ein solider, zuverlässiger Arbeiter. Ein Mann, auf den Verlaß war. Ehrenämter beim Sportverein und beim Jägerverein in seinem Heimatdorf. Frank Jensen als junger Sportler. Vergilbte Urkunden, Medaillen, Pokale. Eine Wand im Schlafzimmer gab Auskunft über Frank Jensens Ringerlaufbahn. Überall fand ich kleine Hinweise auf das religiöse Leben der Familie: Jesusbilder, Bibeln, christliche Literatur in ansonsten leeren Bücherregalen. Bibelzitate an der Pinnwand.

Ich hatte die Zeit vollständig vergessen, als ich einen Blick auf die Uhr warf. Es war schon fast acht. Ich war offenbar schon seit über einer Stunde hier, ohne irgend etwas gefunden zu haben.

Solche alten Häuser haben immer einen Keller. Und den Keller hatte ich noch nicht durchsucht. In der Dunkelheit konnte ich zunächst die Treppe nicht finden. Sie lag neben der Tür zur Garage. Eine weitere breite Tür öffnete sich zur Kellertreppe. Diese Tür war mit einem kräftigen Hängeschloß verriegelt. Das Schloß stellte ein Problem dar. Ich mußte mir aus der Garage ein Stemmeisen holen. Mir lief der Schweiß über die Stirn, als ich nach einigen angespannten Minuten das Hängeschloß knacken konnte. Im Haus herrschte noch immer Totenstille. Außer mir störten allein Regen und Wind den Frieden. Ich dachte nicht weiter nach, als ich der Tür einen Tritt versetzte. Die Angeln gaben ächzend nach, dann landete sie mit erschreckendem Lärm auf dem Kellerboden. Der Strahl meiner Taschenlampe malte gespenstische Schatten an die dunklen, fensterlosen Kellerwände. Ich nahm an, daß ich gefahrlos Licht machen könnte, aber ich konnte den Lichtschalter nicht finden.

Ich stand in einem großen Raum mit Abfluß im Boden. In einer Ecke stand ein mit Holz befeuerter Waschkessel. Ich befand mich also in der alten Waschküche des Hauses. An einer Wand war ein gut bestückter Werkzeugkasten angebracht. Die elektrische Säge, die davor auf einer Hobelbank lag, war von der allerschlichtesten Sorte. Ich hatte zu Hause auch so eine. Sie machte schon Ärger, wenn ich auch nur drei Millimeter Furnier schneiden wollte.

Eine doppelte Ausgangstür, die ebenfalls sorgfältig abgeschlossen war, führte in den Garten hinter dem Haus. An der einen Wand stand eine große weiße und bis an den Rand gefüllte Tiefkühltruhe. Ganz oben eine Obstschicht. Grüne Beerenbehälter aus Plastik. Sorgfältig beschriftete Etiketten verrieten den Inhalt: Erdbeeren 1996, Blaubeeren 1996, Pilze 1995. Mehrere Jahre alt, also. Ich öffnete aufs Geratewohl einige Packungen. Die Beeren kullerten über den Boden. Aus diesem Jahr stammte nichts. Sicher hatte ich Ragnhild Jensens Werk vor mir. Ich grub weiter. Tiefer unten in der Truhe waren Fisch und Fleisch gelagert. Forellen aus Finnmark, Kabeljau von den Lofoten, Rentier aus Troms.

Vorsichtig öffnete ich die Tür zum Nebenraum. Die Angeln ächzten. Dieser Raum war kleiner. Ein fast leerer Kartoffelkoben und einige Äpfel in den Regalen zeigten, daß hier Obst und Gemüse gelagert worden waren. Sicher zu Frau Jensens Lebzeiten. Ich war vom Regen und von der Anstrengung durchnäßt. Mein Fuß tat weh. In einem Anfall von schlechtem Gewissen stopfte ich die Packungen wieder in die Tiefkühltruhe. Ich kam mir vor wie ein Vollidiot. Plötzlich zuckte ich zusammen. Ich glaubte, oben aus dem Haus etwas gehört zu haben. Die Tiefkühltruhe brummte und lärmte, ich konnte wirklich nicht entscheiden, woher das Geräusch gekommen war. Ich mußte machen, daß ich hier wegkam, ehe ich noch auf frischer Tat ertappt würde. Ich zimmerte schon an einer Erklärung für Frank Jensen. Gerade er müßte mich doch verstehen können. Er mußte einiges über die Entwicklung von Mißtrauen und paranoiden Neigungen gelernt haben. Anna Löwe hatte recht. Ich mußte die Ermittlungen einstellen, ehe sie mich kaputtmachten.

Ich befand mich schon auf der Treppe, unterwegs in die Freiheit, als ich wieder stehenblieb. Schuld war die Tiefkühltruhe. Sie rumorte und dröhnte, und ich staunte darüber, welchen Lärm sie machte. Ich schaute mir das im Licht des dünnen Taschenlampenstrahls genauer an. Ich fand auf ihrer Rückseite die Leitung, folgte ihr bis zur Steckdose in der Wand und zog den Stecker heraus. Das grüne Licht erlosch, und das Geräusch verstummte. Aber nicht ganz. Noch immer konnte ich ein entsprechendes gleichmäßiges, motorisches Summen vernehmen. Es stammte nicht von dieser Tiefkühltruhe, sondern offenbar aus der Wand, an der das Werkzeug angebracht war. Ich hielt mein Ohr gegen die Wand. Das Brummen wurde lauter.

Der Werkzeugkasten hatte eine Rückwand aus Holz, die vom Boden bis fast zur Decke hochreichte. Ich zog die Hobelbank vor und tastete mit den Fingern die Ränder des Werkzeugkastens ab. Auf der einen Seite war er mit Angeln an der Wand befestigt. Nach einigem Hin und Her fand ich auf der gegenüberliegenden Seite den Öffnungsmechanismus. Das gesamte Werkzeugarrangement konnte geöffnet und herausgeklappt werden. Und dahinter befand sich eine Tür; auch sie war mit einem funkelnden Hängeschloß abgesperrt. Das Summen eines Elektromotors wurde deutlicher. Ich stand vor einem Geheimraum.

Unter dem Werkzeug an der Wand fand ich eine kräftige Kneifzange; sie war noch größer als die Gartenschere, die die Schläger in Marbella bei ihrer Arbeit benutzt hatten. Das Schloß fuhr krachend auseinander, als ich zudrückte.

Dieser Raum diente ebenfalls als Lager. Zwei Tiefkühltruhen nahmen fast sämtlichen Platz ein. Sie standen dicht nebeneinander, waren mindestens zwei Meter lang und ziemlich breit. Grüne Blinklichter und kräftiges Motorenbrummen zeigten, daß beide in Betrieb waren. Ich ließ meinen Lichtstrahl über sie hinwegwandern. Beide waren mit dicken Hängeschlössern gesichert. Im Regal über den Truhen standen zwei solide graue Plastikeimer. Ich sah diese Art zylinderförmige Behälter nicht zum ersten Mal. Die Stichsäge an der Wand war von stabiler Bauart. Dazu gehörte ein großes Sortiment an Sägeblättern.

Die Hängeschlösser an den Tiefkühltruhen ließen sich einfach nicht öffnen. Also brach ich mit Hilfe der Kneifzange die Angeln von den Deckeln. Jetzt arbeitete ich wie besessen.

Die Gefriertruhen waren halbvoll. Oben lagen mehrere Rollen aus schwarzer Plastikplane. Das Licht meiner Megalite war inzwischen um einiges schwächer. Bald würde es hier unten stockdunkel sein.

Ich riß die Plane beiseite. Obwohl ich vorbereitet war, war ich vom Schock wie gelähmt. In Plastik eingewickelte Körperteile. Stücke von Armen und Beinen, Teile eines Torsos. Ein Kopf. Ich mochte nicht genauer hinsehen.

Ein süßlicher Geruch schlug mir aus den Truhen entgegen. Übelkeit stieg wie eine Flutwelle in mir hoch. Ich mußte aus diesem teuflischen Alptraum herausfinden. Die Kälte, die Schmerzen im Fuß und das flackernde Licht meiner Taschenlampe jedoch teilten mir mit tödlicher Gewißheit mit, daß es sich hier nicht um einen bösen Traum handelte.

Ich wich zur Tür zurück, schlug dabei mit dem verletzten Fuß gegen den Rahmen und landete mit dem Gesicht auf dem kalten Steinboden. Meine Taschenlampe wurde mir aus der Hand geschleudert, kullerte unter eine Bank und erlosch dort. Jetzt war es im Keller unangenehm dunkel. Aus der Tür, die zum Hausflur führte, sickerte nur ein schwacher gelber Lichtstrahl zu mir herein. Ich kam auf die Beine und tastete mich zur Tür und zur Freiheit weiter. Doch dann erlosch auch das Flurlicht. Um mich herum herrschte tiefe Finsternis.

Ich blieb einen Moment lang stehen und horchte. Meine Herzschläge hämmerten wie Trommelschläge. Ansonsten war alles still. Und dann hörte ich es plötzlich. Ein langsames Knacken der Treppenstufen, als gehe jemand dort langsam abwärts. Ich blieb wie erstarrt stehen. Selbst, wenn ich gewollt hätte, hätte ich mich nicht einen Zentimeter bewegen können. Ich verfluchte alles, was mich in diese Lage gebracht hatte. Schicksal, Neugier und alte Frauengeschichten.

Wieder war alles still. Offenbar hatte ich mir das Knacken nur eingebildet. Etwas beruhigter schleppte ich mich vorsichtig auf die Rettung verheißenden Umrisse der Treppe zu. Der Schock, als ich dabei gegen etwas Weiches stieß, war so groß, daß ich für einen Moment nicht einmal mehr denken konnte. Und diese kurzen Sekunden sollten sich als entscheidend erweisen. Ein heftiger Schlag ins Zwerchfell ließ mich Hals über Kopf zu Boden gehen. Jemand setzte sich schwer auf meinen Rücken und drückte mir einen Lappen mit einer stinkenden Flüssigkeit ins Gesicht. Ohne mich wehren zu können, glitt ich in einen traumlosen Schlaf. Und das kam mir fast vor wie eine Erleichterung.

Die Übelkeit saß mir hoch oben im Hals, als ich mich in die Wirklichkeit zurückkämpfte. Und die Wirklichkeit war nicht gerade ein Vergnügen. Der rote Nebel, der schwer über meinen Augen gelegen hatte, lichtete sich nach und nach, als mein Bewußtsein langsam wieder einsetzte.

Eine kräftige Glühbirne unter der Decke blendete mich. Ich lag in einem kalten Keller auf dem Boden, meine Arme waren straff auf meinen Rücken gefesselt. Ein Seil um meine Beine machte jegliche Bewegung unmöglich. Es war kalt und unbehaglich. Aber das Schlimmste war die schwarze Plastikplane, die auf dem Kellerboden unter mir ausgebreitet war.

Während ich vergeblich versuchte, mich von den Fesseln zu befreien, hörte ich oben im Haus schwere Schritte. Der, der mich hier vertäut hatte, kannte sich mit Knoten aus. *Troms Fylkes Dampskibsselskab.* Für einen erfahrenen Seemann war das hier ein Kinderspiel. Die Schritte hielten auf den Flur und die Treppe zu. Im starken Deckenlicht konnte ich die Gestalt nicht deutlich sehen. Aber die Stimme kannte ich.

»Sie haben einfach nicht lockerlassen können, Foyn. Warum sind Sie nicht zu Hause geblieben. Hier haben Sie ja wohl nichts verloren.« Frank Jensen stand breitbeinig über mir.

Ich räusperte mich. Die Übelkeit machte das Sprechen

sehr schwer. Der Mann war durch und durch verrückt. Meine einzige Hoffnung war, vielleicht Zeit zu gewinnen.

»Erzählen Sie mal, Frank«, sagte ich mit erzwungener Ruhe. »Warum haben Sie sich über unschuldige Menschen hergemacht?« Die Slottsfjellschule war in dieser Angelegenheit durchaus nicht der kleinste gemeinsame Nenner. Der Schlüssel zu allem war Johnny Jensen.

»Die waren nicht unschuldig. Warum hat die Polizei nicht auf uns gehört, was glauben Sie?« Er rechnete nicht mit einer Antwort. »Die haben doch bloß auf die Experten hören wollen. Den Doktor, den Journalisten, den Verwalter. Alle wußten mehr als wir Eltern. Johnny hat Selbstmord begangen, das haben sie zuerst gesagt. Da kannten sie keine Zweifel. Suchen hätte keinen Sinn. Wir wußten ja, daß das nicht stimmte. Dann meinten sie, Johnny sei weggelaufen. Was glauben Sie, was das für ein Gefühl war, als wir uns so was anhören mußten?«

»Bestimmt entsetzlich«, gab ich zu. »Aber sie haben doch trotz allem nur versucht, ihre Arbeit zu machen. Auch wenn sie dabei geschlampt haben.«

Frank Jensen schnaubte verächtlich. »Dieser Polizist, der hat es Alfhild voll ins Gesicht gesagt. Der Junge ist durchgebrannt, hat er gesagt. Das müssen Sie sich klar vor Augen halten.« Frank Jensen war keiner rationalen Argumentation mehr zugänglich. In gewisser Hinsicht hatte er recht. Die Polizei hatte entsetzliche Fehler gemacht. Und das sicher nicht zum letzten Mal.

»Sie sind mir gefolgt, nicht wahr?« Ich redete fieberhaft weiter. »Warum haben Sie mich in Skoppum vor diesen Gangstern gerettet, wenn Sie mich am Ende doch umbringen wollen?«

»Ich hab Sie bloß im Auge behalten. Seit dem Moment, wo die Polizei mich vor Ihnen gewarnt hat. Aber mehr hatte ich nicht geplant. Und diese Brüder«, fügte er verächtlich hinzu, »die taugen ja wohl nicht viel.«

Jetzt begriff ich. Frank hatte dieselbe Spur verfolgt wie ich. Er war der Irre, von dem H.P. geredet hatte. Frank hatte die Zwillinge besucht und die Wahrheit aus ihnen herausgeholt.

»Was ist mit dem Lieferwagen, Frank? Wo ist der?«

»Den stell ich immer in der Fabrik ab. Da haben wir Fahrer eine eigene Garage.«

»Und darin habt ihr gewohnt, als ihr herumgefahren seid und Johnny gesucht habt?«

Wir haben im Auto übernachtet. Das hatte ich nicht kapiert. Im Käfer hatten sie ja nicht übernachten können. *In der Fabrik.* In der Bakelitfabrik wurden Plastikgegenstände hergestellt. *Der Jägerverein.* Der Mann war Jäger gewesen. Sicher wußte er genau, wie Tiere zerlegt werden.

Frank Jensen reagierte nicht. Er war in seiner eigenen Welt gefangen. Im Grunde konnte ich ihn verstehen. Fast fünf Jahre lang hatte sich seine Rachsucht entwickeln können. Der Wunsch, sich an irgendwem zu rächen. An denen, die an Johnnys Tod schuld waren. An denen, die keinen Finger gerührt hatten, um seinen Sohn zu finden. Frank Jensen wußte, daß Johnny seine Eltern nicht freiwillig verlassen hatte.

»Warum haben Sie so lange gewartet, Frank? Hat Alfhild Sie an der Rache gehindert?«

»Alfhild, die hat nach der Bibel gelebt. Wir müssen die andere Wange hinhalten, hat sie immer gesagt. Aber nach ihrem Tod konnte ich das nicht mehr.« Meine Augen hatten sich jetzt an das grelle Licht gewöhnt. Über Frank Jensens breites Steingesicht lief eine einsame Träne. »Ich glaube nicht mehr an Gott.«

»Auge um Auge, Zahn um Zahn. Ist das besser, Frank?«

Er hörte nicht zu. »Wir wußten, daß wir recht hatten. Unser Johnny war ermordet worden. Am Ende mußten sie uns glauben. Als es zu spät war.« Er sah mich an. Hinter seinem ruhigen Blick lag der Irrsinn auf der Lauer. »Warum haben sie damals nichts unternommen, als Johnny verschwunden ist?«

Ich kannte die Antworten. Zuwenig Personal, Inkompetenz, Phantasielosigkeit, Klassenjustiz. Das alles hatte Frank Jensen nicht helfen können. Er war jenseits aller Hilfsmöglichkeiten. Er hatte die richtige Frage gestellt. Doch seine Antwort war die falsche.

»Ich hatte mir gewünscht, daß Sie nichts finden würden«, sagte Frank düster. »Ich wollte Ihnen doch nichts tun.« Er schüttelte traurig den Kopf. »Aber jetzt muß ich.«

Wie meinte er das? Bisher hatte ich noch gar keine Zeit gehabt, mich zu fürchten. Aber jetzt packte mich lähmende Angst. »Wie haben Sie d-d-das gemacht, Frank?« fragte ich fieberhaft, um Zeit zu schinden. Ich hatte keine andere Strategie. Ich lag hier ja hilflos zu seinen Füßen. »Warum haben Sie f-f-falsche Spuren gelegt?« Ehe er etwas sagte, wußte ich die Antwort schon. Nicht, um die Polizei zu verwirren. Frank hatte andere Motive gehabt.

»Die sollten dasselbe durchmachen wie wir. Es war nicht schwer, sie zu finden«, sagte er. »Ich wußte, wo sie sich aufhielten. Ich hab den Lieferwagen genommen.«

»Sie haben sie einfach angehalten und um Hilfe gebeten?«

Er sah fast stolz aus. »Ich hab gesagt, ich hätte eine Panne.«

Noch immer hatte ich viele Fragen. »Haben sie sich denn nicht gewehrt?« Sten Löwe war ein durchtrainierter, starker Mann gewesen. Erik Danielsen ein ehemaliger Spitzensportler.

Frank bückte sich, öffnete eine Schublade in seinem Arbeitstisch und zog eine Medizinschachtel heraus. Die hielt er mir vors Gesicht. »Wird in die Muskeln gespritzt. Wirkt sofort.«

In der Schachtel lagen auch einige Einmalspritzen. Er hatte seine Opfer betäubt und mit dem Lieferwagen hergebracht. Ein kaltblütiger Teufel. Er mußte ziemlich viel Glück gehabt haben, um nicht entdeckt zu werden. Aber unmöglich war das alles nicht gewesen. Sicher hatte ich hier die aus der Lungenabteilung des Krankenhauses verschwundenen Medikamente vor mir. Frank konnte die Schlüssel seiner Frau nachgemacht haben. Er kannte sich im Krankenhaus aus. Ein weißer Kittel, eine gefälschte Ausweiskarte, einige graue Plastikzylinder aus der Bakelitfabrik, ein Lieferwagen. Mehr hatte er nicht gebraucht, um seinen wahnwitzigen Plan in die Tat umzusetzen. Frank Jensen hatte Arve Holm mit dem Tode bedroht. Plötzlich ging mir die Sache in all ihrem Schrecken auf. Frank war noch nicht fertig. Verwalter Suse von der Slottsfjellschule hatte schlechte Karten. Frank Jensen würde erst Ruhe geben, wenn er alle erledigt hätte.

Er las in mir wie in einem offenen Buch. »Der entkommt mir nicht. Der war der Schlimmste von allen. Unser Johnny hat den Verwalter gehaßt.« Während er das sagte, fing er an, eine der Spritzen aufzuziehen. Er hielt sie mit geübtem Griff hoch, klopfte mit dem Finger dagegen und vergewisserte sich, daß keine Luft mehr darin was. Das war immerhin fürsorglich. »Man merkt nichts dabei. Angeblich ist das wie Ertrinken. Sie schlafen einfach ein.« Der Mann war nicht nur verrückt. Er war besessen. Und zu einer Teufelsaustreibung fehlte hier die Zeit.

»D-d-das meinen Sie doch nicht im Ernst, Frank«, sagte ich verzweifelt.

Er ließ nicht mit sich reden. Nichts von dem, was ich sagte, konnte seinen Panzer durchdringen. Er hörte mir einfach nicht zu. »Ich weiß, daß Sie nichts verbrochen haben. Aber ich will mich jetzt nicht aufhalten lassen. Auch von Ihnen nicht. Ist mir egal, was irgendwer dazu sagt.«

»Sie werden entdeckt werden«, gab ich zu bedenken. »Jemand wird mich vermissen.« Meine Stimme klang ziemlich kläglich. »Sie haben die Möglichkeit, jetzt aufzuhören, Frank. Ich werde dafür sorgen, daß Sie alle mögliche Hilfe bekommen. Das kann ich g-g-garantieren.«

»Das geht nicht. Ich muß das hinter mich bringen. Ich hatte Angst, daß Sie alles durchschauen würden. Seit ich angefangen hab, Sie zu verfolgen.« Das war ja trotz allem ein Kompliment. »Ich fahr Ihren Wagen in den Hafen. Dann glauben die dasselbe wie bei dem Polizisten. Von unserm Johnny haben die das ja auch gedacht, oder?«

Ich konnte ihm da nicht widersprechen. Und auch nichts mehr sagen. Denn überraschend schnell bückte er sich, stach mit der Spritze in meinen Oberschenkel und pumpte das Gift in mich hinein. Die Wirkung setzte sofort ein. In einem Punkt hatte er recht: Es war wirklich nicht unangenehm. Ich war sofort bewußtlos. Nicht der kleinste Moment meines Lebens zog hier Revue.

Langsam kehrte ich ins Bewußtsein zurück. Ich fühlte mich seltsam schlaff und leicht. Ich hatte das Gefühl, meinen Körper verlassen zu haben. Ich lag noch immer auf dem Kellerboden. Aber ich merkte nicht mehr, ob er kalt war. Ich war nicht mehr gefesselt, konnte mich aber noch weniger bewegen als zuvor. Jede Bewegung kam mir wie eine unermeßliche Zumutung vor. Im Kopf war ich jedoch verhältnismäßig klar. Was in meiner jetzigen Lage kein Vorteil war. Ich war mit einer Droge vollgeknallt worden, die zehnmal stärker war als die üblichen Partystoffe.

Ich hörte, wie Frank sich im Nebenraum an den Gefriertruhen zu schaffen machte. Sicher wollte er Platz freischaufeln. Allmählich ging mir auf, daß die Sache gelaufen war. Die Droge wirkte dermaßen betäubend, daß ich keine Angst mehr hatte; ich ärgerte mich nur ein wenig über die Vorstellung, meine Zeit in einer engen, kalten Gefriertruhe verbringen zu müssen, statt in einer warmen Wohnung eine gute Zigarre zu genießen.

In diesem Moment klingelte mein Telefon. Erst nach einigen Sekunden begriff ich, daß dieses wütende Plärren aus meiner eigenen Jackentasche stammte. Mein avanciertes neues Mobiltelefon schaltete sich ein. Es war so eingestellt, daß es automatisch auf Lautsprecher umschaltete.

»Papa!« rief eine verzweifelte Stimme. »Papa! Jetzt melde dich doch. Hulda ist so krank! Sie stirbt vielleicht! Du mußt nach Hause kommen!« Sie weinte verzweifelt. »Papa! Jetzt komm doch endlich ans Telefon! Der Tierarzt hat gesagt, wir müssen sie zu ihm bringen. Ich kann sie nicht die Treppe runtertragen. Und Mama ist nicht zu Hause.«

Ich konnte nicht einmal mehr deutlich sprechen. »Papa, was ist los? Jetzt antworte doch! Was soll ich mit Hulda machen?«

Frank Jensen kam aus dem Nebenraum. Er beugte sich über mich und hörte aufmerksam zu. »Deine Tochter?«

Ich konnte mit Mühe ein Ja herausbringen.

»Wer ist da?« Das war wieder Maris Stimme. Dieses technische Wunder fing noch das leiseste Geräusch ein.

»Hulda, ist das Ihr Hund?« Das war nun wieder Frank. Er brauchte keine Bestätigung. Er war Hulda ja begegnet. Und die beiden hatten einander gemocht.

Frank Jensen richtete sich gelassen auf. Durch das Telefon hörten wir Maris verzweifeltes Weinen. Ansonsten herrschte Totenstille. Sein Gesicht hatte sich verändert. Sicher trübte die Droge meinen Blick, aber ich fand, daß er nicht mehr so gequält aussah. Er beugte sich noch einmal über mich und sprach ins Telefon:

»Mari, so heißt du doch, nicht wahr?«

»Ja. Wer sind Sie?«

»Das spielt keine Rolle. Dein Vater kommt gleich nach Hause. Dafür sorge ich. Du kannst dich auf mich verlassen. Versuch inzwischen, dem Hund ein bißchen Wasser zu trinken zu geben. Und ihn kalt zu halten. Er kommt bald, dein Vater. Dann könnt ihr zum Tierarzt fahren. Du kannst jetzt auflegen.«

Für Frank Jensen war das ein ungeheuer langer Monolog. Und inzwischen hatte er aus seiner Medizinschachtel eine weitere Spritze entnommen. Vage registrierte ich, daß er die in meinen anderen Oberschenkel leerte.

Der riesige Mann hob mich hoch, warf mich über seine Schulter und trug mich die Treppe nach oben, durch den Flur und anschließend aus dem Haus. Erst, als er den Jaguar erreicht hatte, ließ er mich auf den nassen Boden fallen. Das Tor stand jetzt offen. Der dunkle Kastenwagen stand gleich hinter dem Jaguar.

Er beugte sich wieder über mich, packte mich am Kragen und schüttelte mich heftig. »Machen Sie, daß Sie hier wegkommen!«

Aus seiner Brieftasche zog er einen Zettel, faltete ihn zusammen und steckte ihn in die Tasche meiner abgenutzten Lederjacke, in der schon das rettende Telefon steckte.

»Gleich geht's Ihnen wieder gut. Und dann fahren Sie zu Ihrem Hund nach Hause.«

Ich nickte. Er brauchte mich nicht zweimal zu bitten. Ich spürte schon, daß ich langsam wieder zu Kräften kam.

Frank Jensen drehte sich um und lief zu seinem Haus zurück. Auf der Treppe schaute er sich um, hob den Arm zu einem fast unmerklichen Gruß, dann verschwand er und warf hinter sich die Tür ins Schloß.

Ich blieb neben dem linken Vorderreifen des Jaguars im Dreck liegen und versuchte, genug Kraft zu mobilisieren, um aufzustehen, den Motor anzuwerfen und mich aus dem Alptraum zu retten. Natürlich hätte ich als erstes die Polizei anrufen müssen. Aber aus irgendeinem seltsamen Grund fühlte ich mich dazu verpflichtet, mein stummes Versprechen, das ich Frank Jensen gegeben hatte, einzulösen. *Und dann fahren Sie zu Ihrem Hund nach Hause.* Der Mann hätte mich fast kaltblütig ums Leben gebracht.

Trotzdem hatte ich das Gefühl, ihm etwas schuldig zu sein. Meine Kräfte kehrten zurück. Franks Drogenvorrat war wirklich ungeheuer effektiv.

Ich fühlte mich schon sehr viel besser, als es knallte. Aus dem Haus hörte ich zuerst ein Geräusch wie ein Schuß, dann folgten einige kräftige Explosionen. Nur wenige Sekunden später loderten die Flammen auf. Zuerst aus der Garage, dann aus den Fenstern im Erdgeschoß. Frank hatte früher als eigentlich geplant Verwendung für seinen Sprengstoff gefunden.

Es wurde sehr schnell unerträglich heiß. Ich fürchtete, der Jaguar könne Feuer fangen. Mit neuen Kräften kroch ich ins Auto, zerrte die Schlüssel hervor und warf den Motor an. Ich kam mir vor wie betrunken. Ich versuchte, vorsichtig zu fahren, aber das war einfach unmöglich. Mein alter Wagen schaukelte unsicher über die Stichstraße. Schon ehe ich die Hauptstraße erreicht hatte, kamen mir Feuerwehr und Krankenwagen entgegen. Gefolgt von einem Streifenwagen und einem anonymen Volvo: Wilhelm Mørk. Er erkannte den Jaguar, trat auf die Bremse und versperrte mir den Weg.

»Weg da!« Mørk riß die Tür auf und schob mich auf den Beifahrersitz. »So kannst du doch nicht fahren!« Er beschnupperte mich mit wissender Miene. »Aber blau scheinst du nicht zu sein. Heute mal nicht.«

»Bring mich nach Hause«, flüsterte ich leise und undeutlich. Die Lähmung hatte mich noch nicht verlassen. »Sofort. Scheiß auf den Rest. Für Frank Jensen können wir nichts mehr tun.« Ich zeigte schlaff auf das lodernde Feuer, das den Horizont erhellte. »Fahr schon. Ich kann alles erklären. Später.«

Seltsamerweise gehorchte Mørk. Mit kreischenden Rädern jagten wir durch den dunklen Abend. Ich war so weit weg, daß ich nicht einmal überlegte, wie mein alter Jaguar darauf reagieren würde.

Nach einigen Minuten fegten wir auf den Hofplatz. Wilhelm Mørk bugsierte mich aus dem Wagen, riß mich auf die Beine und zog mich hinter sich die Treppe hoch. Oben stand eine in Tränen aufgelöste Mari. Sie starrte uns aus großen Augen an.

»Papa! Bist du wieder betrunken?«

»Er ist nicht betrunken«, sagte Mørk freundlich. »Er ist krank. Genau wie dein Hund. Und jetzt zeig uns mal das Tier.«

Hulda lag mit einem feuchten Lappen auf dem Kopf auf dem Boden und würgte etwas Undefinierbares auf meinen schönsten Teppich. Ich schnupperte. Es stank nach Alkohol. Sie atmete schwer und gleichmäßig.

Mørk sah mich an. »Wir sollten sie wohl zum Tierarzt bringen?«

»Ja«, sagte ich erschöpft. »Du fährst. Es ist nicht weit.«

Zum Glück ging alles gut. Hulda hatte ganz einfach nur meine Weihnachtspralinen verspeist, zusammen mit Schachtel, Papier und Plastikfolie. Das Problem war, daß diese Pralinen eine ziemliche Menge Cognac enthalten hatten. Das Tier nahm immer menschlichere Züge an.

Später, als die Lage sich beruhigt hatte und Mari im Bett lag, setzten wir uns in die Küche. Diesmal mit starkem Kaffee und sonst gar nichts. Mørk hatte die nötigen Anrufe erledigt und Frau Rønningen zugesagt, daß Rechtsanwalt Foyn ganz bestimmt am nächsten Morgen auf der Wache erscheinen werde, um alles zu erklären, daß er im Moment jedoch indisponiert sei. Ich hatte ihm das Wichtigste erzählt.

»Sag der Kripo Bescheid. Die Technik muß alles durchkämmen. In zwei großen Tiefkühltruhen im Keller werden sie alles finden, was sie brauchen. Wenn nicht alles verbrannt ist. Und sie müssen jeglichen Abfalltransport aus dem Krankenhaus stoppen. Sofort.«

»Den Rest kannst du mir morgen erzählen.« Wilhelm Mørk schien sich wirklich Sorgen um mich zu machen. »Du solltest vor dem Schlafengehen noch mit einem Arzt reden. In der Branche hast du doch Beziehungen.« Er lächelte vielsagend. »Schaffst du das?«

»Kommt drauf an, was du meinst«, sagte ich erschöpft. »Aber keine Panik. Ich komme schon zurecht. Danke für deine Hilfe.«

Sie nahm es überraschend gelassen auf. Als ich anrief, erbot sie sich sofort, zu kommen. Anna Löwe füllte ihre Ärztinnenrolle perfekt aus. Kühl, effektiv, direkt und nicht ohne Rücksicht. Auf den ersten Blick schien das Schicksal ihres Mannes sie nicht zu belasten.

»Diese Medikamente werden von deinem Körper innerhalb von zwei Tagen abgebaut«, sagte sie beruhigend, nachdem sie mich untersucht und sich meine vagen Beschreibungen der Drogen angehört hatte. »Alles, was du tun kannst, ist schlafen und dich ruhig verhalten. Und du mußt viel Wasser trinken. Ruf mich aber an, wenn dein Zustand sich ändert.«

Für die nächsten Stunden hatte ich auch nichts anderes vor. Anna wirkte nicht geschockt von meinem Bericht.

»Ich habe gewußt, daß Sten tot ist«, sagte sie leise. »Für die Kinder wird es viel schlimmer. Sie haben die Hoffnung, daß er bald wieder nach Hause kommt, noch nicht aufgegeben.« Sie verstummte für einen Moment. »Jetzt muß ich ihnen die Wahrheit erzählen. Ich weiß nicht, wie sie damit fertig werden sollen. Meinst du, die Zeitungen werden einen großen Wirbel machen?«

Ich zögerte. »Es wird sicher schwer, das zu vermeiden. Aber da es keinen Prozeß gibt, besteht vielleicht die Möglichkeit, daß irgendwer hoch oben im System beschließen kann, die Sache totzuschweigen. Darauf kannst du immerhin hoffen. Ich werde jedenfalls nichts an die Öffentlichkeit bringen.«

Wir wechselten einen Blick. Ich hatte ein Déjà-vu-Erlebnis. So hatte ich mich damals, vor zwanzig Jahren gefühlt, als Anna mich über ihre Zukunftspläne informiert hatte. In denen ich keinen Platz gehabt hatte.

»Mach's gut«, sagte ich. »Danke für deinen Besuch. Und alles Gute für die Kinder. Du wirst das schon schaffen.«

17

Leider sollte ich recht behalten. Die Medien veranstalteten einen Höllenzirkus. Einiges sickerte an die Presse durch, die sich über alle Beteiligten hermachte. In Frank Jensens ausgebranntem Keller wurde organisches Material gefunden, das sich per DNA-Analyse auf Erik Danielsen und Sten Löwe zurückführen ließ. Von den beiden anderen Vermißten gab es keine Spur. Die Polizei ging davon aus, daß Frank sie bei seiner diabolischen Aktion gänzlich vernichtet hatte. Sie hatten oben auf seiner Liste gestanden. Das Krankenhaus mußte sehr strenge Abfallkontrollen einführen. Ich selber kam verhältnismäßig billig davon. Meine Rolle wurde von den Behörden gewaltig heruntergespielt. Rønningen gab sich alle Mühe, um mich nicht als Helden im Drama dastehen zu lassen. Und ich legte keinen Widerspruch ein.

Die Frage, was fünf Jahre zuvor an jenem Dezembertag in Tønsberg mit dem neunzehnjährigen Johnny Jensen passiert war, kam ein weiteres Mal aufs Tapet. Der Polizei blieb nichts anders übrig, als diesem alten Rätsel noch einmal ihre volle Aufmerksamkeit zu widmen. Eine konkrete Lösung konnten sie nicht finden. Aber es galt doch als wahrscheinlich, daß der Junge von dem schwedischen Verbrecher ermordet worden war. Diese Theorie wurde von einem Ereignis noch verstärkt, das zur gleichen Zeit in Horten stattfand. Dort hatten die Hafenbehörden nämlich die Reinigung des Hafenbeckens angeordnet. Und vor dem Anleger der Fähre Horten-Moss waren einige alte Fahrräder gefunden worden. Eines davon gehörte Johnny Jensen. Johnny hatte das Rad, auf das er so stolz gewesen war, gegen Diebstahl versichern lassen, was die Identifizierung erlaubte. Und die Empörung, die die zögerlichen Ermittlungsarbeiten auslösten, werden die Polizei beim nächsten Mal sicher zu größeren Aktivitäten anspornen.

Ich sprach persönlich mit den Angehörigen der übrigen Vermißten. Vor allem beeindruckte mich meine Begegnung mit dem alten Ehepaar Hval. Sie waren zufrieden, denn jetzt hatten sie eine Antwort. Ihr Leben näherte sich ohnehin seinem Ende.

»Jetzt können wir in Frieden sterben«, sagte der alte Herr Hval weinend, als er sich auf der Treppe von mir verabschiedete. »Jetzt wissen wir doch immerhin, was mit Jonas passiert ist.«

Seine Frau konnte nicht aufstehen. Sie hatte jetzt die Erklärung, nach der sie sich so verzweifelt gesehnt hatte. Ihr Sohn war einem verrückten Mörder zum Opfer gefallen. Das Problem war nur, daß ich den beliebten, schülerfreundlichen Lehrer Jonas Hval nicht in Frank Jensens Haßgalerie unterbringen konnte. Es mußte noch etwas passiert sein, das mir entgangen war. Etwas, das Frank Jensen dazu gebracht hatte, Jonas Hval auf seine Todesliste zu setzen.

Ich begriff es nur einfach nicht. Und die, die es mir hätten erzählen können, waren tot. Ich selber hatte keine Mandantin mehr. Anna Löwe rief eines Tages an und erzählte, daß sie ihre Praxis für ein Jahr vermieten wolle. Sie hatte eine Vertretung auf den Lofoten angenommen. Die Kinder brauchten Luftveränderung, behauptete sie. (»Wir bleiben in Kontakt.«) Ich schickte eine dicke Rechnung, die sofort bezahlt wurde. Wir verstanden uns offenbar am besten, wenn unsere Beziehung auf geschäftlicher Ebene blieb.

Die Weihnachtsfeiern waren das einzige, was in diesem Dezember für mich normal verlief. Ich war viel zu Hause. Abgesehen von den obligatorischen Familientreffen beschränkte ich die Geselligkeit auf zwei Runden mit Wilhelm Mørk im Håndverkeren. Den Silvesterabend wollte ich zu Hause verbringen. Mari war mit ihrer Mutter und deren Freund nach London gefahren. Anna Löwe hatte sich mit den Kindern auf die Kanarischen Inseln abgesetzt. Ich hatte nichts gegen einen Abend in meiner eigenen Gesellschaft. Da die Alternativen aus lärmenden Kneipen und einem einsamen Abend in einer eiskalten Gebirgshütte bestanden, fiel die Wahl mir nicht schwer. Gutes Essen, edler Wein und eine Flasche Bache Gabrielsen Hors d'Age Grand Champagne sollten dem Jahr einen erträglichen Abschluß bescheren können. Ich hatte das unterdrückte Bedürfnis, in Ruhe meine Depressionen zu pflegen.

Während ich noch die letzten Vorbereitungen für diesen Abend traf, klingelte das Telefon. »Svend Foyn«, sagte ich und erwartete meine alte Tante von der Südküste. Die rief oft um diese Zeit an. Niemand meldete sich. Ich konnte nur leises Atmen hören. Am Ende legte ich auf. Atmen am Telefon. Ich hoffte, das war kein Omen dafür, wie meine Kontakte mit der Umwelt im kommenden Jahr aussehen würden.

Plötzlich fiel mir eine vergessene Verpflichtung ein. Der Silvesterabend war ein passender Zeitpunkt zum Einhalten von alten Versprechen. Ich fischte einen zerfetzten Zettel aus meiner Brieftasche und wählte die Nummer. »Mona Lisa Hansen? Hier ist Svend Foyn.«

Sie schwieg eine Weile. »Jetzt weiß ich, ja. Wie war Marbella?«

»Gar nicht schlecht«, antwortete ich. »Aber das Hotel war eher ein Reinfall.«

»Das war aber auch nicht die Hauptsache«, sagte sie. »Die Liebe, wie ist es damit gelaufen? Aber ich glaube, darum ging es bei dieser Reise nicht wirklich. Ich lese ja schließlich Zeitungen.«

Die Medien hatten zum Glück von meinen Eskapaden in Marbella keinen Wind bekommen. Aber Vibeke Lassen und Martin Backe hatten doch ziemliche Schlagzeilen gemacht.

»Das stimmt nicht«, widersprach ich. »Es ging alles nur um Liebe. Irgendwann werde ich das alles erzählen. Das habe ich doch versprochen.«

Wieder verstummte sie. »Ruf bei Gelegenheit doch einfach mal an«, sagte Mona Lisa dann. »Im tiefsten Herzen bin ich sehr romantisch.«

Wo ich schon einmal dabei war, rief ich auch in Raufoss an. Ich hatte nie wieder Kontakt zu den alten Damen aufgenommen. Am liebsten hätte ich die ganze Spanienreise vergessen.

»Magnhild«, sagte ich höflich, als sie sich meldete. »Hier ist Svend Foyn. Ich wollte nur ein schönes neues Jahr wünschen. Und mich für eure Hilfe bedanken.«

Sie lachte. »Wir ham keinem Menschen wat verraten. Nit einer Menschenseele. Wie geht's dir denn?«

»Still und ruhig«, erwiderte ich. »Wenn ihr ein bißchen Action wollt, dann kann ich euch ja immer noch besuchen kommen.«

Das Essen war fast fertig, und ich hatte soeben die ersten Flaschen geknackt, als ich auf ein seltsames Klopfen aufmerksam wurde. Jemand schien am Fenster zu kratzen. Da ich in einer Mansarde hause, kommt das nur sehr selten vor. Ich erhob mich halbwegs aus meinem Sessel. Noch immer war ich leicht schreckhaft. Mitten im großen Wohnzimmerfenster zum Hinterhof konnte ich ein weißes, von schwarzen Locken umkränztes Gesicht deutlich sehen. Einige lange Sekunden schloß ich die Augen. Als ich sie wieder öffnete, war das Gesicht noch immer da. Sabine Schenk lächelte mir einladend zu. Ich stand vorsichtig auf, ging zögernd zum Fenster und schaute hinaus. Jemand hatte die Leiter der Nachbarn an die Mauer gelehnt. Auf dieser Leiter stand Sabine. Sie trug ein langes, dunkles Kleid und baumelnde, sinnliche Ohrgehänge. Sie schien bester Laune zu sein. Ich schaute in den Hof hinunter. Die beiden Typen dort unten sah ich nicht zum ersten Mal. Kurt winkte mir freundlich zu. Der athletische Professor hielt die Leiter. Ich öffnete das Fenster und steckte den Kopf hinaus. Zu behaupten, daß ich überrascht war, wäre nicht übertrieben gewesen.

»Es ist Silvester. Willst du uns nicht hereinbitten?« Ihre Stimme hatte mir schon gefallen, als ich sie zum ersten Mal am Telefon gehört hatte.

»Wir bringen Wein mit«, verkündete Kurt beruhigend. »Sehr viel guten Wein.«

»Dann kommt rauf«, sagte ich. »Ihr könnt auch die Treppe nehmen.«

Es wurde ein denkwürdiger Abend, auch wenn die Einzelheiten nach und nach ein wenig verschwammen. Unmittelbar vor Mitternacht störte uns das Telefon. Es störte uns lange, bis mir aufging, daß es an seinem üblichen Platz in der Innentasche meiner Lederjacke steckte, die nun wiederum in der Garderobe hing. Ich hatte vergessen, es in den Lader zu stecken. Im letzten Moment konnte ich den Apparat entdecken. Mari wollte ihrem Vater ein schönes neues Jahr wünschen. Weil sie nicht denken sollte, daß ich zu Silvester allein zu Hause sitzen müßte, hatte ich angedeutet, daß ich irgendwo eingeladen sei und daß sie mich deshalb über mein Handy anrufen müsse. Sie fragte nicht, ob ich betrunken sei. Das hielt ich für ein gutes Zeichen. Als ich das Telefon weglegen wollte, fiel ein Zettel auf den Boden. Ich hatte ihn mit dem Telefon aus der Jacke gezogen, wo er wohl seit dem unseligen Abend in Tolvsrød gelegen hatte. Ich hatte vergessen, daß Frank ihn in meine Tasche gesteckt hatte, eher er zum letzten Mal in seinem Haus verschwunden war.

Ich hob den Zettel hoch. Es war eine Quittung. Aus einem Drammener Krankenhaus. Ein gewisser Frank Jensen, wohnhaft in Tønsberg, war dort am 28. August des Jahres am Zeh operiert worden. Da der Patient örtliche Betäubung nicht vertragen konnte, hatte er einige Stunden unter ärztlicher Aufsicht in der Klinik verbringen müssen, dann war er mit einem Taxi nach Hause gebracht worden. Das alles ging aus der Rechnung hervor. Die Zeitpunkte waren nicht genauer genannt. Die Bakelitfabrik, die Arbeitgeberin des Patienten, hatte mit diesem Krankenhaus für alle Angestellten eine Sonderregelung getroffen.

Eine alltägliche Mitteilung. Wenn da nicht eins gewesen wäre: Am 28. August war Jonas Hval verschwunden.

Langsam ging mir, als ich mit diesem verdammten Zettel in der Küche stand, auf, was das bedeuten könnte.

»Svend«, rief Sabine aus dem Wohnzimmer. »Der Sekt steht bereit. Es ist Mitternacht!«

Ich weiß noch immer nicht, warum es dann passiert ist. Mit der Glut der Zigarre steckte ich die Quittung an, hielt sie zwischen meinen Fingerspitzen und sah zu, wie die Buchstaben langsam zergingen. Die letzten Reste ließ ich im Spülbecken verschwinden, dann ging ich langsam zu den anderen zurück. Unterwegs schaute ich durch das Fenster zum Himmel hoch, wo Raketen über den dunklen Horizont jagten. Ich glaubte, eine Sternschnuppe zu sehen. Aber ich hatte mich ja schon häufiger geirrt.

Kommissar Isaksens neuester Fall

Eine junge Frau wird ermordet aufgefunden. Alles deutet darauf hin, dass ihr Ehemann, von dem sie sich vor kurzem getrennt hatte, der Mörder ist. Denn Ester Synnøve Lønn fühlte sich von ihm bedroht und lebte in ständiger Angst. Doch warum verhält sich der Bruder der Toten so seltsam, als er die Leiche identifizieren soll? Kommissar Cato Isaksen wird misstrauisch. Er beginnt, in der Vergangenheit der Toten und ihres Bruders nach Hinweisen zu suchen. Und tatsächlich: In dem Dorf, aus dem die Familie stammt, ist vor einiger Zeit eine Frau spurlos verschwunden ...

Unni Lindell

Der Trauermantel

Roman

Deutsche Erstausgabe

ULLSTEIN TASCHENBUCH